文春文庫

# マンモスの抜け殻

相場英雄

文藝春秋

目次

# マンモスの抜け殻

# プロローグ（一九八〇年夏）

「勝也、ちゃんと宿題やったの？」

「あとでやるから！」

電信柱の陰に隠れていると、唐突に買い物籠を携えた母が現れ、勝也の肩を叩いた。帰れとばかりに、母に手を振っていると、広場の中心にいた鬼が声を張り上げた。

「勝也みっけ！」

勝也は口を尖らせ、母親を睨んだ。

「ほらぁ、ちょっと母ちゃん、邪魔しないでよ。見つかっちまったよ」

母は鷹揚に笑った。

「今日は勝也の好きな豆腐チャンプルー作るから、早く帰っておいで」

地元民が集う富丘団地の西通り商店街に母の弾んだ声が響いた。巨大な団地の西端の三三号棟一階には商店街がある。青果、精肉、金物店からクリーニング、喫茶店……一通りの店舗があり、ここで大概の買い物が済むよう作られている。

母の買い物籠には野菜や豆腐、ツナ缶が入っていた。新大久保駅近くにある雑貨屋のパートを終えたあと、手早く食材を仕入れたのだろう。

埼玉の山間部に泊まり込みで仕事に出かけていた父が、五日ぶりに戻ってくる。口数が少なく、すぐ手が出る父だが、勝也と母にとってはかけがえのない存在だ。

「わかったよ、なるべく早く帰る」

渋々頷いたあと、勝也は広場中央にいる五年生の鬼に歩み寄った。

強い西陽がまぶしくて、勝也は目を細めた。夏休みは始まったばかりで、ドリルや日記、工作……大量に出された宿題をやる気は一切起こらない。

午前九時に蒸し風呂のような家を出たあとは、小学校前の公園で三角ベースに興じた。その後は同級生の自宅でそうめんを食べ、午後はずっと西通り商店街の広場で遊び続けた。

広場に面したクリーニング店の窓際にあるラジオから、ダンシング・オールナイトが漏れ聞こえている。嗄れた高音のボーカルで、激しいビートが耳に残る。歌番組で流れるおなじみのメロディーを口ずさんでいると、鬼の声が聞こえた。

「勝也、あれ見ろよ」

五年生の鬼が顎ですみよし精肉店の方向を指した。

「すみよしがどうしたの？」

小鼻を動かしながら尋ねた。惣菜コーナーのコロッケやハムカツ、メンチカツを揚げるラードの香ばしい匂いが否応なく鼻先に届く。

「だから、ちゃんと見ろって」

鬼の声に苛立ちが加わる。勝也は目を凝らした。三〇メートルほど先、〈精肉・惣菜の店 すみよし〉と染め抜かれた庇の下に、知った顔があった。

「尚人だ」

「だろ。大丈夫なのか、あいつ」

鬼がすみよしへ顔を向けた瞬間、勝也は右腕に刺激を感じた。

「鬼、きーった！」

三年生の女の子が得意げに笑い、クリーニング店の方向へ走った。これで「だるまさんが転んだ」が振り出しに戻った。

「もうやめだ」

不貞腐れた鬼がゲームを放棄し、その場に座り込んだ。勝也はなおもすみよしの庇の下にいる尚人に目を向け続けた。

尚人が短パンのポケットから小銭を取り出し、掌の上に載せた。

「俺、ちょっと行ってくるわ」

勝也は鬼に言うと、小走りで同級生の尚人の元へと駆けた。

「コロッケ、一個ちょうだい」

庇の下にたどり着いたとき、尚人が店に入った。

「まいど！」

角刈りの若い店員が尚人に言い、揚げたてのコロッケを小さな紙袋に入れた。

「尚人、それ食べたら一緒に遊ぼう」

「うん」

尚人の声は、いつものように消え入りそうだった。視線は香ばしい匂いを放つコロッケに集中したままだ。

「三角ベースにするか、それともだるまさんが転んだにするか？」

尚人の肩に手を回して店を出た瞬間だった。

「ビンボー人が、いっちょまえに買い食いしてんじゃねえよ」

小太りの五年生が尚人の手を叩いた。直後、コロッケが熱いアスファルトに落ちた。

「なにすんだよ！」

勝也は一回り体の大きな五年生に詰め寄った。

「おめえな、四年なのに生意気なんだよ」

五年生は大袈裟に足を上げると、地面に落ちたコロッケを踏み潰した。

「食ってみろ、バーカ」

「尚人に謝れ、弁償しろ！」

勝也が声を張り上げたとき、五年生が口元を歪ませ、笑った。

「だから、生意気なんだよ」

五年生は勝也の肩を力一杯押した。

「痛ってえな」

勝也はなんとか踏み止まり、五年生の開襟シャツに手をかけた。

「謝れ、弁償しろ！」

「やだね」

「なんだと！」

もう一度、勝也は五年生につかみかかろうとした。

尚人が小声で言った。目を向けると、尚人は肩を震わせ、両目が真っ赤になっていた。

「勝也、もういいよ」

「よくねえよ！」

勝也が怒鳴ったとき、誰かが尚人の肩を叩いた。

「坊主、これ持っていきな」

角刈りの店員は尚人にコロッケを押しつけると、そそくさと店に戻っていった。あの
五年生はいつのまにか姿が見えなくなっている。

「ほら、オヤジさんが見てねえうちに」

店員が後ろを振り返った。職人気質で怒りっぽい店主を気にしている。

「勝也……」

尚人がか細い声で名を呼んだ。

「どうした？」

「あの子……」

勝也は尚人の視線をたどった。店の庇から少し離れた場所で、おさげ髪の少女が店を見つめていた。

「環(たまき)だ」

環は二年生だ。勝也や尚人と同じ、富丘団地の三三号棟に住む。

「きっと、環の方が腹減ってる」

尚人は消え入りそうな声で言って、手元にあるコロッケを見た。環は襟がだらんと伸びきったTシャツに、所々破れたジーパンを穿いていた。

「ほら、あげるよ」

尚人は環の前に進み出て、コロッケが入った紙袋を差し出した。

「……いらない」

「俺もいらないから」

勝也は口を噤(つぐ)んだ。尚人がなぜ痩せているのか。同級生だけでなく、三三号棟の住人の大半が知っている。

勝也は環に目を向けた。口は固く閉ざされているが、両目はコロッケに釘付けとなっている。尚人より一層痩せている。真夏なのに肌が白く、細い腕には青い血管が浮き上がっていた。二の腕には灰色がかった斑点がいくつもある。痛々しい痕跡がどうやってできたのか、勝也と尚人は理由を知っていた。

「ほんと？」

「食べて。ほら」

　ゆっくりと環が手を伸ばし、紙袋に触れたときだった。

「どうしたの？」

　勝也の横に大きな影が現れ、低い声が響いた。顔を上げると、口元に笑みを浮かべた男が立っていた。

「コロッケを……」

　尚人が口籠る。男は膝を折り、尚人と環を交互に見た。

「そうか、お腹減っているんだね。わかった」

　男は立ち上がり、精肉店に入った。

「ちょっといいかな」

　男は若い店員にメンチカツやハムカツ、コロッケをそれぞれ一〇個ずつ注文した。

「これから寄り合いがあって、集会所に行くんだ。君たちも一緒に行こう。そこで好きなだけコロッケを食べたらいい。余ったら、家に持って帰ればいいから」

　会計を済ませた男は再び尚人と環の前に行き、膝を折った。

「遠慮しないで、なあ」

　男が言ったとき、今度は中年の女が現れた。

「会長、どうしたの？」

勝也の母親と同世代くらいか。化粧の濃い女が甘えた声を出し、勝也らを舐め回すように見た。

「お腹空かせているから、一緒に集会所へって誘ったんだ」

「へえ、そう」

女は小首を傾げ、笑みを浮かべた。勝也は女の微笑みに薄気味悪さを感じた。

「会長、お待たせしました」

若い店員が大きな紙袋を持って店の外に出てきた。さきほどの威勢の良さはなく、何度も男に頭を下げる。

「おう、ありがとうな」

紙袋を受け取ると、男は得意げに笑った。大きな財布から五千円札を店員に渡し、釣りはいらないと告げた。

「さあ、行くよ」

男は尚人、そして環の肩にそれぞれ触れ、勝也の顔を見た。

「俺はいいよ、母ちゃんが家でご飯作ってるし」

勝也が言うと、男はにっこり笑った。

「そうか、それじゃあ早く帰りな」

優しい口調で告げると、男は中年の女、そして二人の子供を引き連れ、三三号棟の裏手にある自治会の集会所へと歩き出した。

勝也は四人の姿を目で追った。背中が遠ざかり、八百屋の前まで行ったときだった。不意に尚人、そして環が足を止め、勝也の方を振り返った。

尚人が口を動かしているのがわかった。しかし、その声は勝也の耳に届かなかった。

# 第一章　臨場

## 1

「智子、お弁当忘れないでね！」

リビング横のキッチンで妻の真弓の甲高い声が響いた。

「わかってるわよ。もう、なんども言わないで」

口を尖らせながら、大股で娘の智子が仲村の座るソファ脇を通り抜けた。手元にある朝刊のページが、智子の起こした風でめくれ上がり、仲村勝也は顔をしかめた。

女子高の紺色のブレザーに包まれた細身の後ろ姿は、真弓とそっくりになった。思いが口をついて出るのも母親似だ。

仲村は溜息を吐き、大和新聞の社会面に目を凝らした。

四日前に江東区で発生したアポ電殺人事件は、昨夕急転直下で犯人の一味が逮捕された。オレオレ詐欺から発展した新たな事案だ。富裕な老人の家に電話を入れ、在宅を確認したのちに押し入る荒っぽい手口が増え始めている。詐欺が強盗（タタキ）に変質し、さらに殺人（コロシ）へと発展した。目に見えて治安が悪化している。

「あれ、パパまだいたの？」

「今日は非番だ。少しゆっくりさせてくれ」

紙面から顔を上げ、弁当箱を抱える智子を見上げた。

「お休みだったら、ママを手伝ってあげて。お祖母（ばあ）ちゃん、なにげに頑固だから」

「ああ、昼前にアパートに行ってみる」

新聞を畳んで答えると、智子は玄関に向かった。一方、キッチンから真弓が出てきた。

「本当に手伝ってくれるの？」

「おまえにばかり負担かけているからな」

真弓に顔を向ける。しかめ面だった妻の顔に安堵（あんど）の笑みが浮かんだ。

「助かるわ。お祖母ちゃん、細かいのよ」

そう言うと、堰（せき）を切ったように真弓が話し始めた。拭き掃除や食器の片付けに至るまで、母のヒサは事細かに真弓へ指示を出すという。

「わかった。俺がやればお袋も文句言わないよ」

二週間前、母は歩道の段差で躓（つまず）き、転倒した。前のめりで倒れる際、右の手首を骨折した。幸い全治二カ月で済んだが、アパートで一人暮らしのため、食事や掃除など身の回りの世話が必要になった。

専業主婦の真弓はこの二週間、二日に一度の割合で母のアパートを訪れている。東中野にある仲村のマンションから母の住まいまで徒歩で一〇分ほどだが、行きは手作りの惣菜や汁物を入れたポットを持参し、帰りは洗濯物を持ってくる。アパートでは掃除や寝床の支度などやることが尽きないとずっと聞かされていた。

嫁姑の仲は悪くはないが、積極的に行き来する関係ではなかった。五年前、腕の良い鳶（とび）職人だった父がガンで急逝して以降、母は住み慣れた富丘団地を離れた。父の思い出がありすぎて一人で暮らすのがつらいと言い、一人息子が住む東中野に移ってきた。

「パパ、頼んだわよ」

「ああ」

溜息を押し殺し、仲村は玄関にいる智子の後ろ姿に言った。

「お茶は？」

「頼む」

短く答え、仲村はテーブル下のラックに手を伸ばした。定期購読している「週刊新時代」を取り出した。

特集ページや政治家を巡る短い記事、流行（はや）っている飲食店の情報……熟読しているわけではない。刑事という仕事柄、様々な事件に遭遇し、多種多様な人間から話を聞く。現在進行形で世間がどう動いているか。流行りすたりの裏側にどんな心理が働くのか。世情を幅広く教えてくれるのが週刊誌だ。

演技派との呼び声の高い若手女優のグラビアページをめくり、特集記事の見出しを読んだ直後だった。テーブルの上、朝刊横に置いたスマートフォンが鈍い音を立てて振動した。仲村はスマホに手を伸ばし、取り上げた。上司の名前が表示されている。舌打ちを堪えながら、通話ボタンを押した。

仲村の背後、キッチンで洗い物をしていた真弓も気づき、蛇口を閉めた。

「おはようございます。仲村です」

〈非番の朝に悪いな〉

左耳に嗄れ声が響いた。

「どうされました、一課長？」

非番を承知で警視庁本部の捜査一課長・奥山務が連絡を入れてきた。ただ事ではない。

〈殺しだ。現場は、新宿区富丘三丁目二番……〉

奥山が告げた住所が仲村の意識を強く刺激した。

「被害者は？」

〈藤原光輝こと、みつてる、八三歳。先ほど夫人が確認した〉

名前を聞いた途端、約四〇年前の暑い夏の日の残像が脳内を駆け巡った。

あの日、仲村は九歳だった。強い西陽、うだるようなアスファルトからの照り返し……あの日以降、尚人はさらに口数が減り、環は自分を避けるようになった。二人の変化の背後になにがあったのか。二人を精肉店の店先から集会所に連れて行ったのが藤原だ。

〈おい、聞いているのか〉

「失礼しました」

〈おまえ、富丘団地の生まれだったよな〉

「はい、被害者も知っています」

〈やっぱりそうか。臨場可能か？〉

「もちろん、すぐに行きます」

〈所轄の牛込署刑事課の中堅をつける〉

「はい」

通話を終え、スマホをテーブルに置いた。ほぼ同時に、真弓が湯飲み茶碗を持ってきた。

「悪い、お袋のところに行けなくなった。奥山さん直々(じきじき)の御指名だ」

「そう……」

茶碗を乱暴にテーブルに置き、真弓が言った。

「殺しだ。現場は俺が育った富丘団地で、顔見知りの爺さんが殺された」

耳の奥に残る奥山の嗄れ声を反芻(はんすう)するように真弓に告げた。

「お義母(かあ)さんに伝えておく。がっかりするわね」

「仕方ない。仕事だ」

仲村が第一機動捜査隊に所属していたとき、隊長は奥山だった。本部に引き上げてくれた恩人であり、江東運転免許試験場の一般職員だった真弓との見合いをセッティングし、仲人も務めてくれた。

「わかってるわよ！」

突然、真弓が金切り声を発した。

「なにを怒ってるんだ？」

「さっきは智子がいたから言わなかったけど……お義母さん、私が作っていく料理にもケチつけるのよ」

「悪い。あとで俺が強く言っておくから」

「それに……最近様子がおかしいの」

「どういう意味だ？」

「物忘れが酷くなっている気がする。もしかして……」

真弓の顔が紅潮した。互いに口にしたくない事柄が、母の身に迫っている。

「とにかく、急ぐ。お袋と智子を頼む」

ソファから立ち上がり、体をかわして真弓の横を通った。

「嬉しそうね」

吐き捨てるように真弓が言った。

「なにがだ？」

「事件が起こって、あなたとっても嬉しそうよ」

足を止め、仲村は振り返った。拳（こぶし）を強く握る。すぐに手が出た父親の顔が蘇（よみがえ）り、仲村は深呼吸した。

呼吸を整えたあと、真弓を見た。両肩が小刻みに震えていたが、言い返す資格はない。

「行ってくる」

短く告げ、リビングを出た。仲村は廊下のハンガーにかかっている背広を取り上げた。襟元に着けたままのバッジを睨む。

〈S1S〉……捜査、一課、セレクテッドの頭文字を取った赤いバッジが鈍く光った。

## 2

「The best thing through my life is finally getting out from that housing project.（人生で一番良かったことは、あの団地から出られたことです）」

松島（まつしま）環は、目の前にセットされた小型カメラを見据え、高性能のマイクに向けて、ゆっくりと告げた。

〈I understand.〉

デスクトップパソコンのモニターには、太った白人男性、赤と白のギンガムチェックのクーフィーヤを被（かぶ）ったアラブ系の男性、その他中国人や東南アジアの男性が映っている。

〈団地から出られたこと〉

松島が告げると、皆一様に納得した様子だった。今まで語ったことのない自らの生い立ちを明かすことで、新しい事業への求心力は飛躍的に強まった。インターネット回線を通し、海外各地にいる男性たちが驚いた顔を見せていた。

「Thank you for your attention, bye.」

松島は口角を思い切り上げ、笑顔で別れの言葉を告げた。

「ふぅ……」

カメラとマイクの電源を落とし、松島は深い溜息を吐いた。同時に、体を椅子の背もたれに預けた。壁時計に目をやると、午前七時五〇分だった。午前零時すぎから三回にわけ、海外の有力な顧客向けにプレゼンを行った。小型カメラを睨みつつ、デスクトップの画面に映る自分の表情をチェックし、隙のないように気を配った。目の奥がじんじんと痛む。

「おはようございます」

ノックの音とともに、秘書の伊藤梓が顔を出した。

「おはよう」

「社長、徹夜でした？」

伊藤が顔をしかめ、自らの目の下に触れた。

「クマ出てるかな、私？」

「ええ、くっきりと。今、おしぼりとクレンジングシート持ってきますから、少し休んでください」

「ありがとう」

松島はグレーのジャケットを脱ぎ、椅子にかけた。

ゆっくりと両肩を回し、凝りを解す。

四〇歳を過ぎたころから、肩凝りが始まった。もう一度、カメラの電源を入れ、自らの顔をパソコンの大画面に映してみる。伊藤が言った通り、目の下にくっきりとクマができているのがファンデーション越しにもわかる。クマのほかに、頬骨の近辺に細かいシミも現れ始めた。

先週の誕生日で四九歳になった。メイクを落とした自分を想像して、顔をしかめ、松島はカメラのスイッチを切った。

昨日は午前中に大阪へ行った。出資している若いベンチャー企業経営者たちと堂島のイタリアンレストランで昼食を共にし、最近の業務内容や売上動向を細かくチェックした。ランチを終えるとすぐ、東京へ戻る新幹線に飛び乗った。夕方には、資金提供を希望する大学生起業家と恵比寿のオフィスで面談した。

事業のアイディアは斬新だったが、起業家の自信過剰な態度が気になり、財務諸表を出させるまでには至らなかった。

夕食は伊藤が近所の居酒屋から調達した握り飯とぬか漬けで済ませた。不健康を絵に描いたような生活が続いているが、広尾の自宅マンションに帰る時間が惜しかった。

「社長、お待たせしました」

ノックのあと、プラスチックのトレイにおしぼりとクレンジングシートを載せた伊藤が顔を出した。

「プレゼンはいかがでしたか?」

執務デスク前にある応接テーブルにトレイを置き、伊藤が言った。

「好感触だったわよ」

「よかった。根を詰めた甲斐がありましたね」

親指を立て、伊藤に笑顔を向ける。

「次のアポは?」

「午前九時半から銀行、証券会社の売り込み……午前中に計四本もあります」

伊藤が肩をすくめてみせた。四本もと言いながら、アポイントメントをさばくのは伊藤の仕事だ。弱音を吐きそうになったとき、松島を奮い立たせるためにわざと多くの仕事をセットして後方支援してくれる頼もしい相棒だ。

「わかった。それじゃ、九時まで寝かせて。メイクはすぐにできるから」

「了解、ボス」

伊藤がいたずらっぽい笑みを浮かべ、部屋から出ていった。

六年前、米系大手のヘルマン証券の投資銀行部を退社したあと、起業して間もないロボット工学の先端技術を持つ新興企業に最高財務責任者（CFO）として招かれた。その後、資金調達して他のベンチャー企業を複数買収し、最終的には株式新規公開（IPO）を成功させた。

上場後に保有株式を売却し、現在の会社設立の種銭（シードマネー）に充てた。

自らが主宰するのは新興企業への投資情報を提供するサービス会社〈アインホルン〉だ。内外の将来有望なベンチャー企業を発掘し、他の投資家より先にシードマネーを与える業務を始め、上場間近になった企業に対しては主幹事証券会社の斡旋など資金調達の多様化や、他社との提携の可能性などを探る助言業務も行っている。

伊藤はヘルマン時代のアシスタントで、無謀な起業についてきてくれた貴重な仲間だ。年齢は一〇歳下で三九歳。売れない舞台俳優と同棲しているといい、伊藤が家計を支えている。

松島は、上場を目指す中小企業のコンサルタントをしつつ、個人投資家として自らも投資活動をしている。

個室の向こう側、伊藤や他のスタッフがいる業務部屋からは、スタッフたちが忙しなくキーボードを叩く音が響き始めた。

おしぼりで手を拭き、クレンジングシートをつかんだ。ファンデーションや口紅を落としながら、眼前のスクリーンをニュース画面に切り替えた。

〈米国株式市況〉

〈国内の主なニュース〉

海外通信社や国内大手紙の主要な見出しを画面いっぱいに並べ、それぞれの見出しに目を通す。

新型ウイルスが世界的に蔓延した際は、暴落した株式市場を読み切り、個別株の空売り（ショート）で資産を倍増させた。それを機に松島の名はカリスマトレーダーとして知れ渡り、テレビや雑誌にも頻繁に登場するようになった。

〈新製品・新商品〉

松島は業界紙のサイトにも目を凝らした。

主要な新聞やテレビ局、雑誌記者の異動はサイクルが早く、松島の仕事には大手メディアの記事がほとんど役に立たない。地味ながらも、専門的に特定の業界の情報を扱うメディアがもたらす記事は、なんどか投資へのきっかけを与えてくれた。

〈ナノサイズの３Ｄプリンター製造に成功〉

〈ＡＩディープラーニング専門のスタッフ派遣へ〉

目に付いた記事を次々とフォルダに保存していく。

クレンジングシートでメイクを落としきると、松島は再度画面に目を凝らした。伊藤が用意したスケジュールに目を通す。

午前中の面会は、松島の目利きの噂を聞きつけた銀行や証券会社の企画スタッフたちだ。松島が興味を示した投資先の情報をいち早く入手し、自らも取引の機会を得ようというコバンザメのような思惑が透けて見え、嫌悪感を覚える。

今までなら門前払いする輩だが、今は違う。大切な新規事業の展開に向け、巨額の資金が必要となる。そのためには、大手金融機関からの融資が不可欠だ。深い付き合いをしたいとは思わないが、背に腹はかえられない。

面会相手のデータは伊藤が揃えてくれた。スケジューラーのメモ欄をクリックすると、愛想笑いを浮かべた中年の男が映った。経歴をチェックしようとメモを拡大表示したとき、唐突にスクリーンの上部に赤いバナーが現れた。

〈NHRニュース速報〉

〈新宿区の富丘団地で老人が不審死〉

短い見出しに接した瞬間、松島は両肩ががちがちに強張（こわば）るのを感じた。さらに目を凝らし、速報を読み始めた。

〈捜査関係者によれば、警視庁は事件・事故の両面で調べを始めたもよう……〉

業界紙のサイトを閉じ、国内通信社や主要紙の速報ページをチェックする。

〈富丘団地の老人不審死、警察は事件性を……〉

大和新聞の速報ニュースが他のメディアより一歩踏み込んでいた。

〈亡くなったのは、富丘団地や周辺地域のまとめ役的な存在の人物で……〉

一人の中年男の顔が松島の頭に浮かんだ。醜く口元を歪め、何度も舌舐めずりしていた男だ。松島はニュースを閉じ、慌ててスケジューラーを開いた。

〈午後七時〇〇分〜三〇分　面会：藤原光輝氏@カフェ・ステップス／新宿七丁目……〉
伊藤が組んでくれた予定表には、実際に面会したことを示す〈☑〉のマークが付いていた。松島はキーボードから手を離すと、息を吐き出し、天井を仰ぎ見た。

3

石井尚人(いしい)は、両手を氷水の入ったボウルに浸(つ)けた。一〇本の指先から、じわじわと冷気が体を這(は)い上がってくる。

石井はボウル脇に置いたスマホに目をやった。ストップウォッチアプリが猛烈な速さで時を刻む。二〇秒、三〇秒……指先が痺(しび)れ始めた。しかし、石井は歯を食いしばり、両手を水に浸し続けた。

五〇秒、五五秒……ストップウォッチの数字が一分になったとき、石井は両手を引き揚げた。ボウルの脇にある洗い立ての布巾(ふきん)で水気を拭(ぬぐ)う。次いで、大型の炊飯器に目をやる。午前五時半、二〇分の仮眠明け後に、八合分のコメを大型ボウルに入れ、三〇分間水を吸わせた。この間、北新宿の老舗(しにせ)鮮魚店で買った甘塩鮭を炙(あぶ)り、小骨を全て取り除き、丁寧にほぐした。

また大鍋に昆布を入れ、豆腐と根菜の味噌汁も準備した。シンク下の糠床(ぬかどこ)から胡瓜、茄子も取り出す。

石井が布巾を調理台に置いたとき、炊飯器がブザーを鳴らした。大きなしゃもじを取り上げ、炊飯器の蓋を開ける。大量の水蒸気が湧き上がり、白米の豊潤な香りが石井の鼻先をよぎる。

「おはようございます」

石井の背後を年下の中年男が通り過ぎた。

「ああ……」

石井は顔を炊飯器に向けたまま、生返事した。

一カ月前に中途入社した男は、禿げ上がった後頭部を掻き、欠伸を繰り返す。昨夜、見回りの時間になんども仮眠室に声をかけた。しかし、大きな鼾をかくだけで、起きてこなかった。泊まりの手当が目的でやたらにローテーションに入りたがるが、今後コンビを組むのはごめんだ。

小さくため息を吐いたあと、石井は改めてしゃもじを握り、炊き立てのコメを見た。右腕を振り上げ、一気に飯切りを始めた。

炊飯器の前に立つと、狭い台所で握り飯を作っていた母親の後ろ姿を思い出す。米どころの北陸の出身だった母は、握り飯に強いこだわりを持っていた。塩加減、握る強さ、具の選択と海苔の巻き方……出来立ての握り飯を食べようとすると、いつも諫められた。

〈これは父ちゃんの分〉

ささくれとひび割れの目立つ指で、母は握り飯を作り続けた。今の石井と同じように早朝に起床し、準備を始めた。丁寧に出汁をひき、根菜がたっぷり入った味噌汁も作り、毎日糠床をかき回し、漬物も握り飯に添えてくれた。

　石井の記憶は、保育園の頃からだ。小学校に上がり、学年が上になると次第に母が作る握り飯の数が増えていった。反面、父が帰宅する頻度が減っていった。同時に母と自分の顔にアザが増えた。

「すげえ、うまそうですね」

　いつの間にか、泊まり番の相棒が傍らに立っていた。

「ああ……」

　炊飯器の脇にステンレスのトレイを並べる。しゃもじで左手にコメをのせ、適度に広げる。石井はほぐしておいた塩鮭をコメの上に置き、一気に握り始めた。

　自宅で握り飯を作る際は、少量の塩を手に擦り込む。だが、鮭に塩気がある上に、握り飯を食べるのは高血圧の年寄りばかりだ。

「寝起きって腹減りますよね」

　次々に出来上がる握り飯を見ていたのだろう。相棒が今にもトレイに手を伸ばしそうだった。石井はわざと体をずらし、トレイとの間に割って入った。

「あれを」

　石井はしゃもじでシンクの蛇口を指した。さっさと手を洗い、配膳の支度をしてくれ。そんな思いを込め、蛇口の次は食器棚、そして食堂を指した。

「そうっすね。やっておきますよ」

気怠そうにいい、相棒が渋々シンクに向かった。

「おはよう」

食堂とのカウンター越しに、二、三人の老人たちの姿が見え始めた。たった今、朗らかに調理場に声をかけたのは、七八歳になる元銀行員だ。

昨日午後六時半頃、いつものように娯楽室でテレビに向かって怒鳴り始め、その後は二〇分に亘って帰宅しようとする女性スタッフを追いかけ回した。

〈この人殺しめ、警察に突き出してやる！〉

大手都市銀行の虎ノ門支店長を経て、常務まで昇進したという元エリートは毎日夕方になると豹変する。

元銀行員のスイッチが入ると、都立高校の元校長で、大学時代は柔道の猛者だったという大柄な老人も立ち上がり、別の女性スタッフの尻をしつこく撫で回し始めた。

老人相手の仕事が長くなって強く感じることがある。どれだけ立派な経歴を持ち、プライドが高く、礼儀正しい老人であろうとも、一定数は夕方になると本性が現れる。そして剝き出しの感情が周囲に連鎖する。

「おはようございます」

元校長が朝刊を携えて食堂に入ってきた。食堂と調理場を隔てるカウンター越しに目線で挨拶を返した。昨夕のことなど一ミリも覚えていない。新聞をもったいぶって広げるのは、自らがインテリであることを周囲に誇示するためだ。

元銀行員は経済専門紙の日本実業新聞を読み始める。その他大勢とは違うというポーズを決めるのは、教員や銀行員だったプライドの高い老人の特徴だ。

今までの役職や社会的地位を取り繕っても、人間の本性はすぐに行動に現れる。この仕事を続けているうちに、虚勢を張る姿がかわいいとさえ思えてきた。

三々五々、他の老人たちも食堂に顔を見せ始めた。石井は彼らの様子に目を配りながら、懸命にコメを握り続けた。少し落ち着いたところで、石井は調理台の隅に置いたテレビのリモコンに手を添える。

〈東京、関東一円の天気は……〉

食堂の壁に吊られた古い型の液晶テレビから、甲高い女性気象予報士の声が聞こえ始めた。あと少しで東京は梅雨に入る。厨房からは、かろうじて予報士の顔半分だけが見える。

足が不自由、車椅子……様々な病歴を持つ施設利用者の送迎で傘や雨合羽を使う憂鬱な季節が迫る。

新入りに送迎車を運転させても平気なのか。だるそうにダイニングで食器の配膳を始めた禿頭の新入りの後ろ姿を一瞥し、石井は考え始めた。

施設長にどう説明するか。細い小路が連なる富丘団地で、大きなミニバンを操るのには慣れが必要だ。乱雑に皿を並べる新入りに運転のスキル向上が見込めるとは思えない。

まして、年老いた利用者たちの乗り降りの介助がスムーズに行えるのか。

石井が四〇個の握り飯を作り終え、大きなトレイをダイニングに運ぼうとしたとき、壁のテレビ画面が切り替わった。

〈たった今入ったニュースです〉

日頃は冷静な男性アナウンサーが慌てている。隣に控えるスタッフとニュース原稿をやりとりする様子が画面を通して伝わった。

〈先ほど警視庁記者クラブに入った情報によると、東京都新宿区の富丘団地で老人の不審死が確認されたということです〉

地名を聞いた瞬間、石井はトレイを調理台に置いた。視線を画面に集中させる。

〈捜査関係者によりますと、亡くなったのは富丘団地に住む住民で……〉

ダイニングで数人の老人が立ち上がり、テレビの近くに集まり始めた。

「すぐ近くですな」

元エリート銀行マンが顔をしかめ、テレビを指した。

画面がスタジオのアナウンサーから中継画像に切り替わった。液晶テレビに見慣れた景色が映る。

「三三号棟あたりですかな」

元校長が落ち着いた口調で言った。ヘリコプターに乗ったカメラマンがズームを利かせる。四〇年前に遊んだ広場が映った。画面の中心にはブルーシートがかかっている。

「現場保存(げんじょうほぞん)ですな、初動捜査だ」

　誰に尋ねられているわけでもないのに、元銀行マンが解説を始めた。

「石井さん、昨夜はあの近所に送迎で行きましたよね」

　食器を配り終えた新人が石井の横に寄り、言った。手元にはスタッフの勤務シフトがある。施設長が各スタッフの習熟度や運転免許証の有無を勘案し、苦心して作ったシフトだ。

「ああ……」

　石井はテレビ画面を睨み続けた。

「石井さん、なにか見なかった？　警察が来るかもよ」

　新人は薄ら笑いを浮かべていた。

「ああ……」

　石井は小さな声で答えた。

4

「お待たせいたしました」

「ありがとう」

　運転手から乱暴に領収書を受け取ると、仲村はタクシーを降りた。

東中野の自宅マンションを出て一五分、タクシーは明治通りと平行する小路にたどり着いた。降車した直後、仲村は富丘団地を見上げた。チェーンのとんかつ屋の前から、事件現場となった三三号棟を見る。周囲には所轄の牛込署のパトカーや、機動捜査隊の覆面車両がずらりと停車中だ。

「仲村さん！」

道路を渡り、団地に続く植え込みを越えようとしたところで、背後から声をかけられた。振り向くと、青いジャンパーを羽織った男が右手を挙げていた。都心を管轄する第一機動捜査隊（イチキソウ）の巡査部長だ。左胸に黄色い稲妻が光るバッジがある。

「ごくろうさん」

「周辺の目撃情報等々探しましたが、めぼしい成果はありません」

「そうか」

「既に捜査支援分析センター（SSBC）も入りまして、周辺の画像を片っ端からさらっています」

「わかった」

仲村が頷くと、巡査部長は敬礼して覆面車両に駆け戻った。

機動捜査隊はかつて仲村が所属していた部署だ。

第一が都心、第二（ニキソウ）がそれ以外のエリアを受け持つ。一年三六五日、二人一組で覆面車両を駆り、都内の幹線道路を流し続ける。警視庁本部の通信指令センターから事件発生の一報が入ると、近隣の車両が現場に急行する仕組みだ。サイレンを鳴らしながら、都心の混雑をすり抜ける。車両の運転には交通機動隊並みのスキルが求められる。

現着（ゲンチャク）後は、所轄署の制服警官らとともに一帯の保全に取り組み、周囲の民家や商店に駆け込んで犯人（ホシ）に関する目撃情報を収集する。この間、被疑者（マルヒ）の気配を感じれば、果敢に追跡を始めるのが任務だ。

上司に無線連絡する後輩を一瞥したあと、仲村は植え込みを越え、広場の中心部へと足を向けた。植え込みから一メートルほどのところに黄色い規制線のテープが張り巡らされていた。線の前には、牛込署の若い地域課署員が立番中だ。

「ごくろうさん」

仲村が黄色いテープの前で言うと、胸元の赤いバッジを見た若い署員が敬礼し、テープを上げた。

「被害者（マルガイ）は？」

「既に収容されました」

仲村は周囲を見回す。団地広場の南側にも規制線が張られているが、外側にはすでに野次馬や報道カメラマンや記者が集まり始めていた。

規制線の内側にある三三号棟一階のクリーニング店や金物屋の店先には、紺色のウインドブレーカーを着た若い捜査員たちの姿が見える。後輩が言った通り、ＳＳＢＣのメンバーが動き出していた。

都内の繁華街や住宅街、あるいは区立小中学校の通学路にはくまなく防犯カメラが設置されている。また、民間のコンビニやスーパーの店先にもカメラが据えられ、二四時間フルタイムで通行人の姿を捕捉している。

防犯カメラがどこに設置されているかを日頃から細かにチェックし、その機種や記憶メディアの種類まで把握しているのがSSBCだ。

昨夕に急転直下でアポ電殺人の犯人一味が確保された背景には、SSBCの貢献がある。犯行現場となった富裕な老人夫婦の自宅玄関に設置された防犯カメラ、その後は住宅街にある区のカメラ、その次はコンビニ前とSSBCの捜査員たちが次々と画像を回収し、ノートパソコンやタブレットで分析を進めた。

そこに半グレや暴力団を取り締まる組織犯罪対策四課のメンバーが合流し、画像の中から六本木や渋谷エリアで活動する半グレのメンバーを特定。その後はコンビニや駅前商店街の画像を順番に辿ることで、一味が二三区を離れ都下の商業施設に潜り込んだことを把握した。

後足(アトアシ)を確認したあとは、捜査一課と組対四課の精鋭メンバーが追跡の網を狭めた。ほとぼりが冷めたとみた一味が下目黒のマンションに戻ったところを一網打尽にしたのだ。

「仲村さんでいらっしゃいますか?」

若い捜査員たちの動きを見ていると、背後から声をかけられた。振り向くと、顎に無精髭を生やした青年が立っていた。背が高く、癖毛の短髪で目付きが鋭い。左腕を見ると、黒いジャンパーに〈刑事課〉の腕章がある。

「本部の仲村だ」

「牛込署刑事課の関巡査部長です」

関が姿勢を正し、敬礼した。

「検視官は？」

「今、現場に入られています」

関が体をよじり、三三号棟の北側を指した。

「あそこに落ちたんだな？」

「ええ、八百屋の先の植え込みでした」

仲村は関に先導され、ブルーシートで囲いが作られた方向に歩き始めた。四〇年前の記憶が蘇った。

富丘団地の西通り商店街を棟に沿って歩く。

常に揚げ物の匂いが漂っていた精肉店は、量販店の自転車修理工房になっていた。足を止め、もう一度周囲を見回すと、唐突にあの日の光景が目の前に浮かんだ。強い西陽とアスファルトからの照り返しだ。何度か首を振り、顔を上げる。目の前には顔をしかめた関がいる。

「あの……」

「なんでもない」

怪訝な顔の関の脇を通り抜け、三三号棟の北側へと進む。団地の一階には三カ所の内部通路がある。巨大な建物の東西を結ぶ場所だ。

　通路の煤けた壁にはステンレス製のポストがずらりと並ぶ。保育園、小学校低学年の頃、薄暗い通路は格好の遊び場だった。だが、封鎖措置が効いているため、周囲には誰もいない。通路を越してさらに先へと歩く。かつて荒物屋だった場所にはラーメン店があり、その横には小さな洋食屋ができていた。

「あちらです」

　洋食屋の隣は空き店舗で、シャッターが下りていた。その前で足を止めた関が、ジャンパーのポケットをまさぐり始めた。

「持ってるよ。稼業の道具は忘れない」

　仲村は背広のポケットから白手袋とビニール製の下足カバーを取り出した。

「失礼しました」

　関も自分の分をポケットから出すと、忙しなく装着し始めた。

「行こうか」

　準備が整ったあと、仲村は言った。小走りでブルーシートに歩み寄った関に続いて内側に声をかけた。

「失礼。本部仲村です」

　シートをくぐり、仲村は現場に足を踏み入れる。牛込署の鑑識課員のほか、写真係や計測担当の本部鑑識課の顔見知りがいる。それぞれに目線で挨拶し、仲村は関とともにブルーシートの中心部へと歩んだ。

「あそこです」

三三号棟の北端、団地と一般道を結ぶエリアに植え込みがある。子供の頃、なんどもだるまさんが転んだをやった。その際、格好の隠れ家だったエリアだ。

「ここか……」

遺留物がないか、膝を地べたに押し付けて調べを続ける鑑識課員たちの間に立ち、仲村は植え込みの中に目をやった。

ツツジの花壇が醜く凹んでいた。被害者が上層階から落ちたのだ。体重の何倍もの重みが加われば、ツツジはひとたまりもない。植え込みから視線を棟の上に動かした。

「あそこに検視官がおられます」

仲村の視線をたどった関が上層階の通路を指した。

「そうか」

息を吐き出す。一二階だ。目を凝らすと、数人の青い鑑識服の背中が見えた。

「行こう」

短く告げると、仲村は関を伴ってエレベーターのある通路へと歩き始めた。

「あの、俺、本部に上がりたいと思っています」

ブルーシートの囲いを出た直後、関が口を開いた。

「そうか。頑張れよ」

「どうか、よろしくお願いします」

　肩を強張らせた関がジャンパーの内側に手を入れた。

「付け届けとか大嫌いでな。誰に聞いたか知らんが、気遣いは無用。犯人(ホシ)を挙げるのみだ」

　都内には一〇〇を超える所轄署があり、約四万人の警官がいる。そのうち、本部勤務になるのはほんの一握りだ。まして、警視庁の顔とも言うべき捜査一課に配属されるのは、刑事志望者の中でもごくごく一部の上澄み、三五〇名だけだ。

　こうした事情を背景に、事件や研修で顔を合わせると、暗に所轄署捜査員にビール券や盆暮れの付け届けを求める不届きな輩がいる。

〈実力で上がってこい〉……機動捜査隊の隊長から本部捜査一課に戻る際、現一課長である奥山は言い放った。信頼する上司の言葉を胸に秘め、誰よりも早く現着し、手がかりを求めて初動捜査に駆けずり回った結果が、襟元に光る赤いバッジだ。

「そんな腹づもりなら、相棒を変えてもらうぞ」

　仲村が言うと、関が頭を下げた。

「失礼しました」

「検視官の話を聞こう」

　低い声で告げると、仲村は歩みを速めた。

5

「仲ちゃんが担当か」

一二階の通路を北側に歩くと、マスクと下足カバーを外していた検視官の草間浩一が言った。

「奥山課長直々の指名でして」

仲村は富丘団地で生まれ育ったこと、被害者の人間関係から捜査を進める鑑取り班に組み込まれる予定だと伝え、傍らの関を紹介した。鑑識の青い作業服に身を包んでいるが、草間の階級は警部補の仲村より二段階上の警視だ。関が姿勢を正し、敬礼した。

「たしか、仲ちゃんの班は今は待機組のはずだよな」

「ええ、他のメンバーに恨まれます」

捜査一課の強行犯捜査係は、担当する事件がない班がシフトを組み、新たに発生する凶悪事件に備えている。草間の言う通り、仲村らは次の次に起こる事件に備えるべく待機中だった。

「被害者を知っているのか?」

「このエリアの顔役的な人物でした」

眉根を寄せる草間に、仲村が続ける。

「自殺ではなく、他殺ですよね？」

「ああ……それは間違いない」

草間が顔をしかめた。

「なにか不審な点でも？」

草間がゆっくりと頷く。

「他殺という見立ては動かんよ」

そう告げると、ベランダのような形状の通路で草間が動いた。背中を手すりに付け、口を開いた。

「被害者は通路の内側に腹を向けていた」

草間は寄り掛かったまま、両手を手すりに置いた。

「この状態で押され、背中から手すりを越えて、花壇に落ちた」

「根拠は？」

仲村の問いかけに、草間が頷く。

「ここだ」

左右の手で、草間が手すりの内側を叩いた。

「落ちる直前、このあたりをつかんだ痕跡があった。科捜研で詳しく調べるが、間違いなく被害者の爪や微細な皮膚片だ。落下地点の角度から考えてもこの体勢で押されたと断言できる」

「わかりました」

仲村の横で関がメモ帳を広げ、草間の説明を書き取った。

「被疑者は男、それとも女ですか？」

「わからん。被害者は年齢の割に大柄だった。つまり、こういうことだ」

先ほどと同じ体勢で、草間が踵(かかと)をあげた。同時に、草間の作業服のベルトの位置があがる。手すりの縁がウエストの線よりも下になる。

「テコの原理ですね」

「顔見知りで力を抜いていたのなら、女子供でも被害者を突き落とすことは可能だ」

関が懸命にペンを走らせる。

「被害者の体に被疑者の指紋や痕跡は？」

仲村の問いかけに草間が首を振った。

「指紋担当が懸命に調べたがナシだった。繊維片やその他微細なブツもナシ」

「わかりました。一つひとつ潰します」

「頼んだぞ」

短く言うと、草間は鑑識課のメンバーたちと再度現場に見落としがないか、チェックを始めた。関を促し、仲村はエレベーターの方向に歩き出した。

「勉強になります」

「お勉強じゃ困る。俺たちは犯人(ホシ)を割るのが商売。結果がすべてだ」

そう言いながら、仲村は足を止めた。手すりから顔を出し、下の広場を見やる。

「どうされましたか?」

「随分と寂しくなったもんだ」

手すりにもたれながら、仲村はため息を吐いた。

「都心の限界集落、所轄の人間は富丘団地をそう呼んでいます」

「限界集落?」

「本来は極端な高齢化と人口減少が進んだ山間地の集落を指すのですが、今の、ここ富丘団地の状況はそれに符合します」

「それもそうだな」

「週に二、三度の割合で交番の若手が臨場します」

「なぜだ?」

「都内でも有数の孤独死多発地帯ですから」

孤独死と聞き、母親の顔が浮かんだ。仲村は強く首を振ったあと、もう一度、眼下の広場を見る。仲村が子供のころは、小中学生が広場を行き交った。商店街の客も多く、賑やかだった。しかし、今は一八〇度違う。商店街自体に活気がない。いや、生気そのものが存在しない。

「マンモス……抜け殻だな」

不意に思いが口を衝いて出た。

「マンモスは象の親戚です。爬虫類みたいに脱皮しませんよ」

関が眉根を寄せ、言った。

「違うよ」

仲村は周囲の団地群を指した。

「この辺りは昭和の高度経済成長期を体現していた。大勢の人間を飲み込んで、ギラギラした生活があった。当時はマンモス団地と呼ばれていた」

「あ、そうか……」

「それが今じゃ限界集落呼ばわりだ。抜け殻そのものだ」

団地の建物は棟ごとに階数が違い、丘の傾斜を利用したいびつな地形の上に肩を寄せ合うように集まっている。

富丘団地のある一帯は、江戸時代に徳川御三家の下屋敷で、広大な庭園があった。仲村が通った東富丘小学校ではそんなことを習った。

明治維新後は陸軍が広大な土地を接収し、軍学校や軍医学校を作り、練兵場も整備した。太平洋戦争後は、マッカーサー率いるＧＨＱが一帯を接収し、団地の前身となる集合住宅を築いた。

沖縄から上京して鳶職となった父、福島から集団就職で来た母との間に仲村が誕生した。高度成長の末期から高校を卒業するまでの間、仲村はマンモスの賑わいに囲まれて育った。

「洗濯物の数が圧倒的に少ない」

三一号棟近くの二九号棟、その横の棟に目を向ける。

「そうっすね」

狭いベランダには、小さな植木鉢やスダレなど生活用品が並ぶ部屋が多い。青空の下で洗濯物を干す住民もいるが、窓辺にあるのはくすんだ白やベージュの肌着、あるいはグレーの作業服ばかりだ。仲村のような世代が団地を離れ、その後は母の世代の人間だけが残っている証左だ。

「年寄りばかりってことは洗濯物からわかる。昔は赤や黄色、派手なピンクの小さなTシャツがあちこちに干されていた。それだけ子供が多かった」

仲村家のベランダには、二槽式の中古の洗濯機があった。父親の作業着と仲村の小さなTシャツを干しながら、母親が鼻歌を歌っていた姿が蘇る。今、目の前に広がる景色の中に、鼻歌が漏れてきそうな家は一軒もない。

## 6

「絶対に犯人（ホシ）を挙げろ。富丘団地だけでなく、近隣住民の安心と安全を一刻も早く取り戻せ。以上」

捜査一課長の奥山が短い訓示を終えると、牛込署会議室には捜査員全員のはい、という低い声が響いた。

日の丸と旭日旗を背景に、細長い会議机を二つ並べた幹部席が仲村の視線の先にある。真ん中に奥山、左側に牛込署の署長、その隣に刑事課長が座る。奥山の右には若い管理官、その横には青い制服を羽織った鑑識課の人間が陣取った。

「それでは、私から概要を説明します」

奥山が座ると、第三強行犯捜査係の若き管理官、野沢佑警視が立ち上がった。三二歳の警察庁採用のキャリアで、半年前までは東北管区の要職に就いていた。

「被害者の氏名は藤原光輝さんこと、みつてる、年齢は八三歳。住所は富丘団地でただ一つの分譲棟、二七号棟の……」

貧乏人ばかりの団地だが、唯一の例外は二七号棟だ。大手タクシー会社の向かい、高台の縁にあり、他の住民たちからは〝丘のマンション〟と呼ばれる。

「鑑識によれば、死亡推定時刻は六月一〇日の午後七時から九時の間。三三号棟一二階の通路から転落し、頸部骨折と脳挫傷が直接の死因。夜間に建物脇の植え込みに落下したことで発見が遅れたものと推察される」

手元のメモを見ながら、野沢がすらすら説明を続ける。仲村は要点を自身の小さなメモ帳に書き留めた。

「藤原さんの職業は株式会社光輝企画の代表取締役で、業務内容は飲食業全般へのコンサルタント業務。子会社として歌舞伎町、大久保界隈の飲食店を一〇軒経営していた。

内訳は、歌舞伎町のキャバクラ二軒、スナック三軒、そして大久保にある韓流レストラン二軒と焼肉店一軒、居酒屋二軒となる」

仲村は内訳を書き加えた。四〇年前、頻繁に団地の西通り商店街に顔を見せていた頃、藤原は大久保に焼肉店を構えていた。長い月日をかけ、業容を拡大させたのだ。商店街にあった精肉店から牛肉やモツを仕入れていた上に、金物屋やクリーニング店も利用していたことから、この団地で商売をしている人たちは藤原に頭が上がらなかった。

「一つ追加する。飲食業のほか、藤原さんは半年前から介護事業を始めていた」

商店街に現れたとき、藤原は毎回けばけばしい化粧をした女たちを連れていた。今にして思えば、歌舞伎町あたりのホステスだったのだろう。

焼肉屋から商売を拡大し、ホステスを雇うキャバクラ、そしてスナックまで手広く商売をしていたのは理解できる。だが、たった今、野沢が告げた介護という言葉に違和感があった。

仲村はメモ帳に介護の文字を加えた。

「夫人への基礎捜査によれば、藤原さんは歌舞伎町での商売の関係上、複数のマル暴関係者との接触があったもようだ」

野沢の口からマル暴という言葉が飛び出した途端、仲村の周囲にいた捜査員たちが一斉に反応した。

「あとで鑑取り班に詳しく調べてもらうが、怨恨(えんこん)の有無を徹底的に洗ってほしい。私からは以上」

　野沢が座り、今度は鑑識課の人間が立ち上がった。

「結論から申し上げます。草間検視官は他殺の見立てをされました……」

　先ほど草間本人から聞いた事柄を鑑識課の担当者が説明し始めた。仲村は関の顔を見た。熱心にメモを取り、話を聴き続けている。

　自分のメモ帳に目を戻す。キャバクラやスナック、そして介護事業。どうしても違和感がある。

　頭の中に週刊新時代の記事が浮かぶ。介護事業は国の介護保険を運営の原資にしている。数年前に低所得者の保険料が引き下げられたことで、介護スタッフへの報酬も減少したため、慢性的な人手不足にあえいでいると伝えていた。

　儲からなそうな事業に、エゴの塊のような藤原が手を出すものなのか。派手な化粧の女たちを連れて歩く姿が強く印象に残っているだけに、首を傾げる。

「鑑識からは以上です」

　説明が終わったあと、奥山が立ち上がった。

「なにか質問はあるか？」

　奥山の声に、仲村は右手を挙げた。

「なぜ介護の仕事に手をつけたのでしょうか？」

　仲村の問いかけに、野沢が眉根を寄せた。

「詳細はわかりません。あくまで参考として伝えたまでです。藤原さんの交友関係、仕事関係から察するに、マル暴が絡んだ怨恨があるのではないでしょうか」

「ひとまず、その線で調べてくれ。なぜ藤原さんがあの場所にいたかも、だ」

野沢に続き、奥山が言った。仲村は渋々頷いた。

「それでは、これより班を分けます」

野沢が立ち上がり、メモ帳のページをめくった。

「地取り班は、第三の……」

事件捜査では、現場周辺の家や商店をくまなく回り、目撃証言や物音を聞いたなどの情報を拾い上げる地取りが行われる。

今回、約三〇名の刑事が集められ、捜査本部(チョウバ)が立ち上がった。野沢は一五名の担当者の名を次々に読み上げた。本部のメンバー、そして牛込署の刑事課の面々がそれぞれ二人一組のコンビとなる。

「鑑取り班について、少し話すぞ」

奥山が言った。

「今回の犯行現場の富丘団地だが、第三の仲村がここで生まれ育った。鑑取りの情報は逐次、どんな細かい情報でも仲村に集めてくれ」

「了解です」

仲村は立ち上がり、周囲の捜査員たちに頭を下げた。

た。

「失礼します」

突然、会議室後方のドアが開き、紺色のウインドブレーカーを着た捜査員が顔を見せた。

「ＳＳＢＣです。防犯カメラの映像がいくつかあります」

若い捜査員の手にはタブレットがある。

「仲村、それにコンビの関、刑事課長らを残してあとは捜査へ」

奥山の指示に、他の捜査員たちが一斉に立ち上がり、敬礼して会議室を後にした。奥山が仲村を手招きする。

関を伴い、幹部席に向かう。その間、ＳＳＢＣの若手がタブレットをケーブルで部屋にある液晶テレビにつないだ。

「団地近くの地場スーパー、五徳の玄関前の映像からお見せします」

若手がタブレットをタップする。大久保通りを行き交う車両、その近くの歩道を進む通行人の姿が映り始めた。時刻の表示を見ると、午後六時五五分だった。

「ずっとチェックする時間はないぞ」

仲村が言うと、若手が首を振った。

「あと少しです」

画面にショッピングカートを押す老婆が映った。その直後だった。

「これです」

若手が画像を一時停止した。

「あっ……」

思わず声が出た。画面には、被害者・藤原の横顔、そして堂々たる体躯が映っていた。

「被害者の藤原さんです。そして……」

藤原の背後に背の高い女が映り込んだ。セミロングの髪、そして薄いブラウンのサングラスをかけている。

「もしや……」

仲村が言うと、若手が再度再生を止めた。

「知っている女か？」

奥山が言った。

「再生を続けてくれ」

仲村は画面に視線を固定したまま言った。画面では歩みを止めた藤原が女の方を振り返り、二言、三言話しかけている。

「最後の接触者かもしれません」

若手捜査員の鼻息が荒くなった。

「誰ですか？」

横にいた関が仲村に顔を寄せ、言った。

「この女だ」

スマホを取り出し、仲村は写真ファイルに記録した記事を検索した。

「あった……」

検索結果一覧から目的の記事をタップし、画面を開いた。

「最近、頻繁にメディアに登場する有名人じゃないか」

奥山が唸るように言った。

〈美人投資家、高リターンの秘訣〉

週刊誌の特集記事だった。一年ほど前に電車の中吊り広告に顔写真が掲載された。慌てて駅の売店で買い求め、貪るように読んだ記事だ。

「貧乏団地の幼なじみです」

仲村が言った直後、関が自分のスマホを取り出し、連絡先を探し始めた。

7

「このハンバーグ、おいしい。やっぱり伊藤ちゃんのチョイスにハズレはないわ」

松島の手元には発泡スチロール製のランチボックスがある。オフィスから五分ほどの距離にある居酒屋で昼間だけ間借り営業中のハンバーグ専門店を見つけ出し、テイクアウトしてきたのだ。

「前に居酒屋に寄ったとき、試食したんです。とっても美味しかったから社長に食べてもらおうと思って。それに、こっちもちゃんと食べてくださいよ」

社長室の応接テーブルで、伊藤がもう一つのボックスの蓋を開けた。

「有機野菜サラダです。最近家にも帰ってないはずですから、当然野菜を摂っているわけがない」

伊藤は紙袋から卵を取り出し、サラダの上で殻を割った。

「たまらないビジュアルね」

松島は感嘆の声をあげた。レタスやルッコラ、胡瓜、トマトが細かくカットされたチョップドサラダの上に、温泉卵が載った。

「お茶を持ってきますね」

手際良く包装パッケージの類を片付けると、伊藤が部屋を出ていった。

松島はプラスチックのフォークでもう一口、ハンバーグを口に運んだ。丁寧に仕上げられたデミグラスソースとの相性は絶品で、疲れた体に滋味が吸い込まれていく。

世話好きな伊藤に心の中で手を合わせたあと、今度はサラダに手を付ける。ワインビネガーの酸味と新鮮なオリーブオイルの風味が混じり合う。

温泉卵の中心にフォークを刺すと、濃いオレンジ色の黄身が野菜に溢れ落ちた。緑の野菜の上にあるパルメザンチーズを黄身のソースと混ぜ合わせ、口に入れる。伊藤が言う通りだ。ここ何日も十分に野菜を摂っていなかった気がする。

「えらい、ちゃんと食べていますね、サラダ」

「本当においしいわ。コンビニのサラダと大違い」

「一緒にされたら店のスタッフが可哀想です。彼らは毎朝、練馬の畑で収穫してから店に来るんですよ」

伊藤はテーブルに細身の保温ボトルを置いた。

「放っておくと冷たいウーロン茶とかミネラルウォーターばかりですからね。これ、ドクダミや柿の葉、熊笹なんかを煎じた薬草茶です。秋田の叔母が作っていますから、疲れた体に効きます」

ボトルの蓋を開け、伊藤が松島のマグカップに茶を注ぐ。苦そうな香りが漂うが、伊藤に逆らうわけにはいかない。

「ニュースもチェックしましたけど、仕事に関係するような記事はありませんでした」

伊藤の顔が口うるさい母親から、辣腕秘書に戻った。

「一応、置いておきますね」

ランチボックスの横に、在京紙のネット版の見出し一覧のコピーが置かれた。

「ありがとう」

松島が紙を手に取ると、伊藤が顔をしかめた。

「ちゃんとランチを済ませてからにしてください。消化に悪いです」

「うん、わかった」

ハンバーグとライスを交互に口に運びながら、見出しを一瞥した。前日の米国市場の概況、主要な内外経済統計の発表……銀行や証券会社関係者とのミーティング前にチェックしたニュースばかりだ。

〈大和新聞　社会部速報〉

見出し一覧の最後の部分に目をやった。

〈富丘団地の老人不審死、警視庁は殺人と断定〉

見出しを目にした直後、ランチボックスをテーブルに置いた。

「気になる記事がありましたか？」

「う、うん。でも、仕事に関係するものじゃないから」

一礼して伊藤がドアを閉じた。直後、スマホを取り上げた。何度か画面をタップして大和新聞のサイトに飛ぶ。

〈被害者は会社代表の藤原光輝さん（83）。捜査関係者によると、昨夜富丘団地の高層階から何者かによって突き落とされ……〉

金融関係者とのミーティング直前、NHRの速報が入った。短いニュースの中で、警察は事故、事件両面で調べを始めたと触れていた。あれから四時間ほどの間に、事態はさらに動いた。ニュースサイトの画面を消し、スマホに入っているスケジューラーを開く。

〈午後七時〇〇分～三〇分　面会：藤原光輝氏@カフェ・ステップス／新宿七丁目……〉

昨晩、自分はたしかに藤原と再会した。スーパー五徳本店横、階段を登った場所にある小さな喫茶店だ。優秀な伊藤もここまで記事を調べた様子はない。

　全身の毛穴から汗が噴き出しそうな感覚に襲われる。額に手を当てると、顔が熱くなっていくのがわかる。パンツのポケットからハンカチを取り出したとき、唐突に部屋のドアがノックされた。

「どうぞ」

　慌てて首を振り、普段の声で応答する。

「社長、ちょっといいですか？」

　眉根を寄せた伊藤がドアの隙間から顔を見せた。

「どうしたの？」

　伊藤が身を屈めながら部屋に入り、ドアを閉めた。

「受付に警察が来ています。社長に会いたいそうです」

　伊藤が小声で言った直後、松島の額からは大粒の汗が浮き出した。

8

　小太りの女性秘書に案内され、仲村は受付ブースからオフィスに入った。所轄署の刑事部屋ほどの大きさだろうか。三〇畳ほどの白壁の部屋には、一〇ほどのブースが整然と並べられ、カジュアルな服装の若いスタッフたちが大きなパソコンを前に仕事をしていた。

「社名のアインホルンとはどういう意味ですか？」

「ドイツ語でユニコーン、一角獣のことを指します」

「一角獣？」

「我々投資家はユニコーンを常に探しています。つまり、急成長が見込める新興企業を発掘し、育てるのです。あとは、松島社長自身もユニコーン企業のＣＦＯでしたしね」

「なるほど、勉強になります。あれはなんですか？」

伊藤と名乗った秘書に対し、仲村は近くのデスクを指した。二〇代とおぼしき女性の前に大きなスクリーンが三つつながれ、それぞれの画面に折れ線グラフや目まぐるしく点滅する数字が映し出されている。手元には、緑や黄色のボタンがずらりと並ぶキーボードがある。

「ああ、あれはソダーバーグの端末です」

伊藤の言葉に、仲村と関は顔を見合わせた。

「前ニューヨーク市長が興した経済専門通信社の端末です。ニュースをチェックしながら株や為替、債券の取引が可能になっています」

「ということは、彼女も投資業務を？」

「ええ、今は上海の株式市場をチェックしているようですね。以前に投資した深圳（シンセン）の企業の株価をチェックしているようです」

伊藤がさらりと言った。

「すみませんね、投資の仕組みがちっともわかっていないので」

後ろ頭を掻きながら、仲村は言った。目の前の伊藤は、口元こそ笑っているが両目は醒めていた。突然押しかけてきた刑事二人に警戒感をあらわにしている。

「社長室はこちらです。それであの……」

スタッフの部屋を通り抜けると、一番奥に白いドアが見えた。入り口近くの書架には、クリスタルの盾がいくつも並んでいる。どの盾にもアメリカの証券会社のロゴ、それに賞を示すアワードという横文字が刻まれている。

「時間があまりないんでしたね」

「はい。次のアポイントメントを三〇分後ろにずらしましたが、それでもあと二〇分程度しかありません」

伊藤が淀みなく言う。警察の調べをなんだと思っている……隣の関の鼻息が荒くなった。だが、仲村は努めて丁寧に答えた。

「ご協力に感謝します」

仲村が言った直後、伊藤がドアをノックした。内側からどうぞ、と声が聞こえた。

「それでは、時間が参りましたら改めてお知らせにきます」

ドアノブをつかんだあと、伊藤が言った。小さく頷き、仲村は部屋に足を踏み入れた。

「突然で悪いね、環」

仲村が言うと、応接室のソファでスマホの画面を見ていた環が立ち上がった。

「勝っちゃん、久しぶり」

「親父の葬式、参列してくれてありがとうな」

「とんでもない。おじちゃん、いつもキャンディーやお菓子をくれた優しい人だったもの。そんな他人行儀なこと言わないで」

　ソファを勧めながら、環が笑みを浮かべた。

　五年前、父親が膵臓癌で急死した。中野にある斎場で葬儀をした際、環と久しぶりの再会だった。小学校の同級生で今も団地近くに住む友人から父の死を聞き、駆けつけてくれたのだ。

「おばちゃんはお元気？」

「ああ、今は団地を出て、俺の住まいの近く、東中野のアパートで暮らしている。ただ、最近転んで右手を骨折してな。今は嫁さんと娘が世話をしている」

「どうかお大事に」

　隣で関が咳払いした。早く本題に切り込め。中堅刑事の苛立ちが伝わってきた。

「なんで俺たちが突然来たのか、わかるか？」

　仲村が切り出すと、環の顔から笑みが消えた。

「警察の捜査って、随分早いのね」

　先制パンチだ。仲村は関の顔を見た。若い相棒の眉間の皺が深くなる。関には、環の態度が挑発に映ったらしい。

「コーヒーを頼むわね」

「いや、時間がないそうだから、結構だ」

仲村が言うと、環が腰を下ろした。

「昨夜、藤原光輝さんが殺された。知っているな?」

「ええ、他殺と報道されていたけど、本当なの?」

隣に座った関が手帳を広げ、メモを取り始めた。

「亡くなったのは本当だ。自殺、他殺の事柄に関しては、上司が記者レクをするまで俺たちの口からは何も言えない」

仲村は腕時計に目をやった。時刻は午後一時。主要紙の夕刊の締め切りギリギリのタイミングで捜査一課長の奥山がレクを始めたころだ。

「それで俺たちが来たのは……」

「防犯カメラの映像を見たんでしょう? 刑事ドラマでやっているから。それに……」

「それに、なんだ?」

「日本の防犯カメラはとても性能が良いの。投資している企業でセキュリティー関連の新興企業があるから。警視庁や警察庁の人たちにも協力しているのよ」

すらすらと答える環の顔を凝視した。

四〇年前、いつも俯き、半ベソで西通り商店街を歩いていた面影はどこにもない。環物は真弓と同い年だが、髪型もメイクもモデルのようで、専業主婦の妻とは全く別の生き物に感じる。

「すみません、昨夜藤原さんとお会いになったのは確かですね？」

痺れを切らしたように関が尋ね始めた。

「たしかに会いました。スーパー五徳本店の隣にある喫茶店、カフェ・ステップスへ一緒に行きました」

関の目を見据え、環が言った。関は環を睨んだまま手帳にペンを走らせる。環の証言の裏付けを取るため、所轄署の鑑取り班から誰かを回す必要が出てきた。

「どんな用件だった？」

仲村はゆっくりと切り出した。

「久しぶりに富丘の話を聞きたかった……そう言っても信じてもらえないわよね？」

環がわざとらしく顔をしかめた。

「まあな。こっちも商売なんでな」

「ごめんなさい、答えられないの」

環の言葉を聞いた直後、関が身を乗り出した。関の胸元に手をかざし、これを制す。

「環、俺たちはおまえを疑っている。なぜ答えられない？」

低い声で言うと、対面の環が肩をすくめた。

「私のアイディアで新規事業を興す直前なの。それで出資者との間で守秘義務に関する契約書を交わしたばかり。たとえ警察の求めでも、言えないことがあるの」

「俺たちは警察官だ。職務上知り得た事柄については、守秘義務がある。当然、環の事柄についても約束は守る」

仲村の言葉に、環は強く首を振った。

「仕事柄、経済関係の記者とよく話をするんだけど、社会部の記者って事件が起きると夜回りするんでしょう？ そのとき、私の名前が出て、なぜ藤原さんと会っていたかって情報が一〇〇％漏れない保証はある？」

仲村は関と顔を見合わせた。相棒の顔が曇る。

今回の捜査本部のメンバーは約三〇名だ。捜査一課の面々の口は固い。しかし、所轄署の刑事たちについては仲村が口止めするのは無理だ。関も同じことを考えていたようで、顔をしかめてみせた。

「新規事業と藤原さんがどうつながる？」

仲村は畳みかけた。だが、目の前の環は眉根を寄せ、首を振るばかりだ。

「何時まで一緒だった？」

仲村の言葉に、環はスマホを取り上げた。

「午後七時三〇分前後よ。お店の人に聞いてもらえれば、わかるはずよ。私が先に店を出て、スーパー五徳の前でタクシーに乗った」

「タクシーの領収書は？」

「ごめん、最近はキャッシュレスで済ませているから、どのタクシーかはわからない」

環がスマホのスケジューラーを仲村に向けた。ついで、支払いアプリの履歴も見せてくれた。画面の中に〈支払い　二四〇〇円〉の表示がある。しかし、環の言う通りでタクシー会社の名前までは記録されていない。

「被害者と会った最後の人間が環だった可能性がある。当然、俺たちは疑いをかける。仕事だから手加減はなしだ」

「仕方ないわ。契約は契約なの。もし私が新規事業に関することを口外して、万が一ビジネスが頓挫(とんざ)するようなことになったら、億単位で違約金を請求されてしまうの」

じわじわじわと脅しをかけたつもりだが、環は一切動じない。

「わかった。いつになったら、その新規事業のことを話してくれる？」

「あと一〇日ほどで会見して正式発表する。藤原さんのことは残念だし、ビジネスにも若干の影響が出そうなの。でも、私は彼を殺していない」

環の声のトーンが下がった。強い視線で仲村を睨んでいる。

「わかった。俺は環を信じている。だが、嫌疑が強まれば容赦はしない。それが俺の仕事だ」

「信じて。今はそれだけしか言えないの」

環が言った直後、ドアをノックする音が聞こえた。

「時間切れだな」

「ごめんなさい。いつも目一杯予定を詰め込んでいるので」

仲村がソファから腰を上げると、環の表情がようやく緩んだ。長年の刑事稼業で培ったセンサーによれば、環はシロだ。だが一〇〇%ではない。目の前の環と、防犯カメラの映像に残されたサングラスの顔がシンクロした。同時に、四〇年前の暑い日の記憶が頭をよぎる。

「関、悪いが少し外してくれ」

「しかし、コンビで動くのが鉄則です」

「悪いな、俺のやり方には例外もある」

仲村は顎を動かし、部屋の外に出るよう促した。関が渋々応じ、部屋の外に出た。

「環は独身なのか？」

仲村が尋ねると、環の両肩が強張った。突然の行動に戸惑っているのがわかる。

「ええ、ずっと独り身よ。仕事が恋人で、もう四九歳のおばさんになっちゃった。お葬式のときに会った娘さんは随分大きくなったんじゃない？」

「生意気な高校生になったよ。口じゃとても太刀打ちできない」

軽口を叩いた直後、もう一度、あの夏の日の光景が目の前を通り過ぎた。藤原とその愛人、そして環と尚人だ。

「なあ、あの日、なにがあった？」

仲村は思い切って口にした。

「あの日って？」

「四〇年前、尚人がコロッケを環に譲ってくれた日のことだ」

もう一人の幼なじみの名を口にした瞬間、環の顔から生気が消えた。

9

「新規事業ってなんですかね？」

明治通りの表参道交差点が渋滞で詰まったとき、牛込署の覆面車両のハンドルを握る関が言った。

「わからん。しかし、一〇日も待てない。なんとか調べるしかない」

仲村は淡々と答えた。

「俺の心証はシロでした」

ハンドルをなんども指で叩きながら、関が呟いた。

「俺の見立てもシロだ。だが、なにか裏にあるよな」

助手席のシートを深めに倒し、仲村は手帳のページをめくった。被害者・藤原の主な事業はキャバクラや居酒屋といった飲食業だ。環の新事業、しかもすでにスポンサーを募った新たな取り組みに関係するとは思えない。

仲村はさらにページをめくる。若き管理官が告げた言葉が書き記してある。介護事業だ。だが、これも環の仕事に関わりがあるとは思えない。

「被害者の奥さんを担当している連中には伝えたよな?」

「ええ、恵比寿の駐車場に戻る前、連絡しました。返答はまだです」

「そうだよなあ」

仲村はため息を吐いた。

被害者の夫人は目下、多忙を極めているはずだ。司法解剖から自宅に戻った遺体を前に、通夜や葬儀の段取りを行っている。悲報に驚いた親戚や近隣住民の相手もしなければならない。そんな環境下で、まともに話を聞けるとは思えない。

「松島さん、綺麗な方でしたけど、随分と気の強い人ですね」

「昔はべそっかきだったけどな。生き馬の目を抜く金融のプロは、強気じゃなきゃやってられないんだろう」

襟元がたるみ切ったTシャツ、そしてガリガリに痩せていた幼女の姿が蘇る。

「俺はあの貧乏団地でごくごく普通の貧乏な家庭で育った」

「貧乏だなんて……」

「見栄を張っても仕方がない。本当に貧乏だったよ」

仲村の家は、腕の良い鳶だった父が家計を支えた。ただ、仕事仲間に恵まれなかった。ギャンブル、酒、女。金欠の仲間や弟子たちが困っていると、父はすぐに金を融通した。それを補うため、母は常にパートに出て、必死に穴を埋めていた。小学校から団地の部屋に帰っても誰もいない。必然的に広場に行き、同じような境遇の子供達と遊んで時間を潰した。母が帰宅するのは決まって夜になり、親子三人で夕餉の食卓を囲むのはいつも九時近くだった。

「俺は全然マシな貧乏人だった」

「マシとは？」

「環、いや、アインホルンの松島社長は悲惨なほど貧乏だった。俺ら普通の貧乏人とは格が違っていた」

四〇年以上前のことで、記憶が薄れているが、環の父親が家族の前で豹変する場面になんどか出くわしたことがある。

歩合制の百科事典セールスマンだった父親は、悪い仲間に引き込まれギャンブル依存症になった。

団地の住民から聞いた話では、歌舞伎町で博徒が開帳する賭場に出入りしていたという。負けがこむとセールスの売上金に手を出し、穴埋めのために賭け金を吊り上げ、深みにはまった。最後は博徒が裏で営む高利貸しから金を調達し、完全に行き詰まった。

この間、酒で気を紛らわすようになり、妻と娘に暴力をふるい始めた。

「あとはお決まりの離婚劇、シングルマザーは仕事をいくつも掛け持ちして娘は一人ぼっちでひもじい思いをしていた」

「仲村さんが助けたんですか？」

ようやく車列が動き出した。視線を前方に固定したまま、関が尋ねた。

「助けたってほどじゃない。俺だって小学生だった。給食のデザートをこっそり譲ったり、母親が買ったお菓子を分けたり、そんな程度だ」

もう一度、暑い夏の日差しが目の前に現れた。西通り商店街の精肉店すみよしの店頭だ。尚人がなけなしの金で買ったコロッケをガキ大将に潰された。直後、店の若い店員が内緒でコロッケを尚人に与えたとき、極度に腹を空かせた環が現れた。ひとり言のように、関に話した。

「コロッケですか……たしかに肉屋の惣菜はウマいからなあ」

関が懐かしそうな顔で言った。

「新鮮なラードで揚げたコロッケやメンチは絶品だった。スーパーの売れ残りの惣菜とはわけが違うからな」

あの日、羽振りの良い藤原がメンチやコロッケだけでなく、店の看板商品でもあるハムカツまで買い、環、そして尚人に振る舞ったのだ。

「二人きりでなにを話したんですか？」

「ん、まあ、古い思い出話だ」

今回の事件の被害者、藤原の名前が口から出かかった。だが、四〇年も昔の話が今につながるとは思えず、口を噤んだ。

「二人で話し終えて松島社長が出てきたとき、明らかに顔が変わっていましたよ。乏しい刑事経験でも、なにかあるんじゃないかと思いました」

関の言う通りだ。契約を盾に供述を拒むほど意志が強かった環に明確な異変が生じた。

「良いところを見ていたな。俺も少しばかり気になっている」

手帳を閉じると、仲村は目を閉じた。

「だったら、なおさら教えてもらいたいです」

関が強い口調で言ったが、仲村は無視した。

腹を空かせた幼い環、そしてモデル張りの美貌を持った現在の著名投資家の顔が、なんども入れ替わった。

# 第二章 喘鳴（ぜんめい）

## 1

「管内にこんなウマい店があるとは知りませんでした」

仲村の目の前で、関が二枚目のせいろから勢いよく蕎麦をたぐった。

「死んだ親父が機嫌の良いときに連れてきてくれた」

「たしかに、富丘団地からすぐですね」

恵比寿にある環の会社から牛込署に戻る途中、仲村は関を伴って大久保通りに面した若松町の蕎麦屋に立ち寄った。

その古い店は富丘団地の東側にある。かつて仲村が住んでいた三三号棟から歩いて一〇分程度の距離だ。

数年ぶりに店の前まで来ると出汁（だし）の香りが漂い、仲村の食欲を刺激した。

「今度はセット物をオーダーしますよ」

忙しなく蕎麦をすすり、関が言った。中堅刑事の視線の先には、手描きのイラストとランチのメニュー表がある。

〈ミニ丼（カツ、親子、海老天）＆たぬき蕎麦・もり蕎麦　八七〇円〉

「俺の場合、両方大盛りにしますけどね」

口元に付いた蕎麦つゆを手の甲で拭（ぬぐ）い、関が笑った。

「それじゃセットの意味ないだろ。カツ丼とたぬき蕎麦、二品注文するのと同じだ」

「それもそうっすね」

仲村は天もりを平らげ、蕎麦猪口（ちょこ）に蕎麦湯を注いだ。

周囲のテーブル席には、近所の国立病院の医師や看護師がいる。病院から一分もかからぬ距離にあるため、昔から関係者が頻繁に利用していた。ほかのテーブルは、町内の年寄り連中で混み合っていた。何の変哲もない街場の蕎麦屋だが、手打ち蕎麦と揚げ物、柔らかい出汁巻き卵は昔から仲村にとってのごちそうだった。

「化石みたいな店だが、居心地はいいし安い。よかったら署の連中と使ってくれ」

濃い目の蕎麦湯を一口飲み、言った。

仲村は厨房に目をやった。仲村の知る先代店主は数年前に亡くなり、今は二代目が毎日蕎麦を打ち、夫人が天ぷらや丼物を作り、二人のパートが接客している。

「せいろが二〇〇〇円もする高級店じゃおちおちお代りもできないからな。この店は昔から貧乏人の味方だよ」

仲村が注文した天もりは、季節の野菜と大振りのエビが山盛りで一〇〇〇円だ。麻布や神田辺りの名店に行けば、確実に三〇〇〇円以上は取られる。

子供の頃、父は給料日のあとや競馬で勝ったときに、母と仲村をこの店に連れて来てくれた。この蕎麦屋で板わさ、天ぷらの盛り合わせをアテに酒を飲むことを楽しみにしていた。

あの頃は、仲村と同年代の子供たちも大勢いた。外食をすること自体が贅沢な時代だった。大して広くない店では、どのテーブルでも家族連れが食事を楽しんでいた。

だが、今は様子が一変した。病院のスタッフを除けば、客の大半が老人だ。若松町は、江戸時代には柳生但馬守宗矩（やぎゅうたじまのかみむねのり）の邸宅があった武家屋敷の一帯で、当時の地割（じわり）の名残りを留めつつ、今は住宅地となっている。ただ、都心ということでマンションやアパートの家賃は高く、残っているのは古くからの住人である年寄りばかりだ。働き盛りの現役世代はほとんどおらず、街の交流場所として蕎麦屋は老人たちの昼の憩いの場に様変わりした。

「カッちゃん、久しぶりじゃない」

突然、名前を呼ばれた。年老いた女将が厨房で笑みを浮かべていた。

「ご無沙汰しています」

「あんた、刑事さんよね。この辺りも物騒なんだから、なんとかしてよ」

耳が遠くなったのか、女将は存外に声が大きい。刑事という言葉に反応し、周囲の客たちの視線が集まる。口の前に指を立て、仲村は女将のいる厨房に向かった。

「刑事は嫌われ者なんだ。大っぴらに言わないでよ」

厨房の入り口まで行くと、仲村は女将の耳元で告げた。

「あんたはちゃんとした警察官になった。さっき、お客さんに聞いたよ。死んだのは、あの人だって？」

女将の情報網もあなどれない。仲村は声のトーンを落とし、女将に尋ねた。

「藤原さん、この店にも来ていたよね？」

被害者の名を出すと、女将の顔が曇った。

「月に、二、三度かな。ガラの悪い人たちといつも一緒にね」

女将は自らの頰を人差し指でなぞり、顔をしかめた。顔に傷のある連中、つまりヤクザ者ということだ。やはり藤原はずっとマル暴との付き合いがあったのだ。

「喧嘩していた？　それとも和気藹々だった？」

「和気藹々ね。いつも偉そうな顔して、若い人たちにお酒飲ませていたから」

「わかった。ありがとう」

厨房脇からテーブル席に戻る。

「なんかありました？」

「被害者はこの店の常連、それにマル暴と一緒だった」

関の眉根が寄る。

「マル暴絡みの怨恨ですかね？」

「和気藹々、楽しく飲んでいたそうだ。まあ、その辺りは他の鑑取りの連中に任せよう」

蕎麦湯を猪口に注ぎ足しながら言ったとき、テーブルに置いたスマホが振動した。

「若様だ」

「野沢管理官ですね」

液晶画面にキャリア警視・野沢の名前と番号が表示された。

「蕎麦湯くらいゆっくり飲ませろ」

鈍い音を立てるスマホを横目に、仲村は猪口を傾け続けた。

「では再生します」

捜査支援分析センター（SSBC）の若手捜査員がパソコンのエンターキーを叩いた。

仲村は牛込署会議室の壁に目をやった。小さなプロジェクターから青白い光が放たれ、スクリーン代わりの白壁に喫茶店の様子が映し出された。

「窓際の奥にいるのが被害者（マルガイ）の藤原さん、背中は松島氏です」

若い捜査員が告げる。一方、仲村の右隣に陣取る野沢管理官は長い足を組み、不機嫌そうにスクリーンを見つめる。

捜査本部に入るなり、連絡が遅いと野沢に怒鳴られた。警察組織に年齢の上下は関係なく、階級がものをいう。巨大なピラミッドの底辺にいるのが仲村や関、頂上付近の限られた層に属するのが野沢だ。ずっと年下の上司だが、連絡には即座に応えるよう求められる。

左隣に座る関が目線で大丈夫かと尋ねると、仲村は鷹揚に頷いてみせた。

「ここからです」

若手捜査員の声に、仲村は壁の映像に目を凝らした。画面奥に座る藤原が口元を歪め、不敵な笑みを浮かべた直後だった。対面の環が立ち上がった。

「音声は？」

仲村が尋ねると、若い捜査員は首を振った。

「ありません」

映像は淡々と再生された。環が立ち上がると、藤原のシルエットが隠れた。環はハンドバッグを抱え、席を離れようとした。藤原が右手を挙げ、何かを言った。とりなしているのかもしれない。肩をいからせた環は渋々席に座り直した。

環の肩越しに再び藤原の顔が映る。上体を背もたれに預け、腕を組んでいる。一方、環の肩は強張ったままだ。

「以上です」

若手捜査員がビデオを止め、会議室の灯りを点けた。

「これを見せるためにわざわざ？」

仲村は椅子の位置を直し、野沢の正面に座り直した。若い上司の眉根が寄り、その目線が部屋の隅にいた中年の所轄署の捜査員に向けられた。中年刑事が小走りで仲村の横に立った。

「報告いたします。新宿区新宿七丁目、スーパー五徳本店横の喫茶店、カフェ・ステップス店主の証言です」

中年捜査員は野沢に体を向け、言った。仲村にとって馴染み深い番地だ。富丘団地と大久保通りを隔てた向こう側が新宿の外れ、七丁目だ。

「死亡推定時刻直前、二人は同店の奥側のテーブル席にいました。店主がそのときの様子を鮮明に記憶しておりました。以下、概要です」

姿勢を正し、さらに中年捜査員が続ける。

「同店には被害者が先に入店。防犯カメラの映像から確認したところ、午後七時二分、その後、同五分に松島氏が合流しました」

中年捜査員はメモ帳のページをめくり、言葉を継いだ。

「二人の様子は、かなり刺々しかったようです。詳細は聞こえなかったものの、被害者がなんどか〈もう少し色をつけてくれ〉〈色をつけてくれれば、それなりの見返りをする〉と言っていたそうです」

報告を聞き、野沢が満足げに頷いた。

「被害者は頻繁に同店を利用していたことから、店主は見慣れない女性客、しかも意見が対立している様子を感じ取り、聞き耳を立てた、そう証言しています」

「もう結構ですよ」

野沢が言うと、中年捜査員が深く頭を下げ、部屋から出て行った。所轄署の中年刑事は、仲村が到着する前に野沢向けの説明を終えていた。野沢はわざとらしく、もう一度概要を告げさせたのだ。咳払いして、仲村は切り出した。

「このビデオと報告のために、呼び出したのですか？」

「ええ、松島氏の様子を早く聞きたいので」

仲村はため息を吐いた。環を疑ってかかっている。いや、容疑者に仕立てあげたいのだ。

「短時間ですが、会ってきました。結論から言えば彼女はシロ。以上です」

仲村が言うと、野沢が舌打ちした。

「シロの根拠は？」

「長年の勘。ありゃあ、やってない。それだけです」

仲村が言い放つ。

「死亡推定時刻に、なぜ二人は揉めていたのでしょう？」

野沢が身を乗り出した。両目に強い敵意の色が浮かぶ。仲村は腰を上げ、野沢の隣に立ち、左手を肩に置いた。

「なにか一緒に仕事を始める予定があったそうです。揉め事はそれに関係したものかもしれませんね」

「仕事とは、なんですか？」

野沢が顎を突き出し、仲村を睨んだ。

「事業に関する発表を控えているから詳細は話せない。その一点張りでした。巨額の金が動くから守秘義務契約がある、そういう理由でした」

仲村が言った途端、野沢が椅子から立ち上がった。こめかみにいく筋も血管を浮き上がらせ、若い上司が仲村を見下ろした。

「子供の使いですか？」

「管理官が合コンやっていた頃もずっと刑事(デカ)だった。ガキの使いじゃない」

一字一句を区切り、奥歯を嚙(か)み締めた。

「松島氏はあなたの幼なじみらしいですね。捜査に私情を持ち込むのであれば、外れていただきます」

「幼なじみだろうが親兄弟だろうが、俺は捜査に情けを持ち込んだことは一度もない。ふざけんなよ」

仲村が睨み返した途端、関が二人の間に体を挟んだ。

「やめてください」

関に強く肩を摑まれて、仲村は野沢から離れた。

「誰か、松島を完全行確(コウカク)するよう手配しろ」

先ほどまでビデオを操作していたＳＳＢＣの捜査員に言うと、野沢は舌打ちして椅子に座り直した。

仲村は関に声をかけ、会議室の出口に足を向けた。

「大丈夫ですか?」

「なにが?」

関がなんども後ろを振り返りながら、仲村に耳打ちした。

「管理官に楯突く(たてつく)なんて、無茶ですよ」

「無茶はあいつだ。ライバルが余所(よそ)で派手に活躍しているらしいから、焦っている」

仲村の耳には、野沢の同期が中部地方の県警幹部職に就き、暴力団の一斉摘発に動いたとの情報が入っていた。近く県警本部長が会見を開き、捜査指揮を執った男の功績を大々的にアピールするという。

「そんな事情があるにせよ、あんなあからさまに……」

仲村は立ち止まった。

「事件(ヤマ)をキャリアの手柄競争に使わせてたまるかよ。環が世間に顔が売れた美人投資家だから、任意同行(ニンドウ)かけるってメディアに漏らせば、効果は絶大だからな」

「そりゃそうですけど」

「幼なじみだからじゃない。俺は刑事としての直感を信じる。おまえはどうだ?」

「俺も彼女はやっていないと思います」

「偉い奴にとやかく言われようが、自分の感覚を信じろ。ブレた途端に犯人(ホシ)は指の間から零(こぼ)れ落ちる」

「はい」

関が渋々返事をした直後、ドアノブが勝手に回った。

「失礼します」

ドアが開き、紺色のウインドブレーカーを着た別のSSBC捜査員が入ってきた。

「管理官、よろしいですか?」

仲村を一瞥することもなく、若い捜査員が野沢の元に駆け寄った。

「なんでもかんでもデータかよ。行くぞ」

2

〈¥15,332〉→〈¥17,332〉

ノートパソコン脇にあるテンキーを押し、石井は表計算ソフトのマス目を塗り替えた。

〈¥234,556〉→〈¥334,556〉

テンキーの横には、表計算ソフトの画面をプリントした紙がある。一つ目の数字の上に赤いマーカーで上書き用の数値が示されている。

老眼鏡を鼻先にずらし、石井は数字が合っているかなんども見比べた。老人相手の仕事は性(しょう)に合っている。誰とも話をせず、自分のペースで淡々と数字を打ち込む作業はもっと好きだ。だが、今回命じられた仕事は、複雑だ。以前の施設長ならこんなことは絶対になかった。他もやっていることだから……そんな言い訳を鵜呑みにしても良いのか。睡眠不足の頭で考えていると、誤入力してしまう。集中しろと自らに言い聞かせ、石井はテンキーに指を走らせた。

細かい数字をチェックしているうちに、幼い頃の記憶が蘇った。学校の図書館で借りた仏像の写真集を手本にして、裏が白いスーパーのチラシに細かい装飾が施された精緻なスケッチを描いた。

五時間ほどで仏像の鉛筆画が完成すると、母親が飛び上がって喜んだ。優しい母の両目に嬉し涙が浮かんでいた。大人が泣くのをテレビドラマ以外で目にするのは初めてだった。

極端に笑いの少ない家庭の中で、母をもっと喜ばせようと考えた。今度は分譲マンションのチラシを正確にスケッチした。一五階建ての白いマンションのフロアごとに小さな窓枠を描き、ガラス窓に反射する雲のシルエット、中庭の薔薇の花びらの一つひとつまで、鉛筆の濃淡を使って描き切った。母はさらに喜んだが、その直後にいつもの暗い家庭に戻った。

〈家を買えない俺への当て付けか〉

カップ酒を手にした父が帰宅し、母親を怒鳴りつけた。父は石井がスケッチを描いたチラシの束を手に取ると、酒臭い息を吐きながらちりぢりになるまで破り続けた。

〈私を喜ばそうとしていたの！〉

金切り声を上げ、母が父に掴みかかる。その度に乾いた張り手の音が響き、腹や背中に蹴りが食い込む鈍い音が四畳半の部屋にこだました。

〈尚人、逃げて〉

母は悔し涙を浮かべ、叫んだ。

〈¥546,689〉

強く首を振り、石井は数字の修正作業に戻った。次第にカッコの中の数字が大きくなる。一旦手を止め、表計算ソフトのファイル名を凝視する。

〈介護報酬請求一覧〉

石井が入力した数値に、新しい施設長の熊谷敏（くまがいさとし）が最終チェックと称して書き直しを指示するのが慣例化していた。

石井がなんどもチェックした数字は、軒並み上方修正されていた。一つ一つは細かい額の上積みだが、合計すれば国への請求金額は六〇〇〇万円以上も膨らむ。これを毎月続けていけば、どうなるか。見たこともない札束の山を想像し、石井は肩を強張らせた。

二年前、石井は医療関連団体が認定するケアクラークの資格を取得した。勤務が終わったあと、通信教育を半年間受講し、一発で合格した。〈介護職員初任者研修〉に次いで、石井自身が人生で得た二つ目の仕事関連の資格だった。

ケアクラークの資格を得れば、体を酷使する介護の現場から一歩だけ距離を置くことができると見込んでいたが、実態は逆だった。

一二時間を超えるローテーション勤務を終え、交代要員への引き継ぎを経た後、さらに事務室に籠る。介護給付費請求の資料を表計算ソフトに打ち込みながら、なんどか居眠りしたこともある。再びテンキーに指を添えたときだった。ノックもなしに事務室のドアが開いた。

「どうです？　捗っていますか？」

シルバーの尖ったフレームのメガネをかけた施設長の熊谷だ。

「ああ……」

目を合わせることなく、石井はテンキーを叩き始めた。

「どれどれ」

細身の体をグレーのベストに包んだ熊谷が石井の背後に回り、修正指示の入った書類とパソコンの画面を見比べ始めた。

「ちゃんとやれていますね。その調子。これがみんなを支えていますからね」

「ああ……」

石井はキーを弾きながら答えた。熊谷は一〇歳年下で、半年前にオーナーが替わったと同時に送り込まれてきた。介護業界の実務経験は乏しいが、新任の施設長だ。各種の資格だけは有しているが、細かい実地の作業には不慣れで、いつも帳簿のことばかり気にする。

歌舞伎町で闇金業を展開して一山当てた、オレオレ詐欺の元締め……石井が勤務するチェリーホームのスタッフの間で、熊谷の過去について様々な憶測が広がった。どんなに暑くとも絶対に半袖シャツにならないのは、腕に刺青が入っているからだ……元ヤクザとの噂話もまことしやかに流れたが、誰も本人には確認しない。いや、尖ったフレームの奥にある窪んだ両目が、質問を許さない圧を放っているからだ。

「この打ち込み作業が終わったら、次は漬けの仕込みをお願いします」

年上の石井を立てているのか、熊谷はいつも丁寧な口調で言うが、その言葉には拒否できない不思議な力がある。

「でも……」

石井はようやくキーボードから顔を上げ、熊谷を見た。口元は笑っているが、窪んだ両目の奥にある本心を読み解くことは不可能だ。

「漬けはどこでもやっていることだから、ね、お願いします」

「あの……」

石井は口籠った。熊谷は石井の口下手な特性をしっかりと把握している。抗弁の言葉を口にしようとすると、こちらの意思を全面的に否定するよう鋭く首を振る。こちらの心の内を見透かしている。

「レセプトの水増しは常識の範囲内にとどめています。漬けだって、最低限のモラルはキープしていますよ」

請求保険料の水増しと漬け。一見インテリ風の熊谷に言われると、かえって背筋が寒くなる。漬けとは、利用者を介護漬けにすることの隠語だ。必要のないサービスを押しつけ、その分の保険料を余計に国から吸い取るのだ。

「漬けにしたって、元手がかかっているんですよ」

艶のあるベストのポケットから、熊谷はスマホを取り出し、何度か画面をタップする。

「ほら、こんな具合です」

画面に目をやると、おぞましい写真が表示された。チェリーホームが提携するクリニックの院長の姿だ。

「お医者様はストレスがすごい。だから慰労を兼ねて特殊なお店にご招待したのです」

熊谷が画面をスワイプする。一枚目は、真っ白なブリーフ一枚で巨大な吊り鉤にぶら下がる院長の姿だった。次は真っ赤な紐を全身に巻かれ、口に猿轡(さるぐつわ)をはめられたアップだ。

「ちょっと気持ちよくなるお薬を処方したんですけどね、予想以上にキマッてしまいました。まあ、それが狙いなんですけどね」

院長は北新宿にある家族経営のクリニックの二代目だ。現在は、医師の妻、そして免許取り立ての長男と三人で地域医療の一翼を担う。次期区議選への出馬も検討しているとの噂を聞いたこともある。

「この写真を持っている限り、院長先生は我々の言いなりです。万が一にもこちらの要求を断ることなどありませんから、安心して漬けをやりましょう」

スマホをポケットにしまうと、熊谷が馴れ馴れしく石井の肩を叩いた。

漬けは医師の協力が不可欠だ。身体に不自由が生じ始めた利用者を院長が診断し、より重度の介護が必要だと偽りの診断書を作る。

医師は不正に手を染めない……国の審査は性善説を前提に制度設計されている。医師を丸め込み、漬けの数を増やしていけば、保険料は実態より余計に入ってくる仕組みだ。

下唇を噛んでキーボードを睨んでいると、熊谷がもう一度肩を叩いた。

「勘違いしないでくださいよ。悪いのは国だ。政府が唐突に蛇口を閉めたから、我々はやりたくもない修正をせざるを得ないのです」

熊谷は自らが赤いペンを入れたプリントを人差し指で弾いた。

蛇口とは、特別養護老人ホームなど介護保険が適用される各種事業者に対して支払われる介護保険制度のことだ。

約六年前、国は介護報酬を減らす方向に動いたのだ。実際、前オーナーの時代に石井の給与は改定幅にスライドする形で減額された。独り暮らしであり、当座は困るようなことはなかったが、家族を養う他のスタッフたちは一様に激怒し、何人かはチェリーホームを退職した。その後、介護報酬は更に見直されている。

オーナーが藤原に替わってから、様相が一変した。熊谷が施設長として派遣され、介護事業全般のほか、経理を重点的にチェックし始めた。このおかげで給与の引き下げはなくなり、離職者も減った。熊谷の手腕に感心していた矢先、熊谷からレセプトの業務をなんどか手伝わされ、そのカラクリを知ることになった。以前は規定を超える金を請求するという発想自体なかったが、熊谷は躊躇(ためら)いもなく修正に走っていたのだ。

〈もっと離職者を出したいですか？　勤続年数の長い石井さんのお給料も聖域ではありませんよ。それに事態が悪化すればチェリー自体の経営も確実に危ういフェーズに入ります〉

あのとき、熊谷の両目は真っ赤に充血していた。経理全般の精査を経て、石井や他のスタッフの職が安定するよう努力した結果だと、修正に手を貸してしまった。

今回の修正作業は三度目で、熊谷が厳密にチェックする。今にして思えば、あの困り切った顔は、最初から石井を共犯にしようという魂胆だったのかもしれない。いや、修正を経た偽レセプトを石井の認印(みとめいん)で国に二回も提出した以上、万が一告発されれば石井が主犯にされるのかもしれない。現に、最終的なチェックを経た各種の申請書類には、全て石井の印がくっきりと押されたのだ。

「おはよう。今日もよろしくね」

事務室のドア横にある窓から、木村鈴江(きむらすずえ)の姿が見えた。熊谷はわざわざ窓を開け、木村に言った。

「真面目な人は助かるな、いつも三〇分前に来てくれるなんて」

「おはようございます。すぐ着替えて仕事に入りますね」

熊谷の肩越しに、石井は木村を見つめた。視線を感じてくれたのか、木村が軽く会釈した。丸顔で大きな瞳がくるくると動く。左頬にエクボがある。

「朝礼のメンバー、集めておいて」

時刻は午後の二時半だが、シフト制の職場では就業開始前は必ずおはようと互いに声がけする。石井は泊まり明けだが、業務から解放されることはない。熊谷が用意した表計算の修正が済まぬうちは、帰宅できない。

「悪いですね、石井さんのご好意に甘えてしまって。本当に運営資金が苦しいのです」

「ああ……」

石井はキーボードを叩きながら応答した。ご好意の一言は、残業代はないという意味なのだ。介護保険料の引き下げは、末端のヘルパーやスタッフを苦しめる。昨年大流行した新型ウイルスと同じで、現場の悲惨な状況と大きく乖離した制度の歪みやしわ寄せは、真っ先に弱い者に襲いかかり、容赦なく賃金という名の血液を吸い取っていく。

自分は今、明らかな不正に手を染めている。だが、キーボードを叩き続けて数字を操作しなければ、木村のような家族持ちのスタッフが困窮してしまう。他もやっている……熊谷が発した言葉は気休めだが、貧乏人の出血を止める最後の砦であることも事実なのだ。下唇を嚙み、石井はテンキーを叩いた。

「木村さん、良い人だけどな」

石井の横にパイプ椅子を寄せると、熊谷が腰を下ろした。

「ええ、まあ……」

頬が熱くなっていくのがわかる。

「三八歳、独り親（シンママ）。子供は小学一年生。彼女が稼がないと、子供が死んじゃうよね」

子供という言葉に、肩が強張る。

「石井さんはチェリーの屋台骨だ。介護の現場を知り尽くして、利用者の送迎も丁寧だと評判が良い。それにこうしてケアクラークもこなしてくださる」

熊谷が猫撫で声で言った。

「でもなあ、木村さんは運転免許を持っていないからなあ」

「そ、そうですね……」

自分の声が上ずっていくのがわかる。

「夕方から面接なんですよ。新型ウイルス以降の大不況で、求職者が激増しましたから。今日は三名です。大塚の風俗あがりのシンママが一人、元信金マンのおじさん、それに百貨店でバイヤーをやっていた青年です」

顔半分に熊谷の強い視線を感じる。先週も五名が面接に訪れた。熊谷の言う通り、新型ウイルスの蔓延に伴う景気の落ち込みで、巷（ちまた）には失業者が溢れた。ニュース番組で真面目そうなアナウンサーが言う〈買い手市場〉が続いている。要するに、熊谷のさじ加減一つで採用が決まり、使えないスタッフは容赦なく解雇される。仮に石井よりスキルの高い人材が求職に訪れれば、熊谷は躊躇なく石井を追い払いにかかるだろう。

「キャバの元ナンバーワンも、歳をとりゃ熟キャバ。お茶を挽く日が増えれば、セクキャバかデリヘルに墜ちるのが定番ですが、木村さんは偉いですよ。水商売で泡銭（あぶくぜに）の旨みを知っているのに、真っ当な仕事で可愛い子供を養っているんだから。石井さんもそう思うでしょう？」

熊谷の顔が近づく。鼻息が頬にかかるほどだ。

「ええ、そうです……」

喉が渇いていく。熊谷は、ヘルパーはいつでも替えがきく、そう言っているのだ。

「石井さん、自発的な長時間勤務ありがとうございます。どうか、その調子で今日中に修正作業を終わらせてくださいね」

「ああ……」

石井はテンキー脇の書類に目をやった。表計算ソフトで五〇ページほどの分量がある。根を詰めてキーボードを叩き続けても、あと四、五時間はかかるだろう。泊まり明け後の仮眠さえままならず、不正な仕事を押しつけられている。だが、自分にはチェリーホーム以外に行き場がない。

「それじゃあ、お願いします」

もう一度、熊谷が肩を叩いたときだった。

「あの、施設長」

先ほどの窓から、作業着に着替えた木村が顔を出した。

「どうしました？」

「警察の方がお見えですけど」

「用件は？」

石井が見上げると、熊谷の目付きが険しくなっていた。口調もいつもよりずっときつい。不正行為の露見を警戒しているのか。そんなことを考えていると、熊谷が椅子に座り直した。

「そのファイル、メモリに入れて持ち帰ってください。家でやってもらえますか？」

いつもの丁寧な口調だが、その視線は今までで一番きつかった。

「ああ……」

石井は書類を片付け始めた。USBメモリを机の引き出しから取り出し、ノートパソコンに挿す。胸の中の水溜まりに、インクが一滴滴り落ちた気がした。

「施設長に会いたいの一点張りで、なにも教えてくれません」

木村が言うと、熊谷が舌打ちした。

「石井さん、おうちでお仕事を。漬けやなんかは聞かれても絶対に話さないようにしてくださいね」

声を潜めて念押ししたあと、熊谷は部屋を出て木村とともに玄関に向かった。メモリがデータを吸い上げる間、石井はまとめた書類をチェリーホームの名入り封筒に放り込んだ。掌にじっとりと汗が滲んだ。先ほど胸に落ちたインクは、自分の汗だ。鼓動が速まっていくのがわかる。己の心臓が激しく動き、滴り落ちたインクの滲みが身体中に広がっていく。

液晶画面にコピー終了の文字が表示されると、石井はメモリを引き抜き、ホームの裏口を目指した。

3

「ここでいいっすか？」

無機質なロッカーが並んだ日当たりの悪い部屋で、関が古いベンチを指した。仲村は交通課の前にある自販機で買った缶コーヒーを関に差し出す。

「いただきます」

ベンチに腰を下ろすと、仲村はプルトップを開け、甘ったるいコーヒーを喉に流し込んだ。刑事課だけでなく、交通課なども使う職員用のロッカールームで、薄暗い通路の先には道場がある。柔道や剣道で汗を流した署員たちが、着替えをするスペースだ。高校の校舎裏にある部室のような、すえた臭いが仲村の鼻腔を刺激した。

「大丈夫っすか？」

ベンチに座るなり、関が顔を曇らせた。

「若様のことか？」

「本部では、上意下達があたりまえだと聞きました。それなのに……」

「私情だの手心だの嫌味言われて引き下がれるかよ。出世が心配なら、コンビ解消してくれるように若様に頼んでやろうか？」

「とんでもない。ただ……」

「そりゃ心配だよな。でもな、こればかりは俺の性分だから直しようがない」

「聞き分けの良し悪しが昇進や次のポストに影響するんですよね？」

「たしかにな」

　第一機動捜査隊から本部異動の内示を受けた際、捜査一課長に就任したばかりの奥山に、中野駅近くの居酒屋へと呼び出された。

〈忖度の毎日になる。おまえは大丈夫か？〉

　乾杯の後、奥山が言った。

　警視庁本部に勤務できる刑事はごく一部の切れ者ばかりだ。出世の階段を上がるには、他の刑事が納得する捜査スキルの高さはもちろんのこと、様々な政治的な駆け引きが求められると奥山が言った。

　駆け引きとは、政治家や著名人が持ち込む無理難題のほか、群がってくるマスコミとの距離感、生活安全部や組織犯罪対策部など他部との軋轢の処理等々を指す。上司の命令は絶対であり、突然捜査中止命令が下ることもあるのだと奥山から教えられた。

「いくら若様だからって、仲村さんの言い方はまずいっすよ」

「そうだな、たしかに酷(ひど)い。俺もそう思った」

苦笑したあと仲村は言葉を継いだ。

「俺の体には沖縄の血が入っている」

「それがなにか若様と関係が？」

日本でナカムラと言えば〈中村〉が一般的で、あとは〈中邑〉、あるいは〈中邨〉だ。

自分の名前には中の文字の横にニンベンがある。沖縄特有の名前だ。

「親父は沖縄本島北部、名護の外れで生まれ育った」

高校生の頃に家族で父の故郷を訪ねた。日頃から無口な鳶(とび)職人は、一層重く口を閉ざしたままほとんど喋らなかった。

「遠い親戚に墓守の礼をしに行った。そのとき、親父の親族が沖縄戦で殺されたことを知った」

強い沖縄訛り(ウチナーグチ)で、父の再従兄弟(はとこ)は自分や父らが直接体験した凄惨な沖縄戦を語り出した。

その横で、父は生(き)の泡盛を舐め、大粒の涙を流した。父の涙を初めて見た瞬間だった。父が寡黙だったのは、辛すぎる幼いころの記憶に重い蓋を被せ続けてきたからなのだと痛感した。

「米軍が上陸・接近し、北部の名護も大混乱になったそうだ。陸だけじゃない。空襲や艦砲射撃は当たり前。親父や幼い弟や妹は伊是名(いぜな)島という離島に親戚を頼って避難した。

だが、島でも日本の敗残兵や米軍の脱走兵に苦しめられ、終戦を迎えた。ほどなくして生家のある集落に戻ると、辺りは破壊され尽くし、近所の洞窟（ガマ）には、知り合いや同級生の亡骸（なきがら）が放置されていたそうだ」

父の再従兄弟は、新聞の切り抜きを仲村に見せてくれた。残り物の野菜が廃棄されるように、たくさんの亡骸が放置されていて言葉を失った。

「酷いっすね」

「親父は沖縄の部隊を指揮していた元将校のつてで内地に渡り、鳶になった。今にして思えば、その将校は償いをしたかったのかもしれん」

そこまで言うと、仲村はコーヒーを一気に飲んだ。娘にさえ話していない事柄だ。いや、娘にはこんな話をしたくなかった。

「親父は曲がったことが大嫌いでな。たとえ棟梁だろうと、施主だろうと、おかしいと思ったら徹底的に抗った。戦争を通じて、誰も信じられないと悟ったからだ。俺の体には、そんなウチナーの血が流れている。しかも相当に濃い」

仲村は自分の頬を叩き、笑みを浮かべた。

「笑えないですよ」

関が神妙な面持ちで、缶コーヒーを口にする。子供の頃から、友人たちと比べ顔の彫りが深く、地黒だと思ってきた。歳を重ねるに連れ、無口だった父に似ていくのに気づいた。

「おかしいと思ったら、だめだと口にする。それが俺のやり方で、親父もそうしてきた。日本兵や米兵から命を守るには、そうするしかなかった」

一度きりの父との帰郷で、仲村はそんな思いを強くした。

「若様は他のキャリアより格段に優秀だ。田舎の県警でいくつも厳しい事件（ヤマ）を踏み、警視庁に戻ってきた。しかし、今は同期のお手柄で目が曇っている。だがな、事実は一つしかないんだよ。若様がとやかく言っても動じるな」

「肝に銘じます」

「その意気だ。ところでだ」

仲村は空き缶をロッカー脇のゴミ箱に投げ入れ、言った。

「今回の事件、キモは未発表の新事業にあるはずだ」

「そうっすね」

「どうやって探り出す？」

「発表前、賠償金、色々と面倒なことが多そうっすね。やるとしたら、松島氏の仕事関係者を丹念に洗い出して話を聞くことでしょうか？」

「だよな。一つひとつ洗い出しをやってみるか」

「刑事課に俺のパソコンがあります。その中から彼女の仕事関係者を探し出しましょう」

関を先導役に刑事課へ向かおうとしたとき、ロッカールームの入り口方向から足音が近づいてきた。

「関さん、ここでしたか？」

白いワイシャツの捜査員が関に駆け寄った。短髪で耳が潰れている。柔道かレスリングで鍛えた若手だ。

「どうした？」

「もう一人、怪しい奴の存在が浮かびました」

4

関を伴って捜査本部に駆け込むと、野沢管理官が眉根を寄せ警電の受話器を握っていた。

「……はい、鋭意追跡中です」

大方、電話の相手は奥山一課長だ。仲村はＳＳＢＣ捜査員の肩をつかんだ。野沢と怒鳴り合いになって部屋を出る際、入れ違いで入ってきた若手だ。

「なにがあった？」

「重要参考人の存在がもう一人、浮上しました」

若手はノートパソコンを指した。

「見せてみろ」

若手はノートパソコンのキーボードを叩き、動画再生ソフトを立ち上げた。

く。

「こちらです」

再生ボタンを押すと若手がパソコン正面の席を仲村に譲った。肩越しに関の顔が近づ

「どんな奴だ？」

薄暗い再生画面を見ながら、尋ねた。

「被害者の藤原氏がオーナーの介護老人福祉施設チェリーホームのヘルパーです」

「男か女か？」

「男性です」

画面にハザードランプを灯して停車するミニバンが映った。直後、ミニバンの後ろに宅配業者のコンテナ車が停車し、ミニバンの姿をかき消した。

「早送りします」

若手がマウスを操作し、画面がコマ送りになる。薄暗い三三号棟のシルエットが映り、猫背の男が車椅子を押してエレベーターの方向に消えた。

「防犯カメラシステムの障害で一旦画像が途切れます」

舌打ちを堪えつつ、仲村は画面を睨み続けた。右横で若手がマウスを何度もクリックし、画像を倍速で早送りし始めた。

「チェリーホームってのは、本当に被害者の施設なのか？」

「間違いありません」

キャバクラやスナックを何軒も経営し、これ見よがしに何人ものホステスを連れ歩いていた若き日の藤原の顔が浮かぶ。

強欲を絵に描いたような人物が介護老人福祉施設を実質的に経営している……最初の捜査会議で概要を聞いたとき、魚の小骨のような違和感が胸の底に刺さった。どんな経緯で経営に乗り出したかは不明だが、藤原の人物像からは大きく乖離している。

「こちらをご覧ください」

途切れていた映像が動き出した。薄暗い富丘団地の西通り商店街の広場が映った。人着は確認できないが、ポロシャツを着た男が、三三号棟に向かって歩いている。

「施設に担当者を確認したのか」

「はい……」

若手がポケットからメモ帳を取り出し、ページをめくった。

「先に打ち合わせがあったとき、牛込署の鑑取り担当者が教えてくれました」

若手はさらにページを繰る。

「……ありました。石井尚人、五一歳。チェリーホームの常勤ヘルパーで、デイサービス利用者の送迎も担当しています。この日は三三号棟に住む利用者を送っています」

「なんだって？」

名前を聞いた途端、仲村は若手の手からメモ帳を取り上げた。

〈石井尚人〉

たしかに、目の前のページには拙い文字で名前が記されていた。

「尚人が？」

「お知り合いですか？」

いつの間にか背後に野沢がいた。仲村は振り返り、仏頂面の上司に頷いた。

「松島と同じく、三三号棟で生まれ育った幼なじみの一人です」

「どうして、一つの事件でそんなことが？」

「俺が聞きたいくらいです」

仲村は画面に視線を戻し、言った。

「画像を拡大できないのか？」

「鑑識課に依頼していますが、少し時間がかかります」

ＳＳＢＣは機動捜査隊に任務が似ている。素早く犯行現場周辺の防犯カメラ映像を回収し、犯人（ホシ）の前足（マエアシ）、後足（アトアシ）を捕捉する。スピード重視の体制であり、精緻な分析作業は鑑識課、あるいは科捜研の領分になる。

数年前、別の事件を担当した際、ＳＳＢＣが回収した画像を鑑識課が分析にかけ、最終的に再生された動画を見て驚いたことがある。

街中に散らばる防犯カメラは性能がまちまちだ。型式が古い、センサーの画素数が少ない、メーカーごとに規格が違うなどの理由から、これらを繋ぎ合わせるのには労力がいる。鑑識課は二〇年ほど前から民間の機械メーカーと協力し、防犯カメラの映像を特殊なフィルターやソフトにかけることで、鮮明な画像に再生させる術を身につけた。日進月歩の民間技術を取り入れることで、鑑識課が提出した精緻かつ意図的な修正を施していない画像が公判で証拠採用される機会が急増している。

「わかった」

若手の手からマウスを奪うと、仲村は画像を始めから再生した。あとは専門の捜査員に任せ、自分は担当の仕事をまっとうするだけだ。

仲村は画面に目を凝らし続けた。車椅子に老人を乗せ、背後から押して歩く尚人、そして三号棟と車を、まるで忘れ物を取りに戻るように行き来する尚人……四〇年前と一緒で、どこか頼りなげで、猫背だ。

「こいつが怪しいっていうんですか？」

画面を凝視したまま、野沢に尋ねた。

「犯行時間に極めて近いタイミングで現場にいた。送迎用ミニバンから施設を割り出したら、被害者の経営する介護施設だった。一応、事情を尋ねるのが我々の仕事です」

不貞腐れた口調で野沢が言った。一応の部分に力がこもっている。若様は未だに環犯行説に傾いている。

「施設関係者によれば、当日、石井氏は送迎から戻る時間がいつもより遅かったようです」

野沢の背後から、牛込署の捜査員が顔を出し、言った。

「それで詳しく話を聞こうと思ったのですが、不在でした」

仲村は関の顔を見た。若い相棒は眉根を寄せていた。

「俺らも行ってみますか？」

「管理官、かまいませんよね？」

「ええ、もちろん。無駄足にならないことを祈っています」

野沢が露骨に嫌味を言った。だが、この程度のことを気にしていたら刑事の仕事などできない。

「ありがとうございます。住所は？」

「こちらになります」

牛込署捜査員がメモ帳を開き、仲村に向けた。

〈新宿区西早稲田……〉

「西富丘中学校の近くだな」

小学校高学年になり、中古自転車を買ってもらってから仲村ら団地の悪ガキたちの行動範囲は飛躍的に広がった。西富丘中学校の辺りは、都心の幹線道路の明治通りと諏訪通りが交差する一帯で、近くの諏訪神社の縁日には何度も出かけた。

「環といい、尚人といい、一体どういうことだ」

自分の手帳に介護施設の名前と住所を書き込むと、仲村は唸った。同時に、頭の中を四〇年前の暑い夏の日の光景がよぎった。

被害者の藤原は、愛人と思しき中年の女、環と尚人を伴い、団地の集会所に消えた。同じエリアで、藤原が殺された。犯行時刻に極めて近いタイミングで、四〇年前の当事者たちが姿を揃えた。

「行きましょう」

関に肩を叩かれ、我に返った。

「ああ」

マウスを離し、仲村は立ち上がった。

## 5

明治通りと諏訪通りの交差点に近い、西富丘中学校近くに覆面車両を停めると、仲村は関とともに介護老人福祉施設「チェリーホーム」を目指した。地元建設会社の道具小屋の脇を通り、古い下宿屋の角を早稲田通り方向に曲がり、小路を北方向に進む。大学の学生寮や低層マンションを越えると、パステルピンクの庇（ひさし）が見え始めた。

「あれですね」

スマホの地図アプリと周囲を見比べていた関が言った。三階建ての古い分譲マンションの一階と二階部分の壁が同系色にペイントされている。

道路からは段差の小さな階段、その脇には車椅子用のスロープが設置されている。玄関の右隣は半地下の駐車場になっている。

「どうされました？」

玄関脇のインターホンを押しかけていた関が首を傾げた。仲村は不格好に屈み、駐車場を睨んだ。

「ちょっと来てみなよ」

仲村は立ち上がり、薄暗い半地下の駐車場に続く下り坂を進んだ。マンション入居者共用のスペースなのだろう。薄暗いコンクリートの床には、〈３０１〉〈３０２〉〈３０３〉と枠ごとに白いペンキで番号がつけられていた。それぞれの番号のスペースには古い軽自動車やセダンが停まっている。その他のスペースには〈チェリー〉〈チェリー〉〈チェリー〉のペイントがあり、白とパステルイエローのツートンカラーに塗られたミニバンが三台停車中だ。

「なにされているんですか？」

仲村は三台の周囲をゆっくりと歩き、スマホを取り出した。

「防犯カメラの映像で気になっていたんだがな……」

関が怪訝な顔で言った。

駐車場出口のスロープに一番近いミニバンの前で、仲村はもう一度膝を折った。

「どんな点でしょうか？」

「これだ」

仲村は屈んだまま、ナンバープレートの右側、テールランプの下を指した。

「凹んでいますね」

関が首を傾げた。

「最近、職務質問（バンカケ）やったか？」

「えっ？」

「だから、職務質問をしたことがあるか？」

「いえ、卒配の所轄署にいたとき以来、やっていません」

「だろうな。だから、この凹みが目に入らない」

スマホのカメラを起動すると、仲村は凹みを写した。さらに運転席側のボディを一周し、何箇所か擦り傷や凹みを見つけ、同じように撮影した。

「なんですか？」

関が不安げな声で言った。

「凹みのある車両は、盗難車の可能性がある。かっぱらって乱暴に運転した、あるいは強盗（タタキ）に行く直前で、気が立っていたのかもしれない。そんなことをおまえは教場で習わなかったか？」

「あっ……」

「防犯カメラで目にしたときから気になっていた」

「しかし、ちゃんと施設の駐車場に停まっていますし、悪用されるようなこともないはずです」

「ここにある三台、全部に傷がある。とくにこの一台がひどい。だから気になった」

仲村は運転席のドアを軽く叩いた。

「おかしいと思わないか？」

もう一度ドアを叩くと、関が手を打った。

「そうか、助手席側なら、大きめのミニバンで死角が多い。慣れない人間が運転したら、擦ってしまう可能性がある。しかし、運転席側ということはアレですね」

「相当に雑な奴が運転しないと、視界を確保しやすい側をこれだけ擦ったり、凹ませたりすることはない」

第一機動捜査隊（イチキソウ）に所属していた頃だ。新宿職安通りを覆面車両で流していたとき、同じような車両を見つけ、職務質問を行った。

運転手は素直に車を止め、窓を開けた。その瞬間、仲村は当時の相棒に目配せして所轄署の応援を要請するよう指示した。車内から甘い香りが漏れ出していたのだ。覚醒剤常習者が発する特有の体臭だ。案の定、運転手は売人のところに向かう途中で、なんども路地の塀やガードレールに自家用車をぶつけていた。あの時も運転席側がひどく傷んでいた。介護施設の運転手が薬物に手を染めているとは思えないが、傷の付き方があのときと似通っていた。

「それにも増してだ」

仲村は運転席とその横にあるチェリーホームというパステルイエローの文字を叩いた。

「折れ曲がった名刺をもらったら、関ならどう思う?」

「感じ悪いですよね」

「そうだろ? なのに、ここに停まっているホームの車両はどこかしら傷がある。しかもずっと放置していた。塗装が剝げて錆が浮いている」

「たしかに……」

テールランプ下の凹みをチェックした関が言った。

「名入り車両は会社の顔だ。しかも介護施設は丁寧なサービスを売りにしているのに、これでいいのか?」

「その通りですね」

「俺にも一人暮らしの母親がいる」

母と告げた瞬間、仲村は口を閉ざした。今頃、妻の真弓は母のアパートで掃除をしているのか。それとも、洗濯物の畳み方で嫌味を言われているかもしれない。真弓の口から零れ落ちた言葉が耳の奥で反響する。

〈物忘れが酷くなっている気がする。もしかして……〉

強く首を振ると、仲村は言葉を継いだ。

「お袋に介護が必要になったとき、こんな凹みを放置する施設に預けたいと思うか?」

仲村が言うと、関が口を閉ざし、首を振った。

「訳ありな感じがする。その辺り、肝に銘じて事情聴取する」

仲村は自らに言い聞かせるように告げ、駐車場のスロープを上った。

6

〈チェリーホーム 施設長 熊谷敏〉

施設入り口の庇と同じパステルピンクの名刺を取り上げ、仲村は目の前の男を観察した。ツーブロックの髪をポマードで固め、尖ったフレームの眼鏡をかけている。口元は笑みを浮かべているが、レンズの奥の両目は慎重にこちらの様子をうかがっている。

事情聴取に入る前、関と簡単な打ち合わせを行った。二人とも濃い目の顔つきをしているが、シワが深くなった分だけ仲村の方が人相は悪く見える。自分は黙って様子を見るので、関が事情聴取の主体となるように指示した。

「施設長、それで石井さんはどちらに？」

関が切り出した。熊谷はわざとらしく眉根を寄せたあと、隣に座る中年男に顔を向けた。

「申し訳ありません、残業の途中で帰宅したようでして。なあ、そうだよね」

「そうですね、あ、多分そう」

熊谷に対し、隣に座った男は間の抜けた声で答えた。ネームプレートには〈楠木(くすのき)〉の名がある。細身でチーターのような熊谷に対し、楠木は年齢がずっと上で、ピンク色の制服がはち切れそうなほど太っている。頭髪は薄く、お世辞にも清潔とは言えない風体だ。制服のシャツとその風体は明確に不釣り合いだ。仲村と同世代、五〇歳前後かもしれない。

「残業とは具体的にどのようなお仕事を?」

関が事務的に尋ねると、熊谷が答える。

「急ぎでレセプトの修正をお願いしておりました」

「レセプトとはなんですか?」

「介護報酬の請求書のことです。我々は国から介護保険料をいただき、施設を経営しています。利用者さまごとに介護の度合いが違いますので、それらを個別に勘案して、国に請求をかけるわけです。石井さんはケアクラークという介護事業における事務処理の資格をお持ちですので、事務所での作業をお願いしていました」

熊谷の話の要点を手帳に書き込むと、関が仲村に顔を向けた。説明に不審な点はない。質問を続けろ、目で合図すると、関が言葉を継いだ。

「我々がお話をうかがいたい、その旨を石井さんはご存じだったのでしょうか?」

関の問いかけに、熊谷が戸惑いの表情になった。仲村の目には、熊谷の様子は芝居がかって見えた。

「私が事務所に顔を出したとき、石井さんがそのまま作業を続けていると思っていました。ですが夜勤明けですので今日は帰宅したのだと思います」

熊谷が後ろ頭を掻いた。戸惑う表情と同様、わざとらしい動作だった。

「富丘団地での事件、被害者はこの施設のオーナーの藤原さんです」

「驚き、悲しんでおります。私は彼に請われてこちらに来た人間ですので、これからの施設運営に関して、先行きをどうしようかと」

熊谷がまた眉根を寄せ、困惑した。

「ちなみに、前職はなにを?」

話しかけた関を制し、仲村は口を開いた。

「私は、歌舞伎町で飲食店に勤務しておりました。しかし、新型ウイルスの影響で……」

「なるほど、売り上げ急減で店を畳んだ? そういうことですね」

仲村は頷き、関に次の質問をするよう目線で促した。

「あの日、犯行時刻に近い時間帯で、石井さんが現場付近にいらしたのはご存じですね?」

「最初に来られた若い刑事さんお二人に説明しました。そうだよね、楠木さん」

「えっ?」

熊谷の隣の楠木が素っ頓狂な声をあげた。熊谷が関の質問を繰り返す。

「あ、そうそう。石井さんはいつも通りの戻りだったと思います」

関は少しだけ口を開け、楠木の話を手帳に書き取っていた。楠木という男がベテランなのかどうかは知らない。だが注意力散漫であり、他の三人の会話をまともに聞いていなかった。

「それは確かですか?」

「なにが?」

「ですから、石井さんはいつも通りだったんでしょう?」

「ああ、そういうこと。うーん、でもちょっと遅かったかも」

「刑事さんの質問にちゃんと答えてね、楠木さん」

熊谷が慌てて助け舟を出すが、楠木はどこか上の空だ。防犯カメラの画像には、録画した時間が記してある。聞くだけ無駄だ、そんな気持ちを込め、仲村は視線を関に向けた。

「あ、どうかな、やっぱりいつも通りでしたね。夜の見回りに出る時間だったんで、一人だと心細いというか、不安というか」

「楠木さんは、一カ月前に仕事に就いたばかりの新人さんでしてね」

またもや熊谷が助け舟を出した。

「不安とはどういう意味ですか?」

関が呆れ声を出すと、楠木が首を振った。

「入所者にはまだらな人が多くて、暴れると怖いんです」

間の抜けた声は変わらないが、楠木の顔がはっきりと曇った。

「まだらな人とは?」

「認知症の方の中には、夜間にその度合いが酷くなる人が多いのです。正常な状態と症状が進行する状態が交互に現れるのがまだらという意味です。ご老人でも、男性は力の強い方が多く、暴れられると数人がかりで押さえることも頻繁にあるのです」

楠木に代わり、熊谷が答えた。

今までの大げさな口調ではなく、真実味のある答えだった。認知症、暴れるという言葉が仲村の耳の奥に沈んだ。真弓に対して当たり方の度合いが酷くなっているのは、母の認知症が進んでいるということなのか。

二つの言葉を手帳に書き加え、仲村がさらに尋ねた。

「わかりました。念のため、石井さんのヤサを教えていただけますか？」

熊谷がスマホを取り出し、なんどか画面をタップした。

「こちらです」

大型スマホの画面に、尚人の顔写真、そして携帯番号と住所が表示された。関が自分のスマホを取り出し、熊谷の提示した画面をカメラで撮影した。

「ありがとうございます」

関が頭を下げた時、部屋のドアをノックする音が響いた。どうぞと熊谷が応じると、女が顔を見せた。

「施設長、ちょっと、ご利用者さまのことで」

仲村は女性スタッフの顔を見たあと、胸元にある名札をチェックした。〈木村〉の表示がある。

「それじゃ、我々はこれで。石井さんが姿を見せたら、先ほどの名刺にある携帯番号に連絡するよう伝えてください」

低い声で言うと、熊谷がなんども頷いた。

「いくぞ」

簡易応接セットから立ち上がると、仲村は木村の横を通り抜け、玄関に向かった。

## 7

「思い出した、やっぱりそうだ」

介護施設を出たあと、仲村は関とともに明治通りを越え、施設とは逆の西方向に歩いた。熊谷に教えられた尚人の住所は、諏訪神社の裏側にあるアパートだった。

「なにを思い出されたのですか?」

「施設長だ」

小さなインド料理屋の横から小路に入り、池袋の方角へと歩きながら、仲村はスマホの画面をスワイプした。写真ファイルを繰り、目的の一枚をタップし、関に画面を向けた。

「あっ」

「同一人物だよな」

「マル暴ですね」

「あとで組対四課に照会すれば判明するが、熊谷は元ヤクザだ」

「いつ撮ったんですか？」

「八年前、歌舞伎町の西武新宿駅近くだ」

「どうして、こんな写真を？」

「一機捜時代、現着（ゲンチャク）したら、周囲を撮影する癖ができた。このときは、明け方に違法営業キャバクラの客と店が揉めて、小競り合いになり臨場要請がかかった」

泊まり勤務の終盤、午前五時半すぎの歌舞伎町だった。風俗営業法ではキャバクラの閉店時間は午前零時と定められているが、歌舞伎町の裏側では違法に営業時間を延長する店が後を絶たない。泥酔した客にさらに酒を飲ませ、法外な料金を請求した挙句、互いに殴り合いになった一件だった。

新宿署の地域課や生活安全課の面々とともに両者を分け、事情を聞いた。その際、近くにいたキャバクラの関係者の顔をこっそり撮影していた。その中に熊谷の顔があった。

「事務所で会ったときから、ずっとひっかかっていた」

「それにしても、八年前のことなのによく覚えていらっしゃいましたね」

「スキルの一つでな」

警察学校の同期が、仲村より一足先に本部勤務になった。所属先は刑事部捜査共助課だった。全国の道府県警と連携し指名手配犯を追うセクションに配属された同期は、見当たり捜査班に組み込まれた。

「見当たりのスキルですか」

「見様見真似でやったら、案外役にたった」

見当たり捜査とは、新宿の人混みや東京駅の改札など人通りの多い場所に立ち、指名手配犯が現れないか我慢強く待つ仕事だ。担当を任されると、数百人分の手配写真を頭の中にインプットし、雑踏の中から逃げ続ける犯人(ホシ)を割り出すスキルが求められる。

「目と鼻の位置、それに耳の形は絶対に変わらないと教わった。機捜時代は、現場一帯にいる野次馬を撮り、特徴的な人間の様子をずっと頭に刻むように訓練した」

窃盗や放火などの場合、犯人が野次馬に混じって成果を確認するケースがある。またひき逃げ事件では、被害者の様子が心配になり、被疑者が戻ってくることもある。

「奴は覚えていないだろうが、どこかで会った感じがした。それに奴の服装だ」

仲村が言うと、関が手を打った。

「暑いのに、半袖シャツの下にトレーニング用の長袖シャツでした。おそらく……」

「刺青(モンモン)を隠しているからだ。確信したのは、ヤサと言ったときだ」

「たしかに、仲村さんは石井さんのヤサ、そう尋ねられましたね」

「堅気の人間はあんな言葉に反応しない。即座に答えるのは、警察担当の記者かライター、それにマル暴だ」

警察が自宅や住居をヤサと称するのは、〈家捜し〉が由来だ。一般人に聞かれてもわからぬよう、多くは短くされ、符丁となる。だが、ヤクザの場合は少し違う。マル暴はサヤの中に人間がすっぽり入る様を住居に見立てることが多い。警察と同じで、言葉を逆さにすることで、堅気の人間にわかりにくくしたのだ。

「被害者の藤原氏はマル暴と緊密、そしてオーナーとなっている介護施設の責任者に元ヤクザを入れていた……やっぱり怨恨では？」

「そうかもしれんが、しっくりこない」

熊谷は飲食業に従事していたと語った。大方、キャバクラチェーンか、怪しげな風俗業の類いだ。しかし、新型ウイルスの大流行とともに歌舞伎町の様相は一変した。客とキャストが密着するキャバクラはウイルス拡散の温床となり、世間の冷たい視線を集めた。結果として客足が激減し、多くの業者が廃業に追い込まれた。

利に聡い藤原が、収益の落ちた店に見切りをつけ、目端が利く熊谷を新規の事業に送り込んだのかもしれない。

ウイルスの蔓延によって歌舞伎町の収益構造が激変すれば、多くの店から裏でシノギを得ていたマル暴の財布も厳しいことになる。元々、ミツバチの巣のように縄張りが入り組んでいた歌舞伎町の裏社会で、パワーバランスが崩れた。羽振りの良い藤原を妬んでいたマル暴がいたとしても不思議ではない。

「マル暴が絡んだ怨恨なら、もっと派手にやる。奴ら単純だしな」

「そうですね……刃物(ヤッパ)や拳銃(チャカ)を使って見せしめ的に殺すのがセオリーです」

　関が唇を嚙んだ。

「とにかく、わからないことが多すぎる」

　明治通りと平行して走る小路を進み、諏訪神社の北側に通じる道へと左折する。周囲には小規模マンションや、古い一戸建てが連なる。

　道路が舗装され、住宅は増えたが雰囲気は仲村の小学生時代とほぼ同じだった。尚人はずっとこのエリアに住んでいるのか。なぜ介護施設に勤めているのか。聞きたいことは山ほどある。

　辛うじて軽自動車が通れる程度の小径(こみち)、坂道の途中にあるアパートの一階奥に尚人の部屋があった。木造モルタル二階建て、鉄製の外階段がある昭和の趣きを色濃く残したアパートで、それぞれの木製ドアの前には二槽式の洗濯機が置かれていた。

　呼び鈴を押すが反応はない。熊谷の話では石井は夜勤明けのはずだが、家に帰らずにどこかに寄り道でもしているのだろうか。まさか警察にマークされていることを知って姿をくらましたとも思えないが、念のため大家に話を聞いてから帰ることにした。

　大家は年老いて小柄な男だった。

　大家がドアを開けると、仲村と関は狭い三和土(たたき)で靴を脱いだ。

「石井さんがなにか?」

　老眼鏡を鼻先に載せた大家が不安げに言った。

「ある事件の裏づけで話を聞きたいだけです。ご心配なく」

仲村が答えると、大家は小さく頷いた。

大家が言うには、石井の部屋は四畳半一間に三畳のキッチンスペースがついているワンルームらしい。石井との交流はほとんどないが、ある時家電量販店の大きな袋を持って帰ってきたことがあった。普段は挨拶をしても、大した反応を見せない石井だが、そのときは世間話に乗ってきて、一〇万円もする炊飯器を買ってしまったと嬉しそうに話していた。

「炊飯器が一〇万円？」

「前に母親の誕生日に炊飯器をプレゼントしたことがありますが、鉄の鍛造物だとそれくらいしますよ」

介護施設のスタッフは薄給で知られる。化石のようなアパートに住み、つましい生活をしている尚人が、炊飯器に一〇万円もかける……炊飯器、コメ。頭に浮かんだキーワードをたぐると、仲村は手を打った。

「そういうことか」

「どうしました？」

「大家さん、石井はぬか漬けを作っていませんでしたか」

「ああ、そういえばそんなことも言っていましたね。ぬか漬けをおいしく食べるために炊飯器を買ったんだって」

「それがどうしました?」

「尚人のお袋さんが作る握り飯とぬか漬けは絶品だった」

仲村は目を閉じた。四〇年前、三三号棟の住人は皆等しく貧しかった。共働きは当たり前で、忙しい家庭が大半だった。夏休みや冬休みの間、子供達はどこかの家に行き、昼飯を食べさせてもらう。仲村の家にも、何人もの子供が訪れた。食べさせる物があるときは、いつでも振舞う。困っている家庭の子供がいれば、他の家が救いの手を差し伸べるのが当たり前だった。

「尚人の母ちゃんは、能登の米どころ出身で評判のおにぎり名人だった。それにぬか漬けも毎日欠かさず作っていた」

尚人の母親は、八百屋の店先で売れ残りの大根や茄子を安価で買い、家計を切り詰めていた。

「女が出入りしていたということはないですかね?」

「ここに住んで八年になると思うけど、そんな気配は全然ありません。一回だけ部屋の中に入ったことがあるけど、綺麗なもんでしたよ。プラスチック製の衣装ケースに文机(ふづくえ)があって、テレビはなかったかな。本が数冊あるだけで殺風景な部屋でした」

大して収穫はなかったが、石井の暮らしぶりはわかった。大家に礼を言ってアパートを辞すると、関がつぶやいた。

「それにしても、どこに行ったんですかね。石井さんが真犯人(ホンボシ)って可能性もあるんでしょうか？」

「なんとも言えんが、この暮らしぶりを見ると、奴の性格は変わっていない。人並外れて大人しく、優しい男だ。藤原になんらかの恨みを持っていたとしても、殺すようなことはないはずだ」

8

松島は恵比寿の社長室で朝刊に目を通しながら、秘書の伊藤お手製のサンドイッチを食べ終えた。

精肉店の自家製コンビーフとレタスやトマトが入ったサンドイッチ、そして保温ジャーに入った豆のスープは、疲れ切った体の隅々にエネルギーを運んでくれるような気がした。

朝刊を畳み、パソコンのスケジューラーをチェックする。いつものように、伊藤は予定を詰め込んでいた。三〇分後の午前九時からは、新規事業に向けてメガバンクの本店融資部から三名が訪れる。その後は、出資を受けたいと希望する学生ベンチャーの若き経営陣四名が来社し、彼らから詳しい事業計画を聞く予定だ。

普段通り、主要な新聞やテレビ、通信社の記事をチェックし終えた。手掛けている事業、投資した案件に影響を与えるようなトピックは見当たらなかった。

もう一度、大和新聞のサイトをチェックする。〈社会・事件〉の文字をクリックすると、一昨日の夜城東地域で発生した凶悪な窃盗事件の詳報がトップにあった。目を凝らし、見出しをさらに追いかける。

〈富丘団地殺人事件、顔見知りの犯行か？〉

見出しをクリックすると、短い記事が現れた。警察は被害者の交友関係や仕事絡みを中心に調べを進めているが、被害者が歌舞伎町エリアで手広く商売をしていただけに、接点を持つ人間が多く、怨恨関係を中心に調べる捜査が難航していると触れていた。

〈なあ、あの日、なにがあった？〉

〈四〇年前、尚人がコロッケを環に譲ってくれた日のことだ〉

突然、仲村勝也の顔が浮かんだ。

相棒の若手刑事と一緒にいるとき、勝也は鋭い視線で自分を見つめていた。そのとき、小説で知った刑事眼（デカメ）という言葉が思い浮かんだ。

警察学校を出て制服巡査になった瞬間から、警官は常に人を疑ってかかるようになる。自転車を盗んだのではないか。老人を騙して金を掠（かす）め取ったのではないか。そんな思いで長年人間を観察し続けると、常に疑いを抱いた目付きになるという。

丸顔、エラが張った顔、馬面……人の顔には様々な輪郭があるが、ベテラン刑事たちに共通するのは、醒めた光を発する両目、それが刑事眼だという。

数年ぶりに再会した勝也にしても、地黒の顔は昔から変わらなかったが、目付きは歴とした刑事眼だった。

勝也はどこまで調べを進めたのか。勝也は若い刑事を伴ってオフィスに現れた。ハイテク捜査が進歩し、防犯カメラ映像から自分の存在を割り出した。高性能のレンズを組み込んだ防犯カメラの存在は知っていたが、ここまで速いとは予想外だった。

あの時、勝也の背広の襟には赤いバッジが光っていた。

勝也たちが引き揚げたあと、投資案件でよく相談する刑事上がりの司法書士に連絡した。捜査一課の赤バッジのことを尋ねると、精鋭中の精鋭だと教えてくれた。警視庁本部で選ばれた刑事だけがバッジを付けることを許されるのだと力説した。

勝也はやんちゃだが、人一倍正義感が強かった。誰よりも努力して組織の中で這い上がったに違いない。そんな勝也に疑われている。

藤原の協力を得て進めていた新事業の内容は、守秘義務契約を盾に証言を拒んだ。だが、あの刑事眼がそれを許してくれるはずもない。どんな手段を使うのかは知らないが、今も調べを進めているはずだ。

発表前に警察が事実を突き止めたら、出資予定の投資家たちにどう説明するか。いや、警察がそこまで専門的な内容を調べられるはずがない……一向に答えが見つからない。

松島は強く首を振った。鋭い目付きの勝也が消え、大和新聞の短い記事が目の前にある。

あの日、喫茶店の椅子にふん反りかえっていた老人の目は濁り切っていた。団地の高層階から落下したことで、あの両目からは既に生気が消滅した。邪魔者がいなくなった今、このまま正面突破すべきなのか。

松島は意識を集中させ、頭の中にある見取り図を凝視した。まさか、藤原が介護事業を手掛けているとは。投資や新事業に乗り出す際は慎重に事前調査するが、藤原の存在は考えもしなかった。

それは藤原も同じだったようだ。著名な投資家として名が売れているのに、なぜ利の薄い介護事業なのかと随分いぶかしんでいた。

藤原に向けて、まずは世界の投資家に向けてプレゼンする際の言葉を差し出した。

〈二〇二五年を境に、日本は高齢化が一気に加速します。二〇六五年には四人に一人が後期高齢者となる超高齢社会を迎え、社会構造が激変します。世界のどの国も経験したことのない変化をビジネスチャンスにしたいのです〉

松島が告げると、藤原が口を歪め笑った。

〈さすがは富丘団地育ち。お前も俺に似てきたな。年寄だらけの富丘団地は、デカい金鉱みたいなもんだ。手付かずで途方もない埋蔵量だよ〉

藤原の言葉を聞いた瞬間、真っ赤に焼けた火箸を口に突っ込まれたような痛みが全身に走った。

藤原は四〇年前のあの日と変わらず、傲慢で強欲な男だった。いや、身勝手で自分本位な立ち振る舞いに磨きがかかり、街の王様気取りだった。

〈もう少し色をつけてくれ〉

〈色をつけてくれれば、それなりの見返りをする〉

机の引き出しを開け、小さなICレコーダーを取り出す。いくつもの修羅場をくぐり、狡猾さを増した老人は、会話が録音されていることを察知したのかもしれない。色という言葉をなんども使い、直接カネをよこせとは言わなかった。交渉が決裂した際、強請られたと訴えられるのを避けるためだ。

〈違法行為は絶対にしません〉

〈経理はすべてガラス張り、事業の収益は出資額に応じて投資家に還元されます〉

松島がなんど主張しても、口元に不気味な笑みを浮かべ、藤原は首を振り続けた。

〈役所の検査は実質ザルだ。医者も抱き込んでいるし、バレる心配は万が一つにもない〉

〈医者の数を増やし、利用者をもっと受け入れれば、濡れ手で粟だ〉

〈新しい仕組みがうまく回り始めれば、合法的にカネの洗濯ができる。こんなに儲かる仕組みはないぞ〉

藤原に対する嫌悪感を思い出す。

〈大人の味はどうだ？〉

四〇年前のあの夏の日、額に大粒の汗を浮かべ、口元からだらしなく涎を垂らした藤原の姿が浮かんだ。

食べたばかりのサンドイッチとスープが胃の奥から逆流する。松島はなんども胸を叩き、吐き気を堪えた。喉元からすえた胃液の臭いが鼻に抜け、激しくむせる。両目から涙も零れ落ちた。

ハンカチで口元を覆い、松島は必死に呼吸を整えた。動揺している場合ではない。藤原亡きあとの事業を、どんな形で前に進めていくのか。新たに見出した事業は、日本の縮んだ経済活動を再び大きくする可能性を秘めている。いや、必ず大きなビジネスになると考えたからこそ、藤原に頭を下げに行ったのだ。

信用調査会社の調査員はもとより、経済専門メディアに在籍した経験の長いライター、歌舞伎町の裏社会に太いパイプを持つ探偵まで動員して下調べをした。

藤原は、歌舞伎町を裏で仕切る顔役になっていた。多くの暴力団がしのぎを削る歌舞伎町で、大小の組織に顔が利く。キャバクラやスナック、韓流レストランを手広く営業し、女と金の流れを自ら作り出す。

そんな藤原が介護施設に送り込んだのが、熊谷敏という男だ。

藤原と熊谷が知りあったのは十年前。当初は売掛金の回収や高利貸しとして使った。熊谷も新しい雇い主の期待に添うべく、歌舞伎町だけでなく、世界中から観光客を集めるようになった大久保地区のコリアンタウンの利権に食い込んだ。韓国から一山当てようと来日した実業家らに対し、御用聞きのような役割をはたし、信頼を得た。

やがて藤原の右腕的な存在にまで成長すると、今度は新たな鉱脈である介護ビジネスに派遣された。

藤原のやり方を傍で見ていた熊谷は、今後、どう出てくるのか。探偵事務所のレポートには、現在、裏社会とのかかわりはないとあったが、たとえそうだとしても、藤原と同じで、ビジネスの収益の一部を上納しろと迫ってくるに違いない。

もう一度、松島は強く首を振った。動き出そうと助走を始めた事業を守るため、刑事眼の勝也に洗いざらい話し、守ってもらうか。いや、そんなことは絶対に無理だ。

〈なあ、あの日、なにがあった？〉

藤原との関係を話すうちに、必ず四〇年前の出来事に行き着く。あの日起こったことは、墓場まで持っていく。

あの日以来、大人が怖くなった。貧乏なままでは、大人の言いなりにされてしまう。抗うためには知恵をつける必要がある。三三号棟脇の集会所を出たあと、泣きながら自らに誓った。

涎を垂らし、気味の悪い声を上げ続けた藤原と別れ、自分の家に帰る途中、なんども大通りに向かい、猛スピードで走るトラックに身を投げようとした。だが、尚人が肩をつかみ、踏みとどまらせてくれた。

あの日、自分の命はなくなるはずだった。だが、こうしてその日の食事に困ることなく生きていけるのは、あの日の出来事があるからだ。

松島は両手で強く頬を張った。まだ打開策はある。パソコンのマウスを握り、情報を得ようと他のサイトにアクセスしたとき、突然部屋のドアがノックもなしに開いた。

「社長、大変！」

眉根を寄せた伊藤が大股で部屋に入ってきた。

「どうしたの？」

「とにかく大変」

日頃冷静な伊藤の顔が青ざめていた。

「落ち着いて、なにが起こったの？」

「新時代ですよ、新時代」

伊藤がまくしたてた。

「新時代って、週刊新時代のこと？」

松島の言葉に伊藤が頷いた。

「投資先のスキャンダルとか、役所の方針転換とかの話？」

伊藤が強く首を振り、口を開いた。

「社長です」

「私のこと？」

松島の言葉に、壊れたロボットのように伊藤が頷いた。

出版不況が長期化する中、老舗出版社・言論構想社が発行する週刊新時代は年に何度も完売号を出す媒体だ。政治家や芸能人のスキャンダルに強く、時には役所が隠蔽した不正も暴くことで知られる。

だが、松島自身、狙われる覚えが一切ない。デスクに置いたミネラルウォーターの蓋を取ると、松島は伊藤に差し出した。

「とにかく座って、詳しい話を聞かせて」

「すみません」

　伊藤が音を立てて水を飲み、どっかりと応接のソファに腰を下ろした。

「こんなこと初めてなので」

　手の甲で口元を拭ったあと、ポケットを探り、一枚の紙をテーブルに置いた。

「なに？」

「新時代の堀田とかいう記者からの問い合わせ、いや、コメントが欲しいという電話が入って、これが送られてきました」

　松島は伊藤が差し出した紙を手に取った。

〈取材依頼　コメントのお願い　週刊新時代〉

　定型フォームなのだろう。媒体名までは印刷されているが、堀田という記者の名前は手書きだった。

「えっ！」

「どういうことでしょうか？」

　文字を追うと、思わず声が出た。堀田という記者は、新宿の団地殺人事件に関し、警視庁が松島に疑いの目を向けている旨を記事にしたい。そのため、当事者である松島のコメントがほしい、そう短く求めてきた。

〈校了に向けて、本日午後一時までにご返信をいただけましたら幸いです〉

最後の一文も定型で印刷されていた。頻繁にこのような形で当事者の言い分を吸い上げているのだろう。

「社長、どういうこと？」

「私が犯人かっていう意味？」

伊藤が前のめりになり、言った。

「そうです。どうなんですか？」

「馬鹿なこと言わないで！」

自分でも驚くほど、大きな声が出た。

「あなたにも詳しい話をしていなかったけど、今回の事業を前に進めるには、この事件の被害者の協力がどうしても必要だったの」

「事件当日、新宿七丁目の喫茶店に行ったのは、この人に会うためですか？」

「そうよ。あなたに無理を言ってスケジュールを空けてもらった日」

再度、目の前に唇を歪ませ、不気味な笑みを浮かべる藤原が現れた。

「地域の顔役で介護事業を手掛けている人でしたよね」

「あの人には裏の顔があるの」

「裏って、まさかヤクザとか？」

伊藤が眉根を寄せ、言った。

「うん。新事業を興したら、収益の一部を裏から回せって脅されていた。ごめん、あなたにこんなことを知られたくなかったの」

「ボス、本当にやってないの？」

「やっていない。昨日、刑事たちがやってきたのは、喫茶店の防犯カメラ映像をチェックしたから。私が最後に被害者に会った人物だって」

「わかった。ボスを信じる。それなら、恐らく警察関係者から話が漏れたのね」

伊藤が腕組みして天井を仰ぎ見た。

「どうしたらいい？」

「全面否定しかないですね」

「でも……記者会見までは詳細を明かせないの。知っているわよね」

「これって、警察官のリークですよね」

「新聞やテレビ、それに雑誌記者は夜討ち朝駆けで取材するって聞いたことがあるから、そのときに漏れたのかも」

「顧問の斎藤（さいとう）弁護士（センセイ）に相談して、対応策を練ります。警察官って、地方公務員ですよね？ いくら取材だからって、憶測で人様を殺人事件の容疑者に仕立てて、それをマスコミにリークするなんて、酷すぎる。他のメディア対策と併せてみっちり話します」

「ありがとう」

「コメントは、事実無根、強く抗議する、と返答します」

伊藤が新時代からのファクスを回収し、大股で社長室から出ていった。

斎藤は金融取引に強い弁護士であり、マスコミや警察マターには明るくない。しかし、多額の報酬を毎月支払っている。知り合いの中からトラブルに強い他の弁護士を紹介してもらえばいい。

執務机に戻ると、松島は引き出しを開け、勝也が置いていった名刺を手に取った。固定電話の番号の下に、携帯のナンバーが印刷されている。

スマホを取り上げ、勝也の番号を打ち込もうと指を動かしかけ、松島は思いとどまった。助けてと言うのか。それとも、情報漏れに抗議するのか。自分でも決めかねていることに気づいた。

# 第三章　移乗(いじょう)

## 1

「パパ、土曜日なのに早いね」

　朝食を食べ終えた仲村が食器をシンクに運んでいると、背後から娘の智子の声が響いた。食器棚横にある時計は、午前六時四五分を指している。

「捜査本部(チヨウバ)が立っているときは、曜日は一切関係ない。それより智子、学校はどうだ？」

　智子は胸元が開いたカットソーを着て、下半身はデニムのホットパンツだ。肌の露出の多い娘に慌て、仲村は視線を外した。

「まあ普通かな」

　気怠(けだる)そうに言うと、智子は冷蔵庫を開けた。ドリンクタイプのヨーグルトを取り出し、コップに注ぎ始める。

「普通ってどういう意味だよ」

友達と遊んでいるのか、苦手教科は克服したのか。仲村はそんな意味合いで様子を尋ねるが、返ってくる言葉はいつも〈普通〉、もしくは〈大丈夫〉しかない。

「可もなく不可もなくって感じ」

面倒臭そうに答えると、智子はリビングのソファに腰を下ろした。デニムのポケットからスマホを取り出し、せわしなく指を動かし始めた。

二週間前、仲村の母親が右手首を骨折した。その世話もあり、妻の真弓はこのところ不機嫌だ。智子の学校が休みで、弁当と朝食作りがない日くらいは、ゆっくり寝かせてやりたい。そう考えた仲村は、自分の朝食は目玉焼きとカットしたトマト、レンジで温めた冷凍白米で簡単に済ませた。

「智子、朝飯どうする？」

「もう飲んでる」

スマホを睨んだまま、智子がヨーグルト入りのグラスを掲げた。

「ダイエットかなんか知らんが、ちゃんとした物を食べなきゃだめだ」

「はいはい……」

画面に視線を固定させたまま、智子が答えた。卵とベーコンを炙る時間ぐらいならまだ取れるかもしれない。仲村はもう一度時計を見た。いや、朝の捜査会議は特別な事情がない限り、午前八時開始と決まっている。

鑑取り班の中心メンバーとして、遅れるわけにはいかないし、早めに会議室に着くのが暗黙の了解だ。仲村は一課のベテランとなった。幹部が居並ぶ会議で発言しづらい所轄署の若手から細かい話を聞き、他のメンバーと雑談を交わし、捜査のヒントを拾う。やはり、智子の朝食までは手が回らない。食器を洗い、水切りに置く。

「今日も帰りは遅くなる。夕飯は二人で済ませてくれ」

「はあい」

気の抜けた声で智子が返答した。

昨日は尚人のアパートの大家に会い、話を聞いた。介護施設「チェリーホーム」を後にした尚人は部屋に戻らず、直接話を聞けていない。高田馬場から牛込署に戻り、夜八時からの捜査会議に出た。

団地、周辺の店舗やオフィスをくまなく回っている地取り班、そして被害者・藤原の人間関係を洗っている鑑取り班からめぼしい報告はなかった。鑑識、捜査支援分析センター(SSBC)も同様で、野沢が仕切った会議は重苦しい雰囲気に包まれていた。三〇分ほどで会議は散会となり、仲村は本部の同僚、そして牛込署の捜査員らと署内で夜食を摂り、それぞれの感触を確かめ合った。刑事たちの感触は一様に怨恨(えんこん)、痴情などに絞られたものの、具体的な犯人像は浮かばなかった。

牛込署を後にするとき、相棒の関を連れ出した。署から一〇〇メートルほど離れた小さな居酒屋でビールを飲み、茶漬けで締めて帰宅したのが午前零時近くだった。

所轄時代と本部に上がってから、約一〇件の殺人(コロシ)事件に関わった。初動段階で犯人の身柄が確保されたのが三件。あとは解決まで一カ月から半年近く時間を要した。捜査に駆けずり回り、会議の繰り返しで疲弊する。今度の事件はどの程度かかるか。

捜査本部(チョウバ)の一員になると、帰宅すること自体が難しくなる。城東や多摩方面で事件が発生すればたちまち終電を逃し、所轄署の道場や会議室で体を横たえる日々が続く。

今回の牛込署は東中野の自宅マンションに近い。階級や所属の壁で息が詰まりそうな男世帯(おとこじょたい)を抜け出し、わずかな時間でも自分のベッドで眠りにつけるのがありがたかった。

捜査本部への行き来のほかに気がかりなのが、母の様子だ。怪我をして苛立っているのはわかる。元々細かいことが気になる性格で、自分の体が自由にならない分だけ機嫌が悪い。歳を重ねて意固地になっている上に、真弓によれば認知症の気配まである。母の状況が今よりも悪くなった際、果たして捜査に参加し続けられるのか。いや、それより前に真弓が壊れるかもしれない。仕事と家庭を天秤にかけるという初めての経験が目の前に迫っている。

洗ったばかりの皿やコップを布巾で拭き終えたとき、真弓が欠伸(あくび)を嚙み殺しながらリビングに現れた。

「悪いな、朝の定例会議がある。出かける」

「ご苦労さまです」

智子と同じように、真弓も仲村と視線を合わせぬまま、冷蔵庫のドアを開けた。

「お袋のこと、頼むな」

仲村が短く告げると、真弓が麦茶の入ったコップを乱暴にカウンターに置いた。

「わかってるわよ」

真弓の言葉は強い怒気を含んでいた。仲村は身構え、低い声で尋ねた。

「なにかあったのか？」

「いつものように、コップの洗い方が雑だとか、洗濯物の畳み方が違うって言われてる。普段となにも変わりはないわよ」

真弓は依然、仲村と目を合わせない。妻の口を衝いて出た言葉は、棘（とげ）だらけだ。

「すまん、事件（ヤマ）が終わったら、必ず埋め合わせする」

「いつ？　明日、それとも明後日なの？」

コップを睨みながら、真弓が肩を震わせた。

「それがわかったら苦労しないし、刑事は要らない」

強く言い放ったあと、仲村は奥歯を噛み締めた。

結婚して二〇年近く経った。これまでずっと妻に家事と育児を任せきりだった負い目がある。所轄署のその他大勢の刑事の中から機捜（キソウ）に這（は）い上がり、そして警視庁の顔である一課に上り詰めた。

順調に階段を上ってこられたのは、間違いなく真弓の支えがあったからだ。現在、真弓の肩には思春期で気難しくなった智子のほか、母の世話という重石（おもし）まで加わった。当たり散らしたくなる気持ちはわかる。だが、今は殺人（コロシ）事件の捜査中だ。仲村は強く拳（こぶし）を握り締めた。思いの丈をぶちまければ、ヒビの入ったガラス窓が小さな破裂音とともに砕け散る。

「昨日、お義母さんの下の始末をしたの。初めてよ」

唸るように真弓が言った。驚きのあまり、言葉が出ない。

「近所のドラッグストアで大人用のオムツを買ってきたわ。クローゼットの床に置いてある。あなたは気づかなかったでしょうけど」

肩だけでなく、真弓の声も震え始めた。

「すまん。知らなかった」

なんとか声を絞り出した。同時に母の顔が浮かぶ。四〇年前、快活な笑みを浮かべ、団地の貧乏家庭の子供たちを集め、そうめんや握り飯を食べさせていた母。無口な職人の父に代わり、他所の子供であっても、悪事にはきちんと叱る気丈な母が、知らず知らずのうちに老いた。

よろけて地面に手をつき手首を骨折したのは致し方ないが、下の世話まで必要になったとはにわかには信じ難い。昨日、真弓が言った物忘れという言葉も気になる。記憶が曖昧になった上に、用足しに支障をきたす。恐れていた事態が目の前に迫った。いや、実際に真弓がその世話を焼いている。

「自分の親の下の処理だってしたことないのよ」

いつの間にか、真弓が洟をすすっていた。

「すまん、よろしく頼む」

「だから、いつまで？」

「悪いと思っている……」

仲村は頭を下げ続けるしかなかった。

「もう、ママやめなよ。パパ困ってるじゃん」

突然、智子が叫んだ。

「一日中スマホで遊んでいるあなたに、この苦しみがわかる？」

真弓が金切り声を上げると、智子の声音もきつくなる。

「私、今日と明日は手伝う。だったらいいでしょ？」

「二人とも、すまん」

仲村は唇を噛んだ。

「犯人がいつ割れるか、これればかりは俺にはどうにもできん。だが、一段落したら、必ず公的なサービスのことを調べて、施設の手配もする。それまで、なんとか堪えてくれ」

「だから、それはいつなのよ！ 施設はどこにするの？ いくらかかるの？ 智子の塾の月謝がいくらか知ってる？ 私立の大学に通いだしたら、年間の学費がどのくらい出ていくか、考えたことがあるの？」

真弓の怒声は止まない。地方公務員の給料は安い。マンションのローンはあと二〇年以上も残っている上に、学費もかさむ一方だ。そこに介護費用が加われば、家計はより圧迫される。やりくり上手な真弓に全て財布を委ねてきた。いや、刑事の仕事に専念するため、金の算段という役目から逃げ続けてきた。

「ママ、パパの立場だって考えてあげてよ。刑事なんだから！」

智子がリビングからキッチンの狭いスペースに駆け込んできた。

「刑事だから、自分の母親の面倒みなくていいの？　嫁が下の後始末をして、嫌がって騒ぐお義母さんに紙オムツ穿かせなきゃいけないの！」

真弓のボルテージは上がり続けた。

「いい加減にしてくれ！　捜査が終わったら、必ずお袋の面倒を見る。他所への異動願いを出してもいい。だから、今回ばかりは堪えてくれ」

仲村が頭を下げた途端、真弓が両手で顔を覆い、その場に蹲った。

「パパ、あとは私が付いているから、仕事に行って」

智子が真弓の横に座り込み、肩をさすった。

「悪いな。よろしく頼む」

もう一度、仲村が頭を下げたときだった。足元でスマホのチャイムが響いた。

「こんなときくらい、スマホの電源切りなさいよ！」

真弓が怒鳴ったが、智子は画面を見つめ、黙っている。

「パパ、これ見て」

突然、智子がスマホの画面を仲村に向けた。左隣で、真弓の荒い息遣いが聞こえる。

仕事に逃げ道を求める夫、そして聞き分けのない娘に対し、真弓の怒りが頂点に達しかけている。

「パパ、いいから。これ」

智子が乱暴にスマホを仲村に手渡した。

「あっ……」

スマホの画面を見た直後、仲村は声をあげた。

「更新（アップ）されたばかりよ」

仲村は画面を睨み、見出しの文字を追った。週刊新時代のネット版だ。画面の左上に〈新時代オンライン〉の文字がある。

「なぜこのサイトを？」

「タブーなしの芸能スクープが出るから、新着記事があったら知らせてくれるようにしてるの。今日も好きなバンドの情報とかあるかと思ったら、これだった」

「新時代の発売日は水曜日だ。なぜ土曜日に？」

「ネットに締め切りはないからね」

智子の説明を聞いたあと、仲村は改めて見出しに目を凝らした。

〈新宿団地殺人事件で黒い交際発覚！〉

仲村は人差し指と親指で文字を拡大した。主見出しの次にある文字に釘付けとなった。

〈美人投資家、事件に深い闇？〉

「パパが担当する事件でしょ?」

「ああ、そうだ」

　仲村はさらに記事を追った。

〈高度経済成長期に建設された都心のマンモス団地。現在は全国でも例を見ないほど高齢化が進んだ富丘団地で起こった殺人事件に関連して新たな事実が発覚した。捜査関係者によると……〉

　文字を追っていくと、写真が現れた。顔にはボカシが入っているが、横にあるキャプションは強烈だった。

〈被害者に最後に会ったとみられる美人投資家〉

「なんだと……」

　記事では、捜査関係者の情報として、藤原は死の直前、最近メディアでの露出が増えている美人投資家に会っていたと触れていた。

〈担当／特報班・堀田直之（なおゆき）記者〉

　記事を書いたのは、仲村も一、二度直撃取材を受けたことがある男だった。東中野の駅前で帰宅途中の仲村を張っていた、狐のような目つきの元中央新報（ちゅうおうしんぽう）の記者だ。舌打ちしたあと、仲村はスマホを智子の手に戻した。

「大丈夫?」

　恐る恐る智子が言ったときだった。尻のポケットに放り込んでおいた仲村のスマホが不快な振動音を立てた。捜査本部を仕切っている、若様こと野沢管理官だろう。取り出して画面を睨むと、予想とは違う名前が表示されていた。

「おはようございます、一課長」

〈ネットの記事を読んだか？〉

　奥山の声が思い切り低い。怒りを溜め込み、爆発寸前だ。仲村はスマホを掌で覆うと、慌てて廊下に向かった。たとえ家族であろうと、捜査の機微に関する話を聞かせるわけにはいかない。玄関に続く薄暗い廊下で、仲村は声のトーンを落とした。

「はい、たった今」

〈おまえの筋読みはどうだ？〉

「この投資家は幼なじみで、事件の翌日に直接会いました。本職の経験に照らせば、彼女はシロです」

〈だったら、なぜこんな記事が出る？〉

「わかりません。捜査本部から情報が抜けたとしか考えられません」

　仲村の脳裏に長身の若手上司の顔が浮かんだ。

　死亡推定時刻の直前に環が被害者の藤原と会っていたのは事実だ。しかし、同じような時間帯に尚人も現場周辺にいた。著名な美人投資家と一介の介護ヘルパー。ニュースバリューがあるのは圧倒的に環だ。記者と同じで、捜査員も環が真犯人(ホンボシ)ならば手柄は大きい。実際、野沢管理官は環の犯行説に傾いていた。だが、仲村は名前を口にするのを避けた。

〈あとで漏洩元を探る。おまえは戯言に惑わされず、被疑者特定を急げ〉

奥山は一方的に告げると電話を切った。我に返ると、リビングに戻り、背広やハンカチをつかんだ。

「智子、あとは頼んだ」

キッチン脇で母親の背中をさする娘に声をかけたあと、仲村は重い足を蹴り出した。

## 2

「西村先生、朝早くから恐縮です」

恵比寿のアインホルンの社長室で、松島は顧問弁護士の斎藤から紹介された若手弁護士に頭を下げた。斎藤の大学の後輩だという西村彰夫は三〇代半ばで、背の高い青年だ。薄いピンクのポロシャツとコットンパンツの出立ちが若さを際立たせている。

〈松島さん、これはまずいですよ。専門家の若いのを送り込みますから〉

二時間前、斎藤は松島のスマホに直接連絡を入れてきた。苦楽を共にしてきた顧問弁護士だけに、ネット記事への反応は早かった。

西村はビジネス専門の弁護士で、企業の風評被害が広がった際、あるいは消費者問題がネット上で炎上するようなタイミングで真っ先に顧客のもとに駆けつけ、火消しを行うプロだと斎藤が教えてくれた。また名誉毀損などの案件にも強く、今回の件ではうってつけの存在だと太鼓判を押していた。

「先輩のご紹介ですから、断れません」

おどけて肩をすくめたあと、西村は松島の対面に腰を下ろした。秘書の伊藤が素早くペットボトルのミネラルウォーターと紙コップを差し出す。

「早速ですが……」

松島の隣に座った伊藤が切り出した。西村は足元に置いた革の鞄から大型のタブレットを取り出し、画面の上にペンを走らせた。

「今回は週刊新時代がオンラインの特性を活かしてきましたね。普段なら、週刊誌の発売日前日の火曜日午後にオンラインに〈先見出し〉と称した煽り見出しがアップされる程度ですが、まさか昨日の今日でネット版に掲載してくるとは」

忌々しい記事が掲載された画面を松島に向け、西村が言った。

「普段は芸能関係ばかりなのにね……」

伊藤がため息を吐きながら続けた。

「担当の堀田という記者は、元中央新報の社会部所属でした」

西村が顔をしかめた。

「元新聞記者なら、週に一度の締め切りで満足するはずがありません。目の前に二四時間動き続けるネット媒体があるなら、一秒でも早くネタを出したくなるのが記者の習性です」

メディア対応を一手に引き受けている伊藤が相槌を打った。

「先生、今後どう対応したら良いとお考えですか?」

松島は西村を見据え、尋ねた。

記事の掲載以降、メールやショートメッセージが大量に届き、スマホの通知音が鳴り止まない状態になったため、松島は電源を切った。

顔写真にボカシが入っていたものの、美人投資家とキャプションで触れられた。実名報道と同じ扱いだ。オフィスの固定電話もずっと鳴りっぱなしだ。週刊誌のオンラインメディアに遅れを取った新聞やテレビの取材であることは間違いない。

目の前で西村が画面を切り替えた。

タブレットには、大和(やまと)新聞の社会面が映し出される。富丘団地三三号棟を俯瞰で捉えた一枚、そして被害者・藤原の顔写真が載っている。

「既に警察の事情聴取をお受けになったそうですね。このオフィスでしたか?」

「ええ、二名お見えになって。一人は牛込署、もう一人は警視庁本部捜査一課のベテランでした」

「名前は覚えていらっしゃいますか?」

「牛込署が関さん、本部が仲村さんです。仲村はにんべんに中です。彼は団地時代の幼なじみです」

団地、幼なじみと告げた直後、暑い夏の日の光景が頭をよぎった。四〇年前に起きたあの忌々しい記憶に蓋をして、新たなビジネスに乗り出した。重い蓋を開けることなく育った場所での事業が進むと思った矢先、事態は急変し、松島の首を絞め始めた。

タブレットに書き込みを終えた西村が顔を上げた。好青年の目つきが一変し、射るような視線で松島を見る。

「最初に伺います。松島社長は藤原さん殺害に関与していますか？」

「絶対にやっていません。彼が亡くなって一番困っているのが私です。彼を殺してもなんのメリットもありません」

松島は強い口調で言った。満足げに西村が頷く。

「わかりました。次の質問です。この記事にあるように、被害者が亡くなる直前に会っていたというのは事実ですか？」

「はい、団地近くの喫茶店で会いました」

伊藤が忙(せわ)しなくメモ帳のページをめくり、喫茶店の住所、そして面会時間を伝えた。

「なぜ面会したのですか？」

タブレットにペンを走らせた直後、西村が松島に目をやった。

「新しい事業について、藤原さんに御助力いただく必要があったからです」

「きちんとした目的があった、そういうことですね」

西村はタブレットを睨んだまま言った。

「わかりました……言論構想社に対しては、このような形で抗議しましょう」

西村が顔をあげた。若手弁護士は松島と伊藤の目の前にタブレットを置いた。

〈抗議申し入れ書　株式会社言論構想社　週刊新時代オンライン編集部並びに週刊新時代編集部殿〉

西村は中野にある自宅マンションからタクシーで恵比寿まで駆けつけたという。車中であらかじめ雛形(ひながた)を用意していたらしい。

〈株式会社アインホルン代表取締役　松島環〉

〈今般(こんぱん)、貴社が運営する「週刊新時代オンライン」誌上にて、当社松島と推定できる人物が殺人事件の重要参考人であるかのごとく扱われ、日常の業務に著しい支障を……〉

理路整然とした抗議文の体裁だ。

〈松島は事件の被害者と仕事上の面識があり、事件発生当日に面会していたのは事実だが、面会終了後は直ちに帰社しており、当該事件とは一切の関わりがない。不確かな情報を元にした報道により、弊社及び松島個人の業務に多大なる……〉

「完璧。社長はどう？」

「私もいいと思う。先生、ありがとうございます」

「では、この抗議文を言論構想社に対して内容証明郵便で送ると同時に、メールで編集部に送付します。加えて、御社の公式サイト、松島社長の個人ブログ、そしてSNSに即時アップするようお願いいたします」

「では、すぐに私に送ってください」

伊藤が西村に名刺を渡し、メールアドレスを指した。

「初動はこんな感じで良いでしょう」

「記事の情報源は警察内部ですよね」

警察と自分で発した途端、眼前の西村の顔が勝也の顔に入れ替わった。鋭い視線の刑事になった勝也だったが、四〇年前と同じで性根は優しかった。

事件の翌日に会った勝也は、刑事の目つきで自分を見据えた。

あの夏の日に触れる際、勝也はもう一人の関という刑事を席から外した。手柄第一主義の刑事なら、あんなことはしない。以前と同様、勝也は人の弱い部分を庇ってくれる。勝也がリークするとは思えない。

「常套手段ですよ。怪しいと睨んだ段階で、尻尾を振る記者に情報をリークする。一社がスクープすれば、他のメディアも競って当事者を追う。抜かれたメディアは躍起になりますから、はなから悪者扱いのスタンスで取材し、記事のトーンはねじ曲げられ、世論も誘導されてしまう。警察のほか検察も使うオーソドックスな手法です」

西村が語気を強めた。

「相手は言論構想社です。次の矢を放ってくるかもしれません。もう少し、お話を聞かせてください。先ほど松島社長がおっしゃった被害者に関連する新しい事業とはなんですか？」

「介護事業です」

松島が答えた直後、ノートパソコンを操作していた伊藤が口を開いた。

「藤原さんが経営していた新宿区の介護施設、チェリーホームを買収した上で、新たなサービスを立ち上げる準備をしておりました。あとは契約書を交わすだけの段階だったのです」

「この買収に関して、違法性はありませんか?」

西村の問いかけに、松島は即答した。

「一切ありません。顧問の先生に事細かくチェックしていただきました」

「では、会っていたというだけで重要参考人のような書きぶりとは、いかに報道の自由があるとはいえ、明らかに名誉毀損であり、業務妨害です。言論構想社の対応いかんによっては、法的措置に出る旨も今後考えましょう」

「よろしくお願いします」

松島が改めて頭を下げると、西村が声のトーンを落とした。

「それで、その買収に関して、なにかトラブルでも?」

「ありがちな話なのですが、金額というか……」

金額と言った瞬間、伊藤が小さく首を振った。余計なことはまだ言うなというサインだ。

「事業を買うという基本方針には変わりありませんでした。ですが……」

「なんですか？」

「喫茶店で話し合いをしている際、お互いの主張がぶつかって、大きな声になってしまった場面がありました」

松島が言うと、西村が頷いた。

「こちらに刑事二人が来たということは、既に防犯カメラ映像でお二人が会ったことを確認したはずです。恐らく、聞き込みの段階でその大声という話に触れ、怨恨につなげた、そんなところでしょう」

西村が冷静に言った。

「金額を巡って議論が白熱するのはM&Aにはありがちなことです。それで、新しいサービスとは具体的にはどのようなことですか？」

西村の問いかけに、松島は伊藤と顔を見合わせた。

「先生にお伝えしないといけませんか？」

松島が尋ねると、西村が大きく首を縦に振った。

「あなたを守るのが仕事です。そのためには、全てを明かしてもらわねばなりません。マスコミだけでなく、今後は警察から何度も事情を尋ねられます。その際、松島社長の盾になるために、私に対して隠し事はなしでお願いします」

もう一度、松島は伊藤の顔を見た。長年の相棒がわずかに頷いた。両目には、少しずつ明かせとのサインがあった。

「先生、介護事業に関してのイメージはどんなものをお持ちですか？」

松島が尋ねると、西村が一瞬眉を寄せ、口を開いた。

「低賃金、長時間労働、深刻な人手不足……メディアで得た知識はこんなところです。失礼ながら、松島さんが投資されると聞き、不思議に感じていました」

「ブラック職場の代表格の介護事業に手をつけて収益（リターン）は大丈夫なのか、そういうニュアンスですね？」

西村が頷く。

「あまり事情を知らない私でさえ、そう考えます。今まで、有望なベンチャーや新技術に投資してきた松島さんなのに、なぜ介護を選ばれたのでしょう？」

斎藤弁護士によれば、目の前の西村は大学在学中に一発で司法試験に合格した切れ者だという。その優秀な若手弁護士でさえ気づかない。今回の投資のキモはそこにある。

「ネガティブな話題ばかりの業界だからこそ、伸び代が大きいと判断したのです」

「伸び代？」

この部屋に着いてから初めて、西村が困惑の表情を浮かべた。

3

カラオケボックスの受付で延長料金を払ったあと、石井は通り沿いのガードレールに立てかけた自転車のロックを解除した。トートバッグを前かごに載せると、古いママチャリにまたがった。

　早稲田通りを西の方向に向かう。西武新宿線と山手線のガードを潜り、すぐに横断歩道を渡る。

〈さかえ通り〉と書かれた看板をくぐり、細い小路を道に沿って北西へと走る。普段は学生でごった返すが、週末の朝で人通りは極端に少ない。道の両脇にある牛丼屋やコンビニにも人影はまばらだ。

　安物のデジタル時計に目をやると、時刻は午前八時半をわずかに過ぎたところだった。ペダルをこぎながら、前かごのバッグに目をやる。使い古しの布バッグには、チェリーホームから持ち出したタブレットとＵＳＢメモリ、そして区の中央図書館で借りた三冊の画集が入っている。

　神田川を右手に見ながら、石井はさかえ通りの端でハンドルを左に切った。緩くカーブした通りを二分ほど進むと、道の両側に煤けたスナックや小料理屋が連なる一角が見え始めた。同時に、コーヒー豆を焙煎する香りが石井の鼻腔を刺激した。

〈喫茶・軽食　道すがら〉

　朽ちかけた看板の下に自転車を停め、石井は深緑色の木製ドアを開けた。

　小さなカウベルの音に気づいた黒いベスト姿の老人、マスターの赤城（あかぎ）が会釈し、一番奥のボックス席を目線で勧めた。開店直後で、まだ他の客はいない。

「朝飯のセット、お願いします」

「具はどうする?」

「梅と鮭で」

　オーダーすると、石井は所々つぎはぎされた革の席に体を預けた。

「今日は休みなの?」

　カウンターから水の入ったコップを持ってきた赤城が言った。

「ええ、まあ」

「それにしちゃ、職場の制服じゃない。なにかあったの?」

「いえ、別に大したことじゃないから」

　コップの水を一口飲み、石井は答えた。

「土曜日であまり客が来そうもない。ゆっくりしていったらいいよ」

「ああ、どうも」

　赤城は隣のボックス席にあった大和新聞と中央スポーツ、それに週刊誌を石井のテーブルに置き、奥にある厨房に消えた。

　猫背の後ろ姿を見送ったあと、もう一口水を喉に流し込み、左脇に置いたトートバッグからタブレットを取り出す。

　熊谷に指示された通り、介護給付費請求(レセプト)のデータ改竄(かいざん)はカラオケボックスで、ほぼ徹夜で仕上げた。あとは熊谷宛にメールを送れば長すぎた業務は終わる。

石井はタブレットに指を添え、データを見返す。細かい数字は三度見返し、入力ミスがないことを確認した。言い様のない不快な気持ちが胸の中で渦巻くが、不正ファイルを熊谷に提出しなければ、石井の居場所がなくなる。チェリーホームがなくなれば、木村と子供が路頭に迷ってしまう。

どこでもやっていること……熊谷の声が頭蓋の奥で反響し、送信ボタンを押す直前だった。眼前に、目つきの鋭い幼なじみの顔が突然浮かんだ。

昨日の夕方近くだった。職場を自転車で発ち、明治通りを南下して中央図書館に行った。お目当ての画集三冊を借り受け、再び大通りを北上して消防署の近くまで来たとき、木村からショートメッセージを着信した。

〈刑事さんたち、石井さんを探していましたよ〉

警察にバレてしまった……前かごに入ったタブレットとメモリをその場に放り出したい衝動にかられたが、なんとか思いとどまった。

〈深刻な話があるようでした。心配なので念のためお伝えしておきます　木村〉

やはり不正請求が調べの対象になっている。

〈連絡ありがとう。施設長と相談します〉

短い返信を送ったあとで交差点を渡り、諏訪神社に向かう小路に入った。小さなインド料理屋を過ぎ、量販店の裏口近くまで来た時だった。

小路に面した大家の自宅駐車場に、見慣れないグレーのセダンが停車していた。木村からの連絡を受けた直後でもあり、石井は警戒した。

〈どうもご苦労様でした〉

大家の声のあとに、聞き覚えのある低い声が響いた。

〈石井が戻ったら遅い時間でも結構ですので、名刺の携帯番号に連絡をお願いします〉

自転車を置き、大家の隣家の生垣の陰に身を隠した。様子をうかがっていると、低い声の主はやはり勝也だった。浅黒い顔と射るような視線、そして分厚い胸板。顔を見るのは、勝也の父親の通夜に顔を出したとき以来だった。幼なじみの顔にはシワが増え、見るからに頑固そうな面構えになっていた。無口な鳶職人の親父さんにそっくりだ。

〈夜の捜査会議が終わったら、もう一度来てみよう〉

〈了解です〉

勝也の隣には、背の高い肩幅の広い青年がいた。部下の刑事のようだ。やはり警察は不正に気づき、念入りに調べ始めたのだ。

ドアが閉まったあと、グレーのセダンは諏訪通りに向かい、あっという間に見えなくなった。

生垣から出ると、石井は小路を北の方向に抜けた。大家にまで不正の話が伝わったかもしれない。大家とは入居以来良好な関係を続けてきた。ゴミ出しや夜間の騒音には口うるさい老人だが、常識的に過ごしている限りでは全く小言がない。二度の契約更新のあとは、家賃を据え置いてくれた。住み慣れた小さな部屋から引っ越さねばならないかもしれない……様々なことを考えながら、石井は小路をいくつも抜け、高田馬場駅前のカラオケボックスに逃げ込んだ。

両脇の部屋からは、音楽に合わせて踊りまくる学生たちの足音が響き続けた。不正に感づいた勝也が迫る。一方、データの修正に手を染めねば、チェリーホームという施設がなくなってしまう。下腹に響く足音を堪えながら、懸命に考えた結果、データを改竄し、一時的にでもホームを助ける。そう決めた。

赤城がドリップを始め、華やいだ香りが鼻腔を刺激して石井は我に返った。石井は手元のタブレットを見つめたが、依然として考えがまとまらない。

勝也は子供の頃から負けん気が強く、曲がったことが大嫌いだ。警察官は天職だろう。だが、四〇年前のあの夏の昼下がり、勝也も一緒に集会所に行っていたら。自分と環に降りかかった災いを勝也も受け入れることができただろうか。

いや、勝也ならあの場でも己の意志を通したかもしれない……昨日の夕方から、ずっと頭が混乱している。手元のデータを送信すれば、幼なじみに逮捕されるかもしれない。勝也はお目溢しなどしてくれない。強く首を振りタブレットを乱暴にバッグに放り込むと、石井は木目調の壁に目をやった。額装された水彩画が目に入った。神田川にかかる小さな橋から、鉄橋を見上げたスケッチだった。

「新しい作品、どうかな」

石井の視線の先をたどったのか、カウンターで赤城が照れ笑いしている。

「うん、綺麗だね。淡い色合い、とても好きだ」

「ありがとう。尚ちゃんの画風とは正反対だけどね」

「マスターらしい絵だね。構図や色使いが面白いし、描いた人のそのときの気持ちまで伝わってくる」

絵を描くのも観るのも好きだった。だからこそ、小学校の担任が指導要領通りに価値観を押し付けてくるのがなにより嫌いだった。自分が熱中し、納得できる絵が描ければそれで良い。他人がそれを面白がり、褒めてくれたりするのは二の次だ。

実際、目にしたばかりの赤城の絵は、年老いた男の心情を淡々と映し出していると思う。神田川の水面の周辺は薄い緑、鉄橋と西武線の太い線が一枚の画用紙の中でくっきりとしたコントラストを成している。個性を誇張するのではない。地味に目立たず暮らしている。だが、太い線は、マスターの頑固な性格をよく表している。

「今度はいつ一緒にスケッチにいけるかな?」

白米に焼き鮭を詰めながら赤城が言った。

チェリーホームに入居していた元老舗（しにせ）蕎麦屋の主人にこの店を教えてもらって以来、石井は頻繁に顔を出すようになった。マスターや常連客が馴れ馴れしく話しかけてくることもなく、握り飯やトーストで軽い朝食を摂ることもできる。マスターがガス釜で炊いた精米したてのシャリは格別だ。

三年ほど前、アパート近くの諏訪神社で大きな銀杏の木をスケッチしていたとき、偶然、スケッチブックを抱えた赤城と会った。互いに絵が好きだということを知ってからは、距離が縮まった。

　水彩画で手早く色を付けるマスターとは正反対に、石井は無数にある葉の一枚一枚に濃淡をつけながら細かく描き分けた。スタイルは全く違うが、二人とも余計な干渉をしない性分だったこともあって心地好く付き合ってきた。

「ちょっと仕事が忙しくて」

「介護業界はものすごく人使いが荒いらしいね」

「まあね……」

　人使いが荒いとは、どの程度のきつさを指すのだろう。

　都立高校を卒業して三〇年以上経った。人と話すのが苦手で、引っ込み思案の性分の人間にとって、働ける環境は限られていた。

　巨大倉庫での荷分け、清涼飲料水の配送、コンビニ弁当の製造工場……契約、派遣社員としていくつも職を変えた。

　一番長続きしているのが、今の介護の職場だ。理由はよくわからないが、人をさりげなく支えるのが好きなのかもしれない。

　あの貧乏団地に住んでいたころは、困っている人がいれば、誰彼関係なく互いに助け合ってきた。今は、その対象が老いた人間というだけなのだ。

「お待ちどおさま。特製モーニング。今日は特別に豚汁をサービスするよ。食い終わったら教えてくれ。コーヒー出すから」

「ありがとう」

小さく頭を下げてトレイを受け取る。

「職場でなにかあったのか？」

「いや、別に」

石井が答えた直後、マスターが斜向かいの席に腰を下ろし、テーブルの上にあった朝刊を手に取り、社会面を開いた。

「例の団地の事件、まだ犯人がつかまっていないようだな」

マスターが紙面を石井に向けた。

〈団地殺人事件、捜査難航〉

〈被害者の怨恨関係で捜査進む〉

見出しを一瞥（いちべつ）するが、藤原に対して特に憐憫（れんびん）の情は湧いてこない。あの夏の日の記憶だけは、定期的に夢に見る。藤原が死んでも、忌々しい思い出は絶対に消えない。

「そうらしいね」

石井は豚汁を一口飲み、鮭の握り飯をつかんだ。

「藤原の爺さんが、職場に顔を見せるようなことはあったのかい？」

「ひと月に一、二度かな。あまり来なかった」

「常連の何人かに聞いたけど、あの爺さんは歌舞伎町で結構派手にやっていたみたいだな」

「へえ」

「素人考えだけど、歌舞伎町って言えばいかがわしい場所だ。恨み辛みを買っていて、それが元で殺されたんだろうな」

「そうかもね」

適当に相槌を打ちながら、石井は握り飯を黙々と口に運んだ。

4

「ここからは、私に資金を投じてくれたファウンダーたちとの間で厳重なる守秘義務契約を交わした中身になります、その辺りをご承知おきください」

「心得ております。是非とも新たな事業の中身を教えてください」

西村が身を乗り出した。松島は傍らの伊藤に顔を向けた。長年の相棒は小さく頷いた。

本来ならば守秘義務保持の取り決めを交わす場面だが、相手は弁護士だ。これだけ徹底すれば、情報漏洩の懸念はないだろう。

「まずは、日本の介護を取り巻く環境から簡単にご説明します」

データは頭の中に入っている。姿勢を正し、松島は話し始めた。

「我が国では二〇〇〇年に介護保険制度がスタートしました。従来は公的機関が担っていた介護という仕事は、一般企業へと委譲されました。当時は民間活用、いわゆる民活という言葉が錦の御旗(みはた)になっていました」

松島は当時異端と呼ばれていた総理大臣や民間から登用された学者出身の大臣の名を挙げた。

「それ以前は社会福祉法人など公的な機関が担っていましたよね？」

西村の問いかけに、松島は頷いた。

「制度が開始された後、〇三年には、それまで一万一〇〇〇程度だった訪問介護や通所介護の事業所が四万近くまで急増しました」

「日本は急速な高齢化が進んでいます。老人の数に比例して事業所の数も増えたということですか？」

松島は首を振った。

「そういう面もありました。しかし実態は参入のハードルが低かったから、介護に関する知識や運営のノウハウがない一般事業法人の参入が相次いだ、これが現在につながる病根となりました」

西村が眉根を寄せ、首を傾げた。

「政府は介護という社会保障を民間に丸投げしたわけです。民間の活力を目一杯有効に利用するというキラキラした言葉をちりばめましたが、要は急増する老人たちの面倒をみるのはごめん、コストもなるべく減らしたいという思惑が働いた結果です」

「なるほど……」

言葉の一つ一つはきついが、素人に理解してもらうには、わかりやすく、単純な説明が効く。

「政府が定めた基準を満たす建物、そして介護に必要な器具や機材を集め、頭数だけ揃えて申請すれば認可が下りるという荒っぽいことが行われてきました。経営者の質、運営する法人の規模にも条件はつけられず、やりたいと手を挙げれば実質的に認可が下りてきました」

西村の表情がさらに険しくなっていく。

「東京ではすでに、六五歳以上の高齢者が三〇〇万人を超えています。都の全人口に対しての比率は二三％。そしてこの数値は上がり続けています。二〇四〇年には二八％を超えるとの予測もあります」

西村の表情が曇った。超高齢社会という言葉は嘘でも誇張でもない。

「景気が長期低迷して一人当たりの労働者の賃金はここ二〇年近く、ほとんど増えていません。この間、雇用環境は非正規雇用の比率が急上昇し、あと少しで五〇％に達します。この状況下で、若い世代が積極的に子供を産むとは到底思えません。先ほどの二八％の高齢者率は、もっと近い将来に実現するかもしれません」

「お先真っ暗じゃないですか」

「その通りです。政府は厳しい状況の中でさらに追い討ちをかけました。具体的には、介護報酬の減額に踏み切りました。今後は利用者負担も間違いなく増加していくでしょうね」

「お話を聞けば聞くほど、新たな買収、そして新事業の展開には不向きというか、向かい風ばかりですね」

松島は深く頷いた。

「訪問介護、訪問入浴介護、介護老人福祉施設、介護予防短期入所生活介護、サービス付き高齢者向け住宅……介護という名のつく分野には、多種多様な形態があります。先ほどお伝えしたように、基本的には利用者負担のほかは、そのコストの大半を国庫からの保険料で賄っています」

「そして国がそのコストを引き締めているから、業者間の過当競争が生まれ、従業員たちの給料は下がっていく傾向にあるわけですね。だから離職者が圧倒的に多い」

西村が早口で言った。

「介護保険料が下がっているから、多くもらえるように偽の介護給付費請求を行う、そんな悪事に手を染める業者も少なくありません。実際、シノギを集めるのに苦労している反社会的勢力が中小中堅の介護事業を買収し、助成金詐欺にのめり込んでいるケースもあるのです」

「明確な犯罪ですね。それを黙認するかのような制度設計自体に欠陥がある」

顔をしかめながら西村が言った。先ほどから西村の機嫌が悪くなる一方だ。弁護士の表情が怒りに変わるほど、業界は腐っている。

「具体的に、介護サービスの料金はこんな内訳になっています」

西村の顔を見ながら、松島は一枚のシートを見せた。

一人の老人が介護サービスを受ける際は、所得が少なければ費用の一割が自己負担となる。一割負担の場合は、残りの九割を、四〇歳以上の国民から広く徴収した介護保険料と公費で半額ずつ負担する。この公費のうち、半分は国が負担し、残りの四分の一は都道府県、市区町村がそれぞれ負担する仕組みだ。

「公費を詐取(さしゅ)する輩がたくさんいるわけだ」

「雨後の筍(たけのこ)のように増えた業者の中から、不正請求が続出したことも介護保険料引き下げにつながったという経緯があります。そろそろ発想の大転換を行い、介護ビジネスの在り方を全面的に変える必要があるのです。先生、要介護認定はご存じですか?」

「ええ、たしか介護の度合いによってランク付けされることですよね」

松島は頷き、言葉を継いだ。

「まずは『要支援1』です。これは自立に近い状態で食事や排泄は普通にできるものの、立ち上がりなどに補助が必要なレベル。月額の給付上限は五万三二〇〇円です」

松島の言葉を西村がタブレットに書き込んでいく。

「『要支援2』は1よりも補助の機会が多いと判断された場合で、給付上限は一〇万五三一〇円です。この段階で老人たちに安心してもらえれば、次のステップである『要介護』に行かなくともよい、そんな意味合いのランク付けになっています」

「要介護は、さらに介助が増えるということですね」

「その通りです。要介護1は、要支援2の状態に加えて運動機能が低下している、あるいは思考、理解力が低下している、あるいは問題行動が起こる状態を指します。上限は一六万七六五〇円、『要介護3』は日常の基本動作全般に問題があり、思考や理解力にも問題がある……こうしてランクが上がっていき、『要介護5』になると上限は三六万二一七〇円となります」

「なるほど……さきほど言われた反社の件は、この仕組みを悪用しているわけですね」

「その通りです。要介護の認定の調査を行うケアマネージャー、それに医師を抱き込んで介護の度合いを実態より悪いと偽って計上すればよいわけです」

「濡れ手で粟だ」

弁護士だけあって、西村は反社会的勢力のやり口を知っている。

「介護報酬の詐取のほかに、雇用関係助成金の詐欺もあります。社会保険労務士を味方に引き入れ、人材不足の介護業界に手厚い助成金をたっぷりといただく反社特有の手口もありますよ」

「松島社長、少しお待ちいただけますか？」

西村が素早く画面を切り替えた。手元を覗き込むと、表計算ソフトで作成された細かい文字の人名のリストがある。

「検索してみます」

西村がペンで名前を加え、検索キーを押した。一覧表の画面が猛烈なスピードでスクロールされたあと、止まった。

「ありましたね。〈藤原光輝〉」

西村が松島に画面を向けた。藤原の名前の右側に〈＊〉の印が二つ付いている。

「どういうことですか？」

「事件の被害者、藤原さんは反社会的勢力との関係が深いとランク付けされています」

西村によれば、警視庁や警察庁、弁護士団体では反社会的勢力の正規メンバーのほか、周辺関係者のリストを常にアップデートしているという。

「我々のような弁護士は、反社会的勢力と仕事をしたら一発でアウトです。彼らも巧妙に一般人になりすますので、リストは常にチェックしています」

「藤原さんは反社会的勢力のメンバーだったのですか？」

今まで黙っていた伊藤が恐る恐る口を開いた。

「いえ、違います。親分から盃をもらうような直系組員の類いではなく、暴力団やいわゆる半グレと呼ばれる勢力との交流が多い、あるいはビジネス上でつながっていることが各種団体にマークされている状況です。密接交際者というくくりです」

藤原が最後に会った際、蛭（ひる）のようにしつこく金の話を続けた背景には、理由があったのだ。藤原自身の懐（ふところ）に入るのか、はたまた関係の深い団体や組へと流れるはずの金だったのかは知り得ないが、藤原は昔より一層黒い人物になっていた。

「買収を本格的に検討し始めてから、反社のチェックは専門業者に依頼し、シロだという回答を得ていたのですが……」

伊藤が顔を曇らせた。

巨額のマネーが動く案件だ。普段よりも念入りに調査したが、密接交際者までは炙り出せなかった。実際に買収が終わったあとで判明したら、ビジネス自体が頓挫（とんざ）するところだった。今後は業者を変え、念入りに調査を依頼するしかない。

「私が考えている以上に、業界は疲弊しているというか、腐っているというか……」

西村が言葉を濁した。

「それにも増して、反社の密接交際者が周辺にいて、しかも殺されました。私としては、このビジネスを継続させるのは、松島社長にとってデメリットしかないと思います」

西村が強い口調で言った。だが、松島は強く首を振った。

「買収する施設に関しても、不正の痕跡（こんせき）があります。もちろん、私がオーナーになったら一掃します」

「なおさら、この業界に投資するのは危険なのでは？」

「違います。こうしたグレーな領域が多ければ多いほど、そして反社会的勢力が浸透するような業界だからこそ業務を透明化する余地が生まれます」

「しかし、国からの介護保険料が大幅に引き下げられています。収入に限界がある以上、テコ入れしても収益（リターン）は見込めないのではないですか？」

「汚れを綺麗に取り除き、新たな種（シード）を播（ま）けば、収穫は大きくなるのです。汚れきっていると万人が思っている分、収益（リターン）は大きくなります。つまり、私が介護業界に投資をするキモは、この部分になります」

　言い終えると、松島は伊藤に目配せした。

「くどいようですが、今からお伝えする内容は口外無用に願います」

「もちろんです」

　西村が答えると、伊藤がＡ４サイズのファイルをテーブルに載せ、ページをめくった。

「これらの仕組み、それに新たなツールを現場に投入します」

「あっ……」

　ファイルの資料には、グレーの物体の写真が載っている。カーボン素材を使った〈人〉の形に似たツールは、一般の人間が見ただけではどんな用途があるのかはわからない。

　西村はツール横にある別の写真を凝視している。高齢者がツールを実際に装着している一枚だ。

「そうか……松島社長は以前から新規事業、特にロボットや精密機器への投資が多かった。自ら見出したリソースを有効活用するわけですね」

　西村が興奮気味にページをめくり始めた。

「ご指摘の通り、私は若く優秀なエンジニアたちを擁するベンチャー企業に多数投資を行ってきた実績があります。彼らが生み出したツールは、実践の場を求めています」

「しかし、この写真、ツールを付けているのは高齢者自身に見えますが……」

「そこが肝なんです。介助をアシストするパワードスーツはこれまでもありました。でも本来テクノロジーが支えるべきは、高齢者本人の自律だったんです」

「というと？」

「介護の現場でもっとも避けたいのは、お年寄りを『寝たきり』にしてしまうことです。一度そうなると筋力の衰えに歯止めがかからず、ご自身での歩行は望めなくなってしまう。ここを食い止めることが、ご本人にとってはもちろん、施設側の『コスト』としても重要なんです。肝心なのは介助を発生させないこと。そのための人工筋肉の開発が進んでいて、これは、大掛かりなパワードスーツと違い、低コストで、多くの高齢者に使えるものになる予定です。つまり、あらゆる高齢者が対象になる。つまり、一千万人市場が見込めるということです」

「なるほど、見事な発想の転換です。今度の施設でその有用性が実証されれば……いやはや、果てしない展望ですね」

松島はさらに、新たなツールが持つ社会的な意味についても西村に語った。

「介護は利用者が受け身一方になってしまいます。こうしたツールを投入すれば老人たちが自尊心を取り戻すとともに、健康な社会生活にカムバックする意欲にも直結します。

このまま超高齢社会に突入したら、日本はますます収縮していき、やがて沈んでしまう。いまこの国に必要なのは、希望なんです」

　西村がなんども頷いた。

「それで、すでに内外の投資家たちから資金を募ったわけですね？」

「その通りです。この事業が富丘団地をモデルケースにして成功すれば、近い将来、全国展開できるとみています。しかし最終段階に来て、まさか、こんなことが起きるなんて」

　松島はため息を吐いた。

　西村への説明はうまくいった。頭の回転の速い西村は新たな事業のポテンシャルを十分に理解したようだ。その分だけスタート間際に立ちはだかった予想外の障害が悔やまれる。

「松島さんの覚悟のほどはよく理解しました。今後ますますメディアからの問い合わせも増えていくでしょう。クレーム処理だけでなく、その他の記者対応のバックアップも任せてもらいますよ」

　西村が胸を張った。

「藤原亡き後、その情報がめぐれば、甘い汁を狙って反社の連中も群がってきます。その際は、私が社長と新しいビジネスを守ります。その辺りも一括で任せてもらえませんか？」

西村の両目が鈍く光っていた。

「顧問の先生と西村先生が守ってくださるのであれば百人力です」

松島は笑みを浮かべ、言った。優秀な人間は、一〇の事柄を全て明かさずとも一、二で全体像を察する。介護に対する知識がなかった西村だが、あっという間に全体像を把握する頭の回転の速さには舌を巻いた。

西村は藤原がつるんでいた暴力団とは正反対の立場にいる。だが、西村自身も新たな金の匂いに引き寄せられた。有能な弁護士が敏感に反応したのは、新しい事業に付随して、金が集まってくることを直感したからだ。ここで食い込んでおけば、新しい領域で専門知識を有する弁護士として確固たる実績ができる。

西村を呼んだのは、突発的な事象が原因だが、副産物として新しいビジネスの潜在力の高さを再確認することができた。

「ありがとうございます」

松島は西村に対し、深く頭を下げた。

## 5

「すごいな。スクープだよ！」

豚汁を飲み干し、石井が両手を合わせたときだった。カウンターの内側で小さな液晶テレビを見上げていた赤城が素っ頓狂な声をあげた。

「例の団地殺人事件で進展だってよ」

　空いた皿と椀をトレイに載せ、石井はカウンターに向かった。テレビに目をやると、民放の女性アナウンサーが大きなボードの前に立っていた。

〈週刊新時代オンラインによると、東京都新宿区の富丘団地で一昨日発生した殺人事件について、捜査関係者は一人の著名な女性に注目しているとのことです〉

〈こちらがサイト上に掲載された女性の顔写真です。まだボカシがかかっていますが……〉

　アナウンサーが言葉を濁すと、画面が切り替わった。白髪頭で眉根を寄せた眼鏡の男が口を開いた。胸元には評論家の肩書がある。

〈正確なスクープが多い週刊新時代のことですから、ほぼ間違いはないのでしょう。最近、頻繁にメディアに登場する有名な投資家のような感じがしますね〉

　石井は画面を睨み続けた。輪郭と耳の形に見覚えがある。どう見ても環だ。

「どうした？」

「松島環だ」

「最近、テレビや雑誌によく出てくる美人なんとかだろ。彼女のこと知ってるの？」

「団地で一緒だった」

「え、彼女は富丘団地出身だったの？」

「ああ……」

石井はボックス席に戻り、スマホの写真ファイルを開いた。野草の新芽や街路樹の葉の写真がずらりと並ぶ。人差し指を動かし、ファイルを遡(さかのぼ)ると目的の写真が出てきた。

一カ月前、環と麻布十番の老舗の鮨屋に行ったときだ。白木のカウンター席で、石井は環と肩を並べている。鮨屋の親方が気を利かせて撮ってくれた一枚だ。

写真を見つめながら、首を傾げた。たしかに、環は藤原と接触していた。だが、殺すような動機はないはずだ。

さらにファイルをめくる。中トロ、ヒラメ、穴子……カウンター席で回らない鮨を食べるのは初めてだった。鮨屋に行ったのは、環が石井を待ち構えていたからだ。鮨ネタの写真を睨んでいると、あの晩の記憶が鮮明に蘇った。

一カ月前の夕刻、富丘団地の三三号棟にデイサービスの八七歳の女性を送り届けた直後だった。薄暗い四階の部屋で還暦を過ぎた一人娘に老婆を託し送迎用のミニバンに戻ると、真後ろに車高の低いクーペが停まっていることに気づいた。運転席のドアが開き、サングラスをかけた女が自分の名を呼んだ。

〈尚ちゃん、久しぶり!〉

目を凝らすと、サングラスを外した女が笑みを浮かべた。垢抜けた出立ちの環だった。細身のグレーのスーツ、足元は奇抜な色使いのスニーカーだった。

〈少し、時間もらえないかな。よかったら、夕ご飯を一緒にどう?〉

クーペにもたれながら、環が言った。頷くと、環は一時間後に迎えに来ると言った。業務日誌を書き、身支度を整えた石井が環のもとに向かうと、うまい鮨屋があると、石井を助手席に座らせた。

麻布十番商店街の外れ、小ぢんまりした鮨屋だった。カウンター席では、一〇人ほどの客が寛いで、板前たちと笑みを交わしていた。私語が憚られるような敷居の高い店かと想像していたが、意外にも気取らない居心地の好い場所だった。

秘書に車を取りに来させると言ったあと、環は日本酒を飲み始めた。一方、下戸の石井は烏龍茶だ。ここはお気に入りで、以前勤めていた外資系証券会社時代から通っているのだと環が明かした。

人懐こそうな板前たち、仕事ぶりを厳しい視線でチェックする親方。カウンターで鮨を食べるのは初めてだと伝えると、環はクスクスと笑った。

〈私も前職でボーナスもらったときに、初めてだった。お互い、貧乏だったものね〉

環はおどけてみせたあと、証券会社でがむしゃらに働き、人脈を築いたと語った。でも日本法人の役員昇進を目前に控えるところまでいったときに、考えを変えたという。それ以降、仕事で知り合った新興企業や最新テクノロジーに資金を融通し、株式上場のサポートをする投資家になったのだと教えてくれた。

〈最近、尚ちゃんの仕事はどう？　藤原さんがオーナーになってなにか変わった？〉

サザエの刺身を摘んでいると、環が切り出した。藤原が前社長から事業を買い取り、施設長として熊谷という怪しげな男を送り込んできた。介護報酬の水増し請求が増え始めたと短く伝え、石井は鯵（あじ）のタタキを口に入れた。

なぜ藤原の話を持ち出したのか。箸を持つ指が微かに震えだした。動揺を悟られぬよう、石井はつまみを食べ続けた。

〈びっくりした？　あんなことがあったのにね〉

手酌で冷酒を江戸切子の猪口（ちょこ）に注ぎ、環がため息を吐いた。石井は環の横顔を覗き込んだ。目の下にクマがある。肌もかさつき、頬骨の辺りに薄いシミがある。やはり、環自身も相当な葛藤がある。しかし、強くなった環は乗り越えようとしている。

〈やっと貧乏から抜け出した。がむしゃらに勉強して、厳しい会社に入ってお金をたくさん稼いだ〉

週刊誌や新聞でなんどもインタビュー記事を読んだと伝えると、環がこくりと頷いた。

〈きつい女、金の亡者、結婚を諦めた鋼鉄の女、そんな話ばっかりだったでしょう？〉

猪口を睨んだまま、環が言った。そんなことはないと伝えると、環は首を振った。

〈全部本当のこと。そして、今度また新しい投資を始めることにしたわ〉

環の両目が醒めていた。石井の知らない表情だった。泣き虫で引っ込み思案。常に人の顔色をうかがい、息を潜めて生きていた昔の環とは違った。どう返答すればよいか迷っていると、環が言葉を継いだ。

〈尚ちゃんが勤めているチェリーホームを買うことにした〉

買うとはどういうことか、石井には理解できなかった。環はコンビニで週刊誌を買うような軽い調子で言った。週刊誌ならば四、五〇〇円、スケッチブックならば二〇〇〇円もあれば買える。だが、チェリーホームはいくらするのか。土地や建物の値段なんか考えたこともない。目の前に出された蟹の酢の物をつついていると、環が口を開いた。

〈ホーム自体は五、六億円あればなんとかなる。でも私はそんな小さな買い物をするつもりはないの〉

五、六億円……現金の束で見たことのあるのは、せいぜい二、三〇〇万円だ。それでも結構な厚みがあった。五億円はどの程度の重さがあるのか。環が小さな声で笑い始めた。

〈今、日本の介護は完全に行き詰まっているの〉

〈国の介護保険の仕組みが限界に来ている。低賃金長時間労働、慢性的な人手不足、そして介護報酬の不正請求が蔓延している〉

〈老人の数は飛躍的に増えているわ。でも、サービスを受けるには長蛇の列。このままじゃ日本は老人虐待国家になってしまう〉

カウンター席では、他の客たちが喧しく話している。環の独り言のような言葉は他には聞こえない。環が発した言葉の数々は、石井の理解の範疇をはるかに超え、現実味に乏しかった。仕方なく、環の言う通りだと答えると、環が笑みを浮かべた。

〈よかった、尚ちゃんにわかってもらえて。チェリーホームの買収を手がかりに、私は日本の介護を変えたいの〉

〈ずっと味方でいてくれるよね〉

　左に座る環が右手を伸ばし、石井の左手を強く握った。だが、味方とは具体的にどんなことなのか、石井には考えが浮かばず、そのまま黙り込んでしまった。

「尚ちゃん、どう思う？」

　赤城の声で、石井は我に返った。

「どうって？」

「だから、松島環が犯人なのかどうかだよ」

「絶対に違う」

　自分でも驚くほど、強い口調で言った。

「でもさ、包囲網が出来上がっているみたいだ」

　赤城が顎で液晶テレビを指した。新聞や雑誌が雑然と置かれた場所で、若い女性が座っている。

〈こちら警視庁記者クラブです。複数の捜査関係者によりますと、事件の捜査本部は近く、重要参考人として……〉

「違うよ」

　強く首を振った途端、頭の中に蛇のような目の熊谷の顔が浮かんだ。

〈石井さん、あの女は曲者ですよ〉

〈何でも金で買えると思ったら大間違いです〉

〈近いうちに、あの女は藤原さんを排除しますよ。でも、俺はそう簡単には手懐けられませんから〉

四、五日前、熊谷はドスの利いた声で言った。介護の現場責任者ではなく、まるで歌舞伎町でみかじめ料を徴収するヤクザのような声音だった。

環と藤原のソリが合わないであろうことは容易に想像がついた。だが、殺してまで邪魔者を排除するようなリスクを取るとは思えない。

「環はやっていない」

存外に大きな声で言った。

「幼なじみの尚ちゃんがそこまで言うなら、そうかもね」

「やってない」

力んで答えたとき、またあの陽炎が胸の奥に現れた。

三三号棟の周辺のアスファルトから、ゆらゆらと熱気が立ち上った。視界を遮るほど強い陽炎だった。しかし、環は懸命に這い上がり、血の滲むような努力で乗り越えようとした。そんな環が、藤原を力で排除することは絶対にあり得ない。

施設長の熊谷は明らかに環を警戒していた。犯罪行為が暴かれることを恐れているからだ。

環は絶対に不正を許さない。だから石井に向かって、環の悪口ばかり吹き込んだ。仮に施設が運営資金に困るようなことがあっても、環は必ず運営体制を浄化し、立ち直らせる。そうなれば、石井自身も長く働く場所を確保できる。加えて、木村と幼い娘が路頭に迷うリスクもなくなるのだ。懸命に子供を守るため、健気に働く木村の姿は、亡くなった石井の母親の姿と重なる。母親が困れば、必然的に子供も傷つくことになる。それだけはだめだ。意を決し、石井は口を開いた。

「マスター、重要参考人ってどこに連れていかれるの？」

「どうした？」

「環は犯人じゃない」

「そうは言ってもな……」

赤城が眉根を寄せた。

「この店、警察の人が来るよね？」

「ああ、来るけど」

「どこにいるか、教えてもらえないかな？」

「ウチの客は戸塚署だ。富丘団地の管轄とは違うからな」

「富丘団地はどこの警察？」

「あのエリアは牛込署の管轄のはずだよ」

カウンター下の棚から、赤城が朝刊を引っ張り出し、勢いよくページをめくった。

「そうだ、牛込署に捜査本部ができている」

赤城が太い指で社会面の記事を指した。石井は目を凝らし、小さな文字を追った。たしかに、牛込署とある。石井は頭の中で地図を広げた。富丘団地から大久保通りを東に走る。チェリーホームのデイサービス利用者の中で、神楽坂の外れの小さなアパートに住む老人をかつて送迎したことがある。

「行ってくる」

デニムのポケットから五〇〇円玉を取り出してカウンターに置いた。

「おいおい、コーヒーは？」

「後で」

短く答えたあと、石井は店の外に飛び出し、古びた自転車に跨った。牛込署まで三〇分もあればたどり着けるはずだ。

神田川を横目に見ながら、石井は懸命にペダルを漕いだ。

6

仲村の左手の腕時計が、午前九時を二分過ぎたときだった。

「それでは、朝の会議を終わります。一点だけ、最後に加えておきます」

幹部席の野沢管理官が咳払いし、会議室の捜査員たちを見回した。

「先ほど、言論構想社のサイトで本件に関する記事が掲載されました。しかし、責任者の一人としてはっきりさせておきます。松島氏を重要参考人とみなした事実は一切ありません。現段階において、あくまで被害者（マルガイ）と最後に接触した可能性のある一人です。捜査員においては、団地住人への聞き込みをふくめて、引き続き犯人（ホシ）につながる手がかりを集めてください」

野沢が強い口調で告げると、野沢の右隣にいる牛込署の署長、刑事課長が顔をしかめた。

「釈迦に説法ですが、奥山一課長が毎日記者レクを実施し、状況を逐次開示しています。他の捜査員はメディアとの接触を禁止されていることをお忘れなく。厳重保秘を徹底してください。以上」

野沢が言い終えると、刑事課長が敬礼の号令をかけ、会議は終わった。仲村の周囲にいた本部一課、そして所轄署捜査員たちが次々に会議室を後にする。

今日の会議では、目新しい情報は出なかった。地取り班は、三三号棟を中心に周囲一キロまで捜索対象を広げ、一軒一軒の住宅や店舗を当たり、目撃情報や不審な声、あるいは車両がなかったかを根気強く洗い出していった。三三号棟は住民が留守がちで、かつ、認知症の症状がある人も多く聞き込みも完全には終わっていない。

仲村の所属する鑑取り班は、被害者・藤原の自宅、そして事務所から名刺ホルダーや予定表を取り寄せ、夫人や事務所関係者から怨恨の可能性や最近トラブルがなかったか聞き取りを行った。しかし、精鋭を投入した両班ともに収穫はなかった。

広い会議室から、三〇名の捜査員のほとんどが消え、残りは仲村と関、そして幹部席の野沢、牛込署刑事課長だけになった。

「仲村さん、俺たちもそろそろ……」

親指を立て、関が出口に向ける。

「これでも、気を遣っているんだ」

低い声で言うと、仲村はゆっくりと幹部席に歩み寄った。

「仲村さん、ちょっと」

背後で関の怯(おび)えた声が聞こえたが、仲村はかまわず歩き続けた。

「どうされましたか?」

幹部席で分厚いファイルを閉じた野沢が、仲村を見据えた。

「厳重保秘ってどういう意味だ?」

野沢の白い顔を見上げ、仲村は言った。

「捜査情報をみだりにメディアに漏らさぬようにという意味です」

「へえ、いったいどの口が言ってるんだ?」

仲村が言い放った直後、後ろで関が背広の裾を引っ張った。

「抗弁ですか?」

眉根を寄せ、キャリア管理官が低い声で言った。

「抗弁? 違うな。俺は真っ当なことを言いたいだけだ」

仲村は背広のポケットからスマホを取り出し、何度か画面をタップした。

「俺は末端の警部補に過ぎない。大所高所から捜査を俯瞰するキャリア様の指揮には従うよ」

「では、そうなさってください」

「ただし、キャリア様が正しい行いをしていたらの話だ」

仲村が言い放つと、野沢の眉が吊り上がった。仲村は新時代オンラインの記事が表示されている画面を野沢に向けた。

「若様、漏らしたのはあんたか？」

「私は先ほど厳重な保秘を皆さんに求めたばかりです」

「もう一度、尋ねる。ネタを堀田記者に話したのはあんたなのか？」

「違います。これから監察に報告しますが、捜査本部の誰かでしょう」

野沢が言った直後、仲村は強く首を振った。

「若様は以前、北関東の県警本部で二課長だった」

「そうですが、それがなにか？」

仲村はスマホの画面を指で拡大した。手元には堀田直之という名前が大写しになっている。野沢が怪訝な顔で画面を覗き込んだ直後、仲村は指を動かし、ページを切り替えた。

「堀田は元中央新報の社会部、警視庁クラブのサブキャップだった。その前は、餃子で有名な街でサツ担当だった」

「それがどうしました？」

「過去に二、三度、堀田は東中野の駅前で俺を張っていた。しつこい事件記者の典型みたいな奴だ。おまけに、すぐ取引を持ちかける。以前の事件(ヤマ)では、俺の人事情報を餌にした。当時は機捜にいて、本部に上がりたくて仕方ない時期だった。もちろん、ネタの提供は断り、俺からはなにも話さなかった」

「結論をお願いします」

「まあ、焦るなよ」

仲村は野沢を睨んだ。若い指揮官の額に薄らと脂汗が浮かんでいる。

「あんたが県警二課長だった頃、警務部で予算の横領事件が発生した。内々に処理しかけた直後、堀田が嗅ぎつけた。キャリアの本部長、そしてあんたは共謀して堀田に選挙違反の摘発情報を流した」

言い終えると、仲村はもう一度画面を変えた。当時の中央新報の地域版がある。地元首長選挙で落選した候補の支援者たちが、商工会や土木業界に現金を渡したとする記事だ。

「これは中央新報の抜きネタだ。以来、あんたは弱みを握られ、堀田に頭が上がらない」

「馬鹿な……」

野沢が首を振った。だが、言葉とは裏腹に顔面は真っ赤で、息が荒くなっていた。

「監察には黙っといてやる。同期の手柄に対抗しようなんて思わず、この事件の真相解明に集中してくれ」

一方的に告げると、仲村は野沢に頭を下げ、会議室の出口に向かった。背後から関の大きな足音が追いかけてくる。

「どこであんなネタを?」

部屋を出たところで、関が口を開いた。

「簡単だ。以前、県警からウチの班に研修に来ていた仲間がいる。半年間の実務が終わったあと、送別会の席でこっそり聞いた」

「なるほど……」

「あとは当てずっぽうだ。実際に俺は堀田の夜討ち朝駆けに遭っている。あいつならやりそうだとカマをかけたんだよ。経験の乏しい若様は、簡単に馬脚を露わしたわけだ」

「自分がリークしておいて、あんな説教するなんて、嫌な奴ですね」

関が眉根を寄せた。

「まあ、許してやれ。奴も追い込まれている。それに融通が利かない。若いキャリアにはありがちなことだ。だから、他の連中にこの話をするんじゃないぞ」

「でも……」

「でもじゃねえ、指揮官の信認が低下したら、馬鹿な刑事(デカ)たちが右往左往して、事件は潰れる。若様の件は言うな」

「わかりました」

関が渋々答えた。

「さて、俺たちは今日どう動くかだ」

会議室から廊下を通り、一階に続く階段を下りながら言った。

「松島さんを当たりますか？」

「いや、あんな報道されたら取材が殺到しているはずだ。それに、新規事業にも支障が出かねない。資金を募った連中への説明で忙殺されている。逃げ隠れできる状況にない」

「となれば、やはり……」

「尚人、いや石井の行方を探すのが一番だな。記事が出て、世間は松島に集中している。この間に石井を見つけ、被害者の最期に心当たりがないか聞かないとな」

仲村が自らに言い聞かせたときだった。

一階のホール、交通課の受付スペースに向け、牛込署の若手捜査員や制服姿の男たちが走っていくのが見えた。

「何事だ？」

「行きましょう」

関に促され、仲村は階段を駆け下りた。

玄関ホールに出ると、五、六人の警察官の中心に白とパステルイエローのポロシャツを着た胡麻塩頭の中年男がいた。

「何事だ？」

仲村は若い制服警官の背後から近づき、不意に足を止めた。昨日からずっと探していた男が目の前にいる。

「尚人！」

仲村が名前を呼んだ途端、石井が肩を強張らせた。

「やってない！」

石井が仲村の目を直視し、いきなり叫んだ。

「尚人、落ち着けよ」

仲村は努めて冷静に言ったが、石井は肩を震わせていた。

「やってない……環はやってないんだよ！」

環の名前に若い警官たちが敏感に反応した。制服警官二名が石井の腕をつかみ、牛込署の私服刑事が肩に手を置いた。いつでも首に腕を回せる状態だ。仲村は関と顔を見合わせたあと、言った。

「どうしたんだ。あっちで話をしよう」

仲村は優しい口調で告げたが、石井はなんども首を振り続けた。

「環は殺してないんだよ！」

石井が声を張り上げたとき、背後に人の気配があった。

「もしや、防犯カメラ映像に映っていた男ですか」

眉根を寄せた野沢管理官だった。

「本人です。報告した通り、昨夜は自宅に戻っていませんでした」

仲村が答えると、野沢が唇を噛んだあと、言葉を発した。

「お話をうかがいましょう」

野沢が顎を動かすと、制服警官二名が腕に力を込め、石井をエレベーターの方向に歩かせ始めた。

「どういうことです?」

石井の後ろ姿を見やったあと、野沢が言った。

「わかりません。俺が話を聴きます」

「よろしくお願いします。ただし……」

「もちろん、私情を挟む余地はありません」

短く答えると、仲村はエレベーターに駆け寄った。

7

「水くらい飲んだらどうだ?」

格子の嵌まった窓を背にする石井に対し、仲村はミネラルウォーターのボトルを差し出した。だが、石井は首を横に振り続ける。

「正式な取り調べじゃない。だから俺から水を受け取っても、問題はないんだ」

小さな事務机を挟み、仲村は石井と向かい合った。だが、石井は口を開かない。仲村は斜め後ろの補助机でメモを取る関、そしてその横に立つ野沢に目をやった。野沢がわずかに顎を動かし、先を続けろと合図した。

「もう一度、ゆっくり説明してくれないか」

諭すように告げたが、石井はただ俯き、譫言のように環はやっていないと繰り返すだけだった。

「なぜ、尚人がそれを知っているのか、ちゃんと教えてくれないか？」

仲村は徐々に力を込めて言った。

「やってないというだけでは、警察は納得しない。俺たちにわかるよう、なぜ環がやっていないかを話してくれ」

仲村が尋ねると、石井が小さく頷いた。仲村はもう一度、関をみた。相棒は机の上に置いた封筒を手に取り、仲村に差し出した。

「あの日、環がどこにいたのか、おまえ知っているのか？　それとも藤原さんを殺した人間に心当たりがあるのか？」

仲村が訊いた直後だった。石井が突然両手で机を叩き、口を開いた。

「俺がやった！」

仲村は石井の顔を凝視した。背後にいる野沢や関が息を呑んだのがわかった。

「それなら、どうやって藤原さんを殺した？」

「黙秘します」

　上目遣いで仲村を見たあと、石井が小声で言った。

「あのなあ……」

　仲村は再びため息を吐き、封筒から写真を取り出して机の上に並べた。介護施設チェリーホームのバンの後方が写っている。運転席側のテールランプの下に大きな凹みがある車両だ。

「藤原さんが亡くなったと推定された時間帯、おまえはデイサービスの利用者を三三号棟に送り届けた」

　三三号棟と小路を隔てた向かい側にあるチェーンのとんかつ屋の防犯カメラ映像からプリントした写真だ。ミニバンが停車し、運転席から石井が降り立つ。その後は後部ドアに回り込み、大きな扉を開けた。

　動画から切り取ったプリントは、鑑識課の特殊なソフトによって粗い粒子が取り除かれ、最新鋭の高級デジカメで撮影したように鮮明化されていた。

「ここに時間も表示されている。おまえに間違いないよな」

「……」

　写真の右下に時刻が刻まれている。石井は目線で仲村の指先を追った。

「あの……」

　石井が口を開いた。

「おまえは警察に疑われているんだよ。しかもここにきて、自分が殺したと言い出した。飛んで火に入る夏の虫なんだよ」

「ああ……」

ほぼ四〇年ぶりに見る尚人の困り顔だった。なにかを考え始めると、尚人の口から決まって曖昧な言葉が漏れる。

「事件について、何か知っていることがあるなら、ちゃんと話してくれ。真犯人が見つかれば環の疑いも晴れる」

仲村は畳み掛けるように言った。

「おまえ、この記事を読んだんだな？」

スマホを机の上に載せ、週刊新時代オンラインの記事を石井に向けた。

「ああ……」

尚人の両耳が一気に赤くなり、それが顔全体に広がった。

悪戯がバレた同級生が教師に叩かれそうになったとき、万引きを疑われた下級生と居合わせた際、尚人はいつも小声で自分に注意を引き、自分より弱い立場の人間を庇おうとした。

「あ、いや……」

慌てて尚人が肩をすぼめた。これもお決まりの癖だ。

「管理官、こいつはおそらく犯行に関わっていない」

椅子から立ち上がり、野沢の傍らで告げた。

「いや……でも……」

仲村を見ながら石井が小声で言ったが、無視して野沢に告げた。

「長年の癖はガキの頃から一切変わっていない。もとより、こいつは人を殺めるどころか、毛虫や蟻すら殺せない」

仲村が言うと、野沢が頷いた。

「そのようですね。しかし、死亡推定時刻に極めて近い時間帯に現場にいたのは事実です。詳しく話を聴いてもらえませんか」

「ええ、しかし……」

後頭部を掻きながら、仲村は椅子に座り直した。同時にわざとらしくため息を吐いた。

「なぜ環を庇った？」

「あの……」

「なぜ庇おうと思ったのか、その理由はおまえの口から聞かなきゃならん。刑事の仕事だからな」

「ああ……」

「なぜ、昨日俺たちが会いに行ったのに、逃げるように姿をくらました？」

「あ、あの……」

尚人の視線が天井、机の上、そして仲村の顔とあちこちに動く。短い返事、そして肩をすぼめるしぐさ、赤い顔。四〇年前と尚人は全く変わっていない。

「話を戻す。藤原さんが殺された日のことだ」

「うん」

尚人は一瞬下を向き、自分を納得させるように頷いた。ほんの二、三秒だが、これも昔と同じ仕草だ。尚人は顔をあげた。観念したのか、ようやく尚人の視線が定まった。

ミネラルウォーターのボトルを指すと、尚人はキャップを開け、喉を鳴らしながら半分近く流し込んだ。やましいことがある被疑者は喉の渇きを訴える。ただ、尚人の場合は事情が違う。環を庇うために、警察に出頭するという大胆な行動に出たことが、自らの心に大きな負担をかけてしまったのだ。

「おまえが送っていったホームの利用者の名前は？」

「篠原珠世（しのはらたまよ）さん」

「送迎の当日、普段と変わりはなかったか？」

「なかった」

机の上にある束から、後部座席を開け、車椅子に乗る老女を降ろす写真を指した。

写真を見つめ、石井が言った。

「篠原さんの住まいは？」

「一二一五号室」

「一二階の一番奥、南側だな」

「そう」

仲村は首を動かし、後ろ側に立っている野沢を見た。キャリア管理官が小さく頷いた。

一二階というのは被害者・藤原が手すりを乗り越えて落ちたフロアだ。

一二階には、小学校時代の同級生が三人住んでいた。西陽が当たる通路、錆が浮かんだ鉄製のドア、放置された三輪車や簾（すだれ）……部屋番号を聞いた途端、古い記憶がスライドのように仲村の脳裏に蘇った。

藤原がツツジの植え込みに落下したのは、通路の北側で、一二一五号室からは最も遠い地点だ。通路の中間点にエレベーターホールがあり、尚人は正反対の方向に利用者を送り届けた。部屋からホールに戻る途中で、藤原の姿を見た可能性はゼロではない。

「婆さんを送ったあとで、藤原さんを見かけなかったか？」

「見ていない。暗かったし、多分いなかったと思う……あの人は大きいから、いたらわかったはず」

仲村は手帳を取り出し、メモ欄に簡単な見取り図を描き、尚人と車椅子の老女の動線、そして藤原が落下した位置を描き込んだ。

事件発生の翌日に三三号棟に現着（ゲンチャク）した。一二階は煤（すす）け、通路の電灯も少なかった。尚人の証言に不自然なところはない。

「おまえがチェリーホームに戻るのが遅かったという証言もある。当日、本当はどうだったんだ？」

仲村の問いかけに、尚人が首を傾げ、天井に目線を向けた。これも昔から変わらぬ癖だ。

尚人は人並み外れた記憶力を持つ。小学校の図画の時間で神社に写生に行ったときのことだ。クラスのほとんどが全体の構図を描き終え、水彩絵具で色付けしても、尚人はずっと神社を凝視し、周囲をぐるぐると回るだけで、下描きさえしなかった。

色付けが終わらぬ生徒は二、三日後に提出すればよかったが、尚人は二週間かかった。屋根の銅板、周囲の木立の葉の一つひとつを塗り分け、画用紙が絵具でたわむほどだった。指導要領から大きく外れた画風に担任教師は困り果て、提出期限を守らなかったということで、尚人は最低ランクの成績を付けられた。

絵画のほかにも、読んだ本の内容、ラジオで聴いた落語など、尚人は正確に記憶し、仲村や環たちに話すことがあった。

「あの日は……篠原さんが部屋に入ったところでまだらになって、少し遅れたかも。おそらく五分程度」

「まだらとは、認知症の症状が出たり、普段に戻ったりすることか?」

「そう。部屋に送ってから、息子さんと一緒になだめた」

仲村は尚人の両目を見つめた。四〇年前と同じで、嘘は言っていない。長年の刑事経験からみても、偽証している可能性は低い。尚人の言葉を手帳に書き加えたあと、仲村は言葉を継いだ。

「もう一度、尋ねる。なぜ環を庇って出頭した？　おまえは自分の証言で犯人でないと言っているぞ」

仲村が訊くと、再び尚人の視線が泳ぎ始めた。机の上のペットボトル、天井、そして恐る恐る仲村を見る。

「最近、環に会ったことは？」

「わ、わからない……」

肩をすぼめ、尚人が下を向いた。

「会ったことがあるんだな？　なにか頼まれたのか？」

「覚えていない」

項垂（うなだ）れたまま、尚人が言った。尚人の態度の豹変ぶりをみると、彼が語る言葉とは真逆の真実が存在している。仲村はそう確信した。

# 第四章　傾眠（けいみん）

## 1

「大久保通りをゆっくり走ってくれ」

「了解です」

　牛込署の駐車場で後部座席に尚人を座らせ、仲村はその左横に滑り込んだ。尚人が乗ってきた自転車は一旦牛込署で預かり、後日、本人が施設のミニバンで回収することになった。

「それでは、行きます」

　エンジンのスタートボタンを押した関がルームミラー越しに仲村を見た。頷（うなず）き返すと、ゆっくりと覆面車両が動き始めた。

「どうだ、少しは落ち着いたか？」

「ああ……」

布製のバッグを胸に抱え、尚人が呟いた。

「悪いけど、おまえのアパートで話を聞かせてもらう」

「いいよ」

尚人がバッグを見つめたまま言った。

二〇分前、廊下で野沢管理官と話し合った。捜査の実務に乏しいキャリアから見ても、尚人が真犯人（ホンボシ）でないことはわかったようだ。しかし、藤原の死亡推定時刻前後に彼が現場付近にいたことは事実だ。

容疑者でないにせよ、重要な情報を持っているかもしれない。だが、尚人は極度の人見知りであり、大勢の無骨な刑事たちが監視する中で満足に話を聞き出すことは不可能だと仲村は主張した。その結果、野沢は渋々ながら別の場所で事情聴取することを許可した。

「若様、よくオーケーしましたね」

牛込署から一キロほど離れた坂道の途中で関が言った。

「朝の一件で俺に借りがあるからな。それに、おまえとコンビで動けば、安心だ」

いくら犯人の可能性が低いとしても、仲村と尚人はかつての同級生だ。捜査に私情をはさむと疑われることはわかっていたので、関も連れていくからと願い出たのだ。

「そうっすね」

関がミラー越しに尚人を見た。尚人は俯（うつむ）いたままで、外の景色を見る様子はない。仲村と同様、尚人も外見は中年男になった。

　仲村の勝気な性格は昔と変わらない。だが、負けん気の強さや曲がったことが嫌いな性分は、時と場合によって変化するようになった。上司や部下たちと接する際、自分が硬軟使い分けていることに驚くことがある。要するに都合良く立ち振る舞える大人になったのだ。

　だが尚人は違う。まっすぐな心は四〇年前の夏と一緒だ。

　あの場に仲村がいなかったら、尚人は今も取調室に閉じ込められ、野沢や他の刑事たちに取り囲まれたまま、身を固くしていただろう。隣に仲村が座っていても、尚人はなおもバッグをじっと見つめている。

　覆面車両は混み合う大久保通りを西方向に進み、若松町の蕎麦屋脇を通り過ぎた。国立病院の巨大なシルエットが見え始めたとき、仲村は口を開いた。

「スーパー五徳前の信号を右折してくれ。三三号棟脇の小径だ」

「了解です」

　ミラー越しに関が応じた。

「尚人、この前、あの蕎麦屋に相棒と行ったんだ。昔と同じで旨かった」

「そう……」

　尚人が顔を上げ、窓の方向に目をやった。国立病院脇を抜けると、窓からは仲村や尚人、環が通った東富丘（ひがしとみおか）小学校のグラウンドと古びた鉄筋校舎が見え始めた。

「この辺りはよく送迎で来るのか？」

「毎日だよ。三三号棟のほかにも何人も利用者さんがいる」

　小学校の敷地を挟むように、灰色に煤けた殺風景な団地が建つ。子供の頃は巨大な建物群をＳＦ映画のワンシーンのように感じたが、今は朽ちかけたコンクリートの塊にしか見えない。

「三三号棟の篠原さんだけじゃないのか。たしかに、この辺りは年寄りばっかりになったもんな」

　篠原の名が出ると、わずかに尚人の左肩が強張った。篠原を尚人が送り届けた前後に藤原は殺された。仲村のように殺人(コロシ)事件に慣れていない尚人には心理的な負担があるのかもしれない。

　覆面車両が緩い坂を下り切った。左手には団地の住民に馴染みのあるスーパー五徳の本店がある。店の入り口横の倉庫には、いくつも棚が設置され、生鮮野菜が所狭しと並んでいた。

「五徳は随分綺麗になったなあ」

「一五年前に全面改装したから」

　尚人がぽつりと言った。

「おまえも利用するのか？」

「ほとんど使わない。ただ、ウチの利用者さんたちは使っている」

尚人がゆっくりと話し始めた。

「特に日曜朝の特売」

「なぜだ？」

「卵のセールをやるんだ。一パック五〇円」

「普通は二〇〇円くらいか？」

「そのくらいだね。それで団地の年寄り連中が開店一時間前から列を作るんだ」

「そうか、年金暮らしで大変だからな」

不意に母親の顔が頭をよぎった。母は料理上手で家計のやりくりもうまかった。東中野に引っ越してからも、山手通りを渡ったところにある商店街まで往復三〇分かけて出かけ、安くて新鮮な食材を仕入れていた。

「富丘はとびきり貧乏だからね。一〇個入り五〇円のパックを争うように買って、次は野菜やちくわ売り場に殺到する」

「どういうことだ？」

仲村の母親の買い物とはずいぶん様子が違う。

「少しでもガス代を節約するために、週に一度、一気に天ぷらを揚げるんだよ。野菜やちくわの天ぷらをたくさん作って、三日ほど朝昼晩と食べ続ける。火を通せば傷みにくいからね」

「そうか……」

思わぬ答えに仲村は言葉に詰まった。ミラー越しに見える関の顔も困惑している。

「そこまで切り詰めないと、今時の年寄りは生きていけない」

尚人が淡々と告げた。

母親は煮物が好きで、怪我をする前は頻繁にお裾分けしてくれた。煮物は傷みにくいから貧乏人の味方、これが母の口癖だ。富丘団地の暮らしぶりは、仲村が知っていた時代よりさらに貧しくなっている。

明治通りが渋滞しているため、交差する大久保通りの流れも悪い。スーパー五徳前もノロノロとした進みで、関が舌打ちしてようやく小径へと車両を右折させた。

三三号棟を刑事(デカ)の目線で仰ぎ見た。空き巣は昔から頻繁にあったが、殺人事件は初めて起きた。年寄りばかりの団地で、なぜ藤原は殺されたのか。藤原は富丘で唯一の分譲棟、二七号棟に住み、本来三三号棟にいないはずだ。周辺の聞き込みでもまだ判明していない。

「どうして藤原さんは三三号棟にいたのかな?」

ゆっくり走る車両の中で、巨大な建物を横目に尋ねた。

「さあ」

「まだ金貸しみたいなことをやっていたのか?」

「わからない。でも、やっていてもおかしくない」

四〇年前、飲食業が繁盛して羽振りのよかった藤原は、その日暮らしの団地住民に小口の金を貸し付けていた。明らかな貸金業法違反だが、日銭に窮した住民は藤原を頼り、高利で金を借りていた。返済期日に遅れると、藤原は決まって自分の足で取り立てに赴き、ときにさらなる高金利で貸し付けた。大柄な藤原が現金の詰まったセカンドバッグを持って団地の通路を歩く様は、子供の目から見ても迫力があった。

「本当か？」

「確かめたわけじゃない。あってもおかしくないと思っただけだ」

背広から手帳を取り出すと、仲村は金貸しと書き込んだ。もし今も闇金まがいのことをやっていたならば、返済をめぐってトラブルがあった可能性も否定できない。

「悪いな、商売柄気になることをメモしている」

尚人の視線を感じ、仲村は慌てて手帳を閉じた。覆面車両は三三号棟の中心近くを走っている。

「そういえば、すみよしが無くなったんだな」

メモを記したあと、四〇年前、尚人がなけなしの金でコロッケ一個を買った団地の精肉店の名を告げた。

「もう一〇年くらい前かな。親父さんが体調を崩して商売をやめた」

いつもしかめ面で肉の塊に包丁を入れていた店主の顔が浮かんだ。店には角刈りの若い店員がいて、仲村や尚人ら貧乏な子供たちに時折コロッケをくれた。

「すみよしのメンチカツ覚えているか？」

「滅多に食えなかったけど。旨かった」

かつてすみよしが入居していた場所には、量販店の自転車修理工房が入っている。今は精肉店の面影はどこにもないが、目を閉じると、店前の広場で三角ベースをしていた光景が蘇る。

「ウチのお袋がメンチの秘伝を聞いてきたことがあってな。メイクインをすり下ろしてつなぎにしていたらしい」

「へえ、それは知らなかった」

ようやく尚人の口調が柔らかくなった。ミラー越しに関が頷き、覆面車両の速度を落とした。以心伝心で仲村の狙いを察している。昔話をしながら時間をかせぎ、尚人の心をほぐし続ける。

「そういえば、あの角っこの中華屋はどうなった？」

「三年前につぶれたよ」

「そうなのか。あそこの餡かけチャーハンは旨かったなあ」

三三号棟の南端の角に、親子が営む町中華の食堂があった。大きな中華鍋を巧みに操って作られるパラパラのチャーハンは、団地の悪ガキ連中の羨望の眼差しを集めていた。細切りの肉を強火でいため、薄い醬油味の餡を絡めた餡かけチャーハンは父親が競馬で勝って機嫌の良いときだけ食べさせてくれた。

「尚人と一緒に行ったこともあったよな」

「六年の運動会のあとにね」

尚人が弾んだ声で言った。

尚人や仲村が属していた白組は劣勢だったが、最後のリレーで逆転勝ちした。アンカーの仲村が半周差をひっくり返し、土壇場で優勝した。喜んだ母親が店に仲村と尚人を連れて行き、細切り肉と餡がかかったチャーハン、しかも大盛りを注文してくれた。普段はラーメンと野菜炒めばかりで、肉が大量に盛り付けられた一皿は特別なご馳走だった。

「おばちゃんは元気?」

引きつっていた顔は徐々に落ち着きを取り戻していた。

「まあな、最近転んで怪我してな……」

仲村は母の近況をかいつまんで告げた。

「気をつけて。もし介護の必要が出てきたら、相談して」

尚人は真剣な顔つきをしていた。

介護という言葉が、後頭部で鈍く反響した。

朝方、家を出る直前に真弓が激昂(げっこう)した。怪我を契機に母の様子がおかしいという。物忘れがひどくなり、昨日は粗相もした。大人用の紙オムツを真弓が買ってきた。逃れられない現実が目の前に迫る。尚人はそんな老人たちと日々接している。施設に入るためには、どんな手続きが必要なのか……喉元まで言葉が這い上がってきた。だが、今は捜査中だ。仲村はなんとか思いとどまった。

## 2

関が車両を諏訪通り沿いのパーキングに停めた。仲村と尚人は小径を進み、細い坂道の途中にあるアパートの一階奥、尚人の部屋へと向かった。

木造モルタル二階建て全六室のアパート、鉄製の外階段にはビニール傘が二本吊り下がっている。

「なにもないけど」

尚人が言い、ドアを開けた。仲村と関は狭い三和土(たたき)で靴を脱いだ。

「邪魔するよ」

仲村は部屋を観察した。

三和土の横には三畳ほどのキッチンスペースがある。焼き魚用グリルを備えたガスコンロ、その周囲はアルミのカバーで覆ってある。コンロ脇には小さなラックがあり料理酒や酢、サラダ油などのボトルが整然と配置されていた。

仕事柄、被害者や被疑者のアパートの部屋をなんども訪れた。中年男の一人暮らしの場合、キッチンは埃を被ったままか、油汚れの酷いフライパンや使用済みの食器がシンクに堆(うずたか)く放置されていることがほとんどだ。古い部屋だが、尚人のキッチンは清潔で、汚れがほとんどない。通路に面した窓枠にはタオルハンガーがあり、真っ白な布巾が吊るされている。

「綺麗好きなんだな」

「手入れすれば長持ちするから」

尚人は淡々と答えて襖（ふすま）を開け、奥の部屋に入った。

「これ」

小声で関がシンク脇の棚を指した。指先には真新しい炊飯器がある。関がスマホを取り出し、メモアプリに文字を打ち込み始めた。

〈一〇万円近くする高級品です〉

大家が言っていた高価な一品だ。視線の先には、茶色の壺がある。顔を近づけ、壺から漂う微かな発酵臭を嗅いだ。仲村は関に顔を向け、頷いた。

「尚人、ぬか漬け作っているのか？」

襖の向こう側に声をかけると、そうだと返事があった。

「おにぎり名人だったお袋さん譲りだな」

「ああ……」

仲村の言葉で事情を察したようで、関が頷いた。

「入ってもいいか？」

「どうぞ」

襖を開け、奥の部屋に入った。間取りは四畳半、キッチン同様、畳の部屋も綺麗に片付いていた。ディスカウントストアで売っているプラスチック製の衣装ケースが一つ、そして文机（ふづくえ）がある。テレビはなく、文机には型の古いノートパソコンと数冊の文庫本が置いてある。いずれも近代美術に関連するタイトルだ。

やもめ暮らしの部屋はシャツや下着の類いが散乱しているものだが、女が部屋を綺麗にしている気配もない。女がいれば柔軟剤やシャンプー、花柄のタオルなど、それらしい物が部屋にあるものだ。几帳面な尚人が自分で常に部屋を清潔にしているのだろう。

「なにもないだろ」

介護施設の制服からグレーのワイシャツに着替えた尚人が言った。

「おまえらしい」

文机の隣に腰を下ろすと、文庫本の横にスケッチブックが見えた。

「今も絵を描いているのか。見てもいいか？」

「どうぞ」

押入れを背にして、尚人が言った。

表紙をめくると、縁日の様子を鉛筆で描いた絵があった。目を凝（こ）らすと見覚えのある狛犬（こまいぬ）が描かれていた。アパートの近所にある諏訪神社だ。ページをめくると、高田馬場駅前ロータリー、神田川を描いたものもあった。風景画のほとんどは精緻に色付けされている。几帳面で丁寧な筆づかいは、四〇年前と全く変わっていない。

「あっ」

次のページをめくった瞬間、尚人が素っ頓狂な声を出した。今までとは趣の違う一枚があった。丸顔の女、左頰にエクボがある。細い線と太い線が入り混じり、鉛筆の線を指先で擦った淡いタッチも加わっている。

「綺麗じゃないか。人物も描くんだな」

仲村が言うと、尚人がスケッチブックを乱暴に取り上げた。

「ああ……」

尚人は恥ずかしそうにスケッチブックを自分の背中の後ろに回した。

「さてと、本題に入ってもいいか?」

「どうぞ」

仲村は背筋を伸ばし、尚人を正視した。

「押しかけて悪かったな。取調室だと、話せることも話せなくなっちまうと思ってな」

尚人はわずかに肩をすくめ、口元に曖昧な笑みを浮かべた。照れなのか、戸惑っているのか。尚人の心の奥が読めない。

「藤原さんの一件、おまえを疑っているわけじゃない。それはわかってもらえるよな?」

「ああ……」

「もう一度、尋ねる。最近環に会ったよな?」

「どうだったかな……」

仲村の問いかけに、尚人が天井を仰ぎ見た。その直後、仲村の隣で関が身を乗り出した。小さく首を振り、相棒を制す。

「おまえの証言が環を助けるんだ。本当のことを教えてくれよ」

仲村が諭すと、尚人が咳払いした。尚人の視線が関に向けられる。

「こいつは俺が信頼する相棒だ。環にも会って、彼女が犯人じゃないと信じている。だから、おまえと環にとって不利になるようなことは絶対にしない」

仲村が告げると、関が引きつった顔に無理やり笑みを浮かべた。

「一カ月前、三三号棟に利用者さんを送ったあとだった。ミニバンの後ろに環が車を停めて待っていた」

「正確な日付は？」

手帳を広げ、仲村は尚人が告げた日付、そして時刻も書き込んだ。

「ドイツの二人乗りクーペ、ガンメタリック」

仲村はブランド名と車種名も付け加えたあと、関に顔を向けた。相棒は即座にスマホで検索をかけ、画面に写真を表示させる。

「環が乗っていた車は、それだった」

関が目を剝いたが、仲村は驚かなかった。写生大会で木の葉の一枚一枚の色合いを記憶し、自宅に帰ってから詳細に色付けをする記憶力を持った尚人は健在だった。

「なぜ環はおまえを待っていた？」

「話があったらしい」

「どんな話だ？」

仲村の問いに、尚人は口を閉ざした。同時に右手の人差し指の爪を嚙み始めた。突然、目の前の中年男の顔が、顔色の悪い少年に入れ替わった。

四〇年前の美術の授業のときと同じ仕草だ。尚人の絵は時間がかかりすぎる。指導要領の枠におさまらない尚人に、若い担任教師はいつも手を焼いていた。そんなとき、代わりに現れたのがベテランの女性教師だった。図画の時間に尚人が描いた絵を見た瞬間、〈すごく面白い〉と叫んだのだ。

臨時の担任は授業を放り出し、学校図書館に走った。息を切らせて教室に戻ったとき、手にはゴッホの画集があった。臨時担任は尚人にゴッホの存在を知っているかと尋ねたが、当の本人は首を振った。

〈君の画風はゴッホに似ている。無意識のうちにあの天才と同じタッチで描いているなんてすごい！〉

担任は画集を尚人に手渡し、色使いや筆捌きの説明を続けた。一方、尚人はただ戸惑い、爪を嚙んでいた。元々の担任は、尚人の作品を酷評した一方で、臨時担任は絶賛する。幼い尚人は大人の態度の違いに戸惑い、疑っていた。

仲村は目の前の尚人を直視する。尚人は仲村が味方なのか、それとも都合よく話を引き出そうとする小狡い刑事なのか、慎重に見極めている。

「俺が話したら、環の疑いは完全に晴れるのか？」

低い声で尚人が言った。

「少なくとも環は人殺しじゃない。その証拠を探しているんだ」

仲村の言葉に、尚人がゆっくりと頷いた。

「麻布十番の鮨屋」

尚人の口から、意外な言葉がこぼれ落ちた。

「なんのことだ？」

「あの日、環が連れて行ってくれたんだ」

唐突な話に戸惑ったが、仲村は手帳と尚人の顔を交互にみて、話を続けた。

「屋号は？」

「すぎ勘」

「悪いが、メモを取るぞ。おまえみたいになんでも記憶できないんでな」

軽口を叩きながら、仲村は手帳にペンを走らせた。

「なにを食った？」

「サザエの刺身、鯵のタタキ、それから蟹の酢の物、あとは中トロ、ヒラメ、穴子……」

「ちょっと待ってくれ」

仲村が懸命にメモを取っていると、突然目の前にスマホの画面が差し出された。

「なんだ？」

「あの日食べた鮨。回らない鮨は初めてだった」

目の前には鮨ネタを分割表示した写真がある。

「これ、一緒に撮った」

尚人が画面をスワイプすると、右側に引きつった笑みを浮かべる尚人、その隣には満面の笑みで白い歯を見せる環がいる。

「わかった。二人一緒だったんだな」

「嘘はつかない」

仲村は手帳を閉じ、上着のポケットにしまった。鮨を食べながら、環とどんな話をしたのか、仲村が尋ねようとした瞬間、尚人が口を開いた。

「なぜ、環は疑われた？」

自分の手の内は明かした。だから、おまえも話せ。尚人の両目が雄弁にそう語っていた。

「藤原さんが殺される直前、環は彼と会っていた。スーパー五徳の本店隣にある喫茶店だ。防犯カメラの映像が確認されたほか、店の主人が言い争っていた二人を目撃していた」

仲村が告げると、尚人が小さく頷いた。

「二人が別れたあと、藤原さんが殺された。尚人は刑事ドラマ見たことあるよな」

仲村の問いかけに尚人があると目で応じた。

「環と藤原さんが会ってから約一〇時間後、三三号棟の北の外れ、ツツジの植え込みで遺体が発見された。第一発見者は中央新報を配達中の大学生アルバイト。セオリー通りでいけば、第一発見者の大学生が怪しまれる」

尚人には順を追って説明した方が理解してもらえるはずだ。対面の尚人がゆっくり頷いた。

「しかし、藤原さんの死亡推定時刻と遺体が発見されたときには一〇時間近い乖離があった。そうなると、第一発見者はシロ。次に疑われるのが、被害者と最後に会っていた人物」

「それが環だった？」

「しかし、犯行現場周辺の防犯カメラをチェックしたら、もう一人いた。それがおまえだ」

「たしかにその時間帯には三三号棟にいた」

尚人の声が上ずった。

「おまえは一二一五号室の篠原さんを送った。事件発生の時間帯だったが、場所は三三号棟の反対側、一番南だ。おまえの犯行という可能性も低い」

仲村は尚人を見据えた。

「俺はなぜ藤原さんが殺されたのか、そして誰が真犯人なのか調べている。環は怪しくないとわかっているが、なぜ藤原さんと会っていたのか、彼女はその理由を明かさない。

だから調べている」

「そうなのか？」

尚人が甲高い声をあげた。気を張っていた分、捜査の中身に触れ少し安心したのだろう。

「そうだ。それに、環を犯人に仕立てたいと思っている連中さえいる。なにせ、彼女は有名人だからな」

「環じゃない」

「わかっている。だからこうしておまえに訊いている。環が犯人じゃないことをきちんと証明するのが俺の仕事の一つ。だから、鮨屋でなにを話したか教えてくれ」

尚人がこくりと頷いた。

「チェリーホームは買収される」

「なんだって？」

「だから、環が買収する」

麻布十番の鮨屋と言われて戸惑ったが、尚人が発した買収という言葉はそれ以上の驚きをもたらした。仲村は関と顔を見合わせた。

〈新規事業を興す直前なの。それで出資者との間で守秘義務に関する契約書を交わしたばかり。たとえ警察の求めでも、言えないことがあるの〉

事件発生の翌日、環の職場を訪れた。環は藤原との面会を認めたが、なぜ会ったかについては一切詳細を明かさなかった。

「なんでチェリーホームを？　こう言っちゃ悪いが、介護施設はどこも経営が苦しいはずだ」

数週間前に読んだ週刊新時代の特集記事が頭の中に浮かんだ。国が介護保険料を引き下げたことを契機に、多数の介護施設が経営難に直面しているという内容だ。介護保険料の引き下げがスタッフの給与削減につながり、最終的に離職者の増加に歯止めがかからないことにも触れていた。その旨を話すと、尚人がその通りだと応じた。

「チェリーホームの売値はいくらだ？」

「知らない」

尚人が天井を見上げた。意識的に仲村の視線を避けた。すなわち、ある程度の買収金額を環から聞いている可能性が高い。

「本当か？」

「環は日本の介護の仕組みを変えるそうだ」

尚人が力んで言った。鮨屋では、金額のほかになんらかのプランを聞いたのかもしれない。仲村はわざとそっけなく尋ねた。

「どうやって？」

「そ、それは……」

環が尚人の前に姿を現したということは、幼なじみが動いていることを承知していた。

その上で勤め先を買うと明かした。優秀で冷静な投資家である彼女は、どんな目的で尚人に買収の話をしたのか。

「他になにか聞かなかったか？」

「なんでそんなに知りたがるんだよ？」

駄々をこねる子供のように尚人が言った。

「環とおまえにかかっている嫌疑を完全に晴らし、藤原さんを殺した真犯人を見つけるためだ。そのためには、隠し事はなしだ。なあ、教えてくれよ。介護は儲からないことはわかっている。優秀な環のことだ。成算なしに買うはずがない。そのあたりに何か事件との接点があるんじゃないか。俺はそう思っている」

「難しいことはわからない。環に聞いてくれ」

尚人が顔をしかめた。仲村は関の顔を見た。そろそろ潮時、相棒の顔にそんな色が浮かんでいた。この様子では、尚人も買収すること以上の中身を知らされていない可能性が高い。

「そうか。今日のところはこれで引き揚げる。なにか思い出したことがあったら、いつでも携帯の番号に連絡をくれ」

背広から名刺を取り出すと、尚人に手渡した。

「わかった」

「休みなのに邪魔して悪かったな」

　腰を浮かすと、尚人の背後にタブレットが見えた。

「家でも仕事させられているのか？　介護業界は人手不足で残業が当たり前だっていうからな」

　何気ない世間話のつもりだったが、尚人の表情が一気に強張った。同時に尚人はタブレットをつかむと、背中の後ろに隠した。

「おいおい、冗談だよ」

「今日は仕事しない。ご苦労さま」

　依然、尚人の顔は引きつったままだ。関がなにか言いたげな顔で腰を上げた。

「失礼します」

「どうも」

　背中にタブレットを隠したまま、尚人が頭を下げた。

「今度、お袋さん直伝の握り飯とぬか漬け食わせてくれよ」

「ああ……」

　タブレットを背中に隠し、畳に視線を落とした尚人が応じた。

「それじゃあな」

　仲村は関を伴い、狭いキッチンを抜け、靴を履いた。

　関が部屋の内側を覗き込みながら、ゆっくりとドアを閉めた。

「収穫、ありましたね」

　アパートの敷地から小径に踏み出した途端、関が小声で言った。

「まさか環が介護施設を買うとはな」

「不自然ですよ。だってほら」

　関がスマホの画面を仲村に向けた。

〈アインホルン松島社長、今度はナノテクに一大投資へ〉

〈美人投資家、ＡＩを駆使したロボットテクノロジーに資金拠出〉

「彼女の投資先はハイテク分野ばかりですよ」

「それに、チェリーホームのオーナーは被害者（マルガイ）の藤原……」

　四〇年前、三三号棟脇の集会所でなにが起こったのか仲村は詳細を知らない。幼かった環、そして尚人が心に深い傷を負ったであろうことは承知している。環にとって、因縁浅からぬ藤原の施設を買うというのは、どんな意味を持つのか。

「最後のあれも気になりました」

「タブレットを隠したことか？」

「そうです。なにか後ろめたいことがあるはずです」

「俺も別に一つ、気になったことがある」

「なんですか？」

「スケッチブックだよ」

「神社とか、神田川の風景でしたけど」

「違う、最後に見た一枚だ」

「女のスケッチでしたね」

「亡くなった奴のお袋さんにそっくりだった」

「へえ、そうなんですか」

「最近見た顔だ」

「誰ですか？」

「チェリーホームにいた木村というヘルパーが尚人のお袋さんとそっくりなんだ」

尚人の勤め先ですれ違った木村が印象に残っていたのには、こんな要因が潜んでいたのだ。

なぜ環が藤原と接触し、しかも成長性に乏しい介護施設を買うのか。そして、なぜタブレットを隠すようなことを尚人がしたのか。足早に歩きながら、仲村は考え続けた。

3

関と肩を並べ、諏訪通りを歩く。尚人のアパートと勤め先の距離は一キロ弱。徒歩で一〇分程度、自転車ならば二、三分だ。背広からスマホを取り出し、仲村はネット検索を始めた。

「歩きスマホは危ないっすよ」

「ちょっと気になることがあってな」

　子供の頃、いやというほど走り回ったエリアだ。周囲の建物が変わっても、緩い勾配の具合は体で覚えている。老眼が始まった両目を細めて画面を睨み、歩き続けた。

「それにしても、なんで介護施設なんか買うんですかね。正気の沙汰とは思えないですよ」

　関が呆れたように言った。

「それに、石井さんはなぜタブレットを隠したんですか。だって、仲村さんは幼なじみで、信頼されているはずなのに」

　ネット画面で目的の検索結果が出たことを確認すると、仲村はスマホをポケットに放り込んだ。

「買収の本当の目的は、俺たち素人にはわからん」

「介護に携わる人たち、ほぼ全員が低賃金です。そこを安く買い叩くんですかね？」

「そのあたりも松島に事情を訊こう。それに、尚人にしても、仲が良かった時分から、もう四〇年以上経った。奴なりにいろいろあるんだろう」

　小学校はずっと同じクラスだったが、中学に入ると尚人とは別になった。仲村は陸上部に入り、放課後はずっと泥まみれになって練習に明け暮れた。終礼のチャイムが鳴って、隣のクラスに尚人をさがしに行っても、いつの間にか姿が見えなくなった。どこかにスケッチにでも行っていたのだろう。この頃から次第に距離が開いてしまった。

「それより、施設長の熊谷を締めた方がネタが出てくるかもな。自分の施設が買収されるのに、なぜその話を俺たちに明かさなかったのか」

「そうですよね。被害者がオーナー、そして、重要参考人が新たな雇い主になる直前なのに、なんか不自然でしたよね」

「攻めるポイントはいくらでもありそうだ」

短く言うと、仲村は歩みを速めた。

「あ、刑事さん」

チェリーホームの玄関に着いた途端、女性スタッフが驚いた顔で言った。

「どうも。熊谷施設長に会いたいのですが」

関が告げると、胸元に木村と書かれたネームプレートをつけた女が狼狽(ろうばい)の色を見せた。

仲村は木村の表情を注意深く観察した。先ほど尚人のスケッチブックに描かれていたように木村は丸顔で、左頬にかすかにエクボが見える。鉛筆画でなく、こうやって当の本人を目の前にすると、ますます尚人の母親に似ている。

「あの……」

玄関から施設の奥に目を向けた木村の顔には、なおも戸惑いが見られた。

「なにか不都合でも？」

仲村が声を落として言うと、木村は申し訳なさそうに頭を下げた。

「あと二、三分で新しいスタッフの面接が始まります」

「それは大事だ。我々はアポなしですからね、面接が終わるまで待ちます」

仲村が言うと、木村が小走りでホールの奥に消えた。

「この業界は慢性的な人手不足らしいからな」

「きつい仕事で離職者が続出しているのでしょう」

パステルイエローに塗られた玄関ホールの壁には、老人たちとヘルパーがにこやかに笑うレクリエーションの写真が何枚も貼ってある。

オルガンの演奏に合わせ手を叩く老婦人、ジャージの上下をまとって体操する老人……明るい雰囲気で撮影された写真の数々を見ているうちに、母親の顔が浮かんだ。

神経質な母を施設に入れた場合、他の利用者とうまくやっていけるのだろうか。嫁の真弓にさえ心を許さない母が、赤の他人であるヘルパー、そして他の高齢者たちとうまく接するのは無理がありそうだ。

人間は年齢を重ねるごとに意固地になり、協調性が低下するといわれている。そもそも母には他人の意見に耳を貸さないところが昔からあった。加齢のせいで、手伝いに行っている真弓に小言をぶつけ、自分のやり方を通そうとする姿勢がひどくなっている。

「お待たせいたしました。時間がかかると思いますが、それでもよろしいですかと施設長が申しておりますが」

小走りで戻ってきた木村が関に言った。

「構いませんよ」

「では、こちらへ。スタッフの控室になります。あまり綺麗とは言えませんが、どうかご了承ください」

木村の頰にエクボが浮かぶが、顔全体の表情は硬く、突然の来訪に戸惑っているようだ。木村はハキハキとした受け答えのできる女性だが、どこか陰がある。ゴムバンドで束ねているセミロングの髪はダークブラウンに染めているが、頭頂部付近は黒だ。二、三カ月染めていないのだろう。忙しいからか、それともカラー代を節約しているのか。仲村が木村を観察し続けていると、関が肘で横腹を小突いた。顔を向けると、目線であれを見ろと伝えている。

教員室へ進路指導を受けにいく学生のように、三人の男女が廊下に立っていた。一人は細身のスーツを着た男で、髪を七三に分けている。銀縁メガネと青白い顔、年齢は四〇代半ばか。男の足元には使い込まれた鞄がある。スーツは私服刑事の制服である量販店製ではなく、体型にぴったり合致した上等なものだ。

その隣には、ジャケットにワイシャツ、コットンパンツというラフな格好の青年がいる。日焼けした顔、分厚い胸板。スポーツ経験があるのかもしれない。三〇代半ばくらいで、働き盛りの年頃だ。

一番端には小柄な女性がいる。年齢は一番若く二〇代前半だろう。薄手のブラウスにカーディガン、細身のデニムだ。髪は明るいブラウンで、面接にはそぐわない風体だ。三人の顔と身なりを素早く記憶したとき、木村の声が響いた。

「こちらです。狭くてすみません」

廊下の突き当たりで木村が立ち止まり、ベージュ色のアコーディオンカーテンを開けた。

「椅子を出しますね」

薄緑色のロッカーが一〇個ほど並ぶ薄暗い部屋の隅から、木村が折りたたみ椅子を二脚取り出した。

「こちらでお待ちください」

ぺこりと頭を下げると、木村がアコーディオンカーテンを閉めた。

「署の更衣室が最低だと思っていましたけど、ここもなかなかですね」

関が部屋の隅にあるゴミ箱を見つめた。カップ麺やコンビニ弁当の残骸が今にも溢れ出しそうだ。仲村はゴミ箱に歩み寄った。

「時間が不規則だから、スタッフさんも大変だろう」

カップ麺の空き容器の中には、栄養補助食品のパッケージが入っていた。ゴミ箱の隣には女性週刊誌や夕刊紙が乱雑に置かれている。シフト勤務の詳細は知らないが、この狭いスペースで体と心を休めるのは難儀だろう。

〈来月のシフト希望は明日までに提出　熊谷〉

ロッカー脇の壁に、手書きのメモが貼られていた。施設長の熊谷はどんな顔をしてスタッフの要望を聞くのか。メモを見ながら考えていたとき、乱暴に隣室のドアが開く音が控室に響いた。

〈お待たせしました。施設長の熊谷です〉

熊谷が低い声で告げた。

〈時間がないので、三人一緒の面接になりますが、ご了承ください。それでは、受付番号一番の菊池さんから、志望動機をうかがいましょうか〉

熊谷が書類をめくる音が薄い壁を通して聞こえた。先ほど見た三人の中で菊池はどの人物か。

〈菊池正、四六歳です。よろしくお願いいたします。チェリーホーム様の人材募集を求人誌で知りました。入居者と利用者の皆様をスタッフ全員で気持ちよくサービスするところだと調べまして、応募した次第です〉

硬い口調だった。

〈菊池さんは、東京さきがけ銀行にいらっしゃったんですね〉

紙をめくる音とともに、熊谷が言った。

〈大学卒業後、二三年間勤務しました〉

〈さきがけさんは第二地銀の中でも比較的規模が大きな銀行ですよね。なぜお辞めになったのですか？〉

あくまで丁寧な口調だが、熊谷は相手の痛いところに容赦無く切り込んでいく。先ほど目にした七三分けの男だろう。四六歳といえば支店長ポストや本店の幹部職が間近に迫っていたはずだ。そんな男が畑違いの仕事の面接に来ている。

〈半年前に支店の統廃合がありました。その際、早期退職を勧告され、応じました〉

菊池が低い声で答えた。

東京には大手行がひしめいているが、地銀や第二地銀、信金や信組と中小金融機関も多い。仲村の高校の同級生も何人か地元基盤の銀行に就職した。超低金利政策の悪影響で収益が悪化し、経営のスリム化が叫ばれている。壁の向こう側にいる菊池も組織から弾き出されたのだ。二三年の勤務で退職金が出たはずだが、人生一〇〇年時代と叫ばれる世の中では、まだまだ働かざるを得ないのだ。

〈ご自身での介護の経験は？〉

〈ありません〉

〈なぜチェリーホームを？〉

〈人材募集の広告で……〉

〈なぜ経験もないのに介護職を？〉

〈介護の各種資格を取得したのちに、いずれは銀行での知識と経験を活かして経理の仕事に就かせていただきたい、そう考えました〉

〈なるほど、経理ですか〉

熊谷が侮蔑的な調子で言った。相手を見下しているのは明白だ。

〈かつては取引先の再建に取り組んだほか、新規取引先の獲得件数でも行内トップクラ

スの実績がありました〉

〈なるほどねえ、菊池さんが優秀な方だってことは理解しました。しかし、介護はそんな生易しい仕事ではありませんよ〉

〈体力的に厳しい職場だとはわかっておりますが、懸命にやらせていただきたいと思っています〉

〈利用者さまの下の始末とかできますか?〉

〈はっ?〉

〈平たく言えば紙オムツの交換やうんこがビッチリ付着したシーツの交換作業です〉

〈いや、あの、経験がないもので……〉

やりとりを聞きながら、思わず両耳を塞ぎたい衝動にかられた。同時に、朝方激昂していた妻の顔が蘇る。もし警察を辞めて介護職の面接を受けたら、あの元銀行マンと自分は同じようなものだ。要するに使い物にならないのだ。

〈優秀な経理マンはウチとしても欲しいのです。しかし、その前段階として、介護全般の仕事を覚えてもらう必要があります。今回の募集は、見習いの契約社員です。オムツの交換のほか、食事作り、食事の補助、館内の清掃や泊まり勤務を一通りこなしていただき、その後に適性を見極めたいと思います。どうです、まずはオムツの交換をこの面接のあとでやってみますか?〉

〈はあ……〉

菊池が圧倒され、顔色を失くしている様子が手に取るようにわかる。忙しなく紙をめくる音が隣室から聞こえ始めた。

〈履歴書のキャリア、銀行マンとしては申し分ないですが、早速の体験業務にご興味がないようですね。では時間も限られていますので、次に藤田努さんのお話をうかがわせてください〉

〈はい〉

ハキハキとした返事が聞こえた。日焼けした三〇代と思しき青年だ。

〈話の続きになりますが、下の世話は平気ですか、藤田さん〉

〈大丈夫です〉

〈介護は綺麗事では務まりませんよ〉

〈一〇年間、居酒屋の店長をやっていましたから平気です〉

藤田という青年は全国チェーンの居酒屋の名をあげた。

関を見ると、顔をしかめていた。一品三〇〇円程度のつまみと飲み放題プランが有名で、安かろうまずかろうで知られる。一度、後輩刑事と出かけたが、金のない学生たちが騒ぎ、落ち着きのない店だった。客層も悪かったが、従業員たちはもっと過酷だ。五、六人のパートやアルバイトを、社員である店長一人が管理する。テレビの告発番組で見たが、月の残業が二〇〇時間を超え、過労死も相次いでいる札付きのブラック企業だ。

〈毎日泥酔する客が出ます。汚い話ですが、ゲロ、いや嘔吐物の始末は日常的です〉

〈ははっ、そうなんだ〉

熊谷が乾いた笑いで応じた。

〈酔っ払いでそういう粗相する奴は一日どのくらい？〉

〈二日に一回くらいでしょうか〉

〈随分少ないですね。この施設では毎日、いや一時間に二、三人ですよ〉

〈そんなにですか？〉

〈面接なんで控え目に言ったけどね〉

熊谷がもう一度乾いた笑い声をあげた。

〈地銀も飲食も去年の新型ウイルスで大変でしたよね。融資先がバタバタ倒れて金貸し自体の経営もやばくなった〉

〈その通りです〉

菊池が震える声で答えた。

〈勤め先は、全体の半分以上、五〇〇の支店が閉鎖になりました〉

朗らかだった藤田の声も沈んでいた。

〈うんうん、わかります。皆さん、意図せざる形で慣れ親しんだ仕事を奪われた。それで、雇用全体の受け皿になっているのが、今まで皆さんに見向きもされなかった介護業界だ〉

熊谷がドスの利いた声で告げた。隣室が異様に静まり返った。

〈今までは不況になると、タクシーや建設土木業界が受け皿になってきました。でも、客が移動しなくなったからタクシー会社にはどこも働き口がない。自分の会社の配車を露骨に絞ったくらいですから。景気が極端に落ち込んだから、マンション建設も計画がおじゃんになり日雇いの仕事も奪いあいです。そこで我々介護の出番ですね〉

〈いえ、いずれ介護は成長産業に……〉

　菊池が消え消えの声で言った。

〈たしかに高齢者が増え続けているので、表向き成長産業に見えます。でもね、先ほども言った通り、綺麗事ではすみません。下の始末なんて、まだ序の口です。認知症の利用者さまには理屈が通じません。ときに暴力を振るう方もいらっしゃいます。そんな利用者さまのお世話を日夜できますか？〉

　菊池と藤田は答えない。熊谷も口を開かず、隣室は気まずいムードになっている。再度、パラパラと紙をめくる音が響いたあと、熊谷が口を開いた。

〈お待たせしました。小川環奈（おがわかんな）さん〉

〈はい〉

　女性の声が響いた。

〈ずいぶんお若いですが……二四歳ですか。前職はアパレルショップの店長さん〉

　熊谷は履歴書の文字を棒読みした。働き盛りの男性二人を切って捨てた施設長はどんな態度で派手目の女性に接するのか。

〈アパレルも新型ウイルスの影響をもろに受け、店舗網縮小の発表直後に解雇されました〉

小川という若い女はハキハキと答えた。

〈アパレルと介護は全く違いますよ？　続けられますか？〉

〈自信あります〉

〈ほお、どうして？〉

〈私は母子家庭で育ちました。近所に祖母が住んでいて、よく行き来していました〉

〈それで？〉

〈私が高校一年のとき、祖母が脳出血で倒れ、寝たきりになりました〉

〈その後はお母さんが介護を？〉

〈いえ、私の学費もあるし、生活費も稼がなきゃいけなかったので、仕事を続けました。私は公的な支援を受けつつ、可能な限り祖母の介護を続けました〉

〈いま、お祖母ちゃんは？〉

〈しばらく前に、新型ウイルスに感染して亡くなりました〉

〈そうか、それはお気の毒に〉

〈祖母の介護をやっただけですが、それでも入浴の介助や食事の世話、もちろん下の世話もずっとやっていました〉

仲村は関と顔を見合わせた。人は見かけによらない……捜査のいろはとして、身なりや第一印象で人柄を決めつけるなと先輩たちから嫌というほど指導を受けてきた。廊下で面接を待っている小川という若い女性を見たとき、場違いな服装と髪の色だと思った自分を恥じた。

祖母の介護を担ったと小川は言った。自分の家庭に置き換えれば、学校に通いながら智子が同じことができるのか。通りの良い声を聞きながら、仲村は思わず下を向いた。

〈わかりました。小川さん、明日から来られますか?〉

〈はい、もちろんです〉

〈では、あとで担当者に伝えておきますので、午前九時に玄関まで来てください〉

〈ありがとうございます〉

小川の声が弾んでいた。

〈菊池さん、藤田さん。本日はわざわざお越しいただき、ありがとうございました。今回はご縁がなかったということで、採用にはいたりませんでした。ご理解ください〉

熊谷が事務的で感情が一切こもらない声で告げた。

〈ありがとうございます。一生懸命やります〉

〈がんばってね〉

小川と熊谷が細々とした手続きの話を始めた。

〈あの、本当にダメでしょうか?〉

菊池が懇願口調で言った。

〈デスクワークばっかりだった人は無理。それに四〇歳超えているでしょう。エリート銀行マンのプライドも邪魔しそうだしね〉

〈俺、ダメですか?〉

今度は藤田が食い下がった。

〈同じサービス業だけど、こっちは命を預かっているんでね。酔っ払い相手とは重みが違う。それに、ウチは女性の働き手が少ないから〉

依然として隣室の空気は重い。

「結構厳しいっすね」

「そうだな。色々と考えさせられる」

腕を組み、唸(うな)るように仲村は言った。すると、アコーディオンカーテンが開き、木村が顔を見せた。

「面接終わったみたいですね」

「そのようです」

仲村は今し方まで声が聞こえていた方向を見やった。木村は自分のロッカーを開け、ハンカチやゴム手袋を取り出していた。

「面接は頻繁なのですか?」

仲村の問いかけに木村が頷いた。

「そうですね。今、大不況で働き口が少ないみたいですから、完全なる買い手市場だと施設長が言っていました」

「先ほどは元銀行マンもいらっしゃいました。いろんな業種の経験者が来られるんですね」

「ずっとこんな感じですよ。それでは施設長の部屋にご案内しますね」

「ありがとう」

　エクボを見せた木村に礼を言い、仲村は椅子から立ち上がった。

4

　仲村が関とともに簡易応接セットで待っていると、廊下を走る足音が聞こえ、ドアが開いた。

「大変お待たせいたしました」

　ペコペコと頭を下げながら、熊谷が対面に座った。以前会ったときと同様、パステルカラーの半袖シャツ、その下に長袖のシャツを着ている。

「勝手に押し掛けたのは我々です。面接も大変ですね」

　関が口を開くと、熊谷が諂うように笑った。

「お恥ずかしいところを聞かれたようですね。これも大事な仕事の一つでして」

　口元は笑っているが、熊谷の両目は笑っていない。なぜいきなり来たのかと、瞳に警戒の色が浮かんでいる。

「面接の様子を聞きながら、もし刑事を辞めたら、自分もああやって求職するのかと複雑な思いでした。高齢者の世話なんてしたことがないから、かなり身につまされました」

熊谷の警戒心を解くため、仲村は穏やかな口調で言った。世間話で場の空気を和ませるのはスキルの一つだが、今回は本音も混じっていた。

「刑事さんたちのように優秀な方々なら、当方は大歓迎ですよ」

露骨なおべっかと愛想笑いだった。

「あの若い女性は優秀そうですね」

関が言うと、熊谷が頷いた。

「ええ、良い人が来てくださいました」

「うちにも高校生の娘がいます。とても彼女のようなことはできないでしょう」

仲村が告げると、熊谷が顎を引いた。

「年頃の娘さんです。本当なら介護から逃げ出したい、そう考えたはずです。でも彼女はお祖母ちゃんの世話を続けていた。せっかくやりたい仕事があったのにこの雇用環境です。彼女なりに考え、腹を決めた。そういう人は真面目に働いてくれます」

熊谷ではなく、別の人間に言われたらすとんと腹に落ちる話だ。

「他にもいろんな業界から面接に？」

関が尋ねる。

「新型ウイルスの蔓延後、世間は一変しました」

熊谷はサービス業、とくに飲食業界からこぼれ落ちた人材が引きも切らず面接に来ると明かした。三日に一度程度の割合で、四、五人まとめて面接することもあるという。

「派遣で雇い止めになった工員や事務員の一部は、食事を配達するデリ・エクスプレスに流れました。ただ、失業率が上がるとともに配達員が急増し、パイの奪い合いで実入りが急減しました。おまけに個人事業主として配達をするので、各種の保険も自分で手続きしなければなりません。そうした中から、介護へシフトしようとする人は多いのです」

宅配サービスの名を聞き、昨年の情景が仲村の脳裏に浮かんだ。外出自粛が叫ばれる中、大きなリュックを背負った様々な年代層の配達員がテイクアウトメニューを自転車で運んでいた。

捜査本部（チョウバ）の夜食で何度かサービスを利用し、便利だと感じた。しかし、その裏側には、職を無くした人たちの存在があったのだと思い知る。

「介護業界は失業者のラストリゾートです。ただし、我々は利用者さまたちの命を預かっています。誰彼構わず来てもらうというわけにはいきません」

熊谷が言い終えると、関が仲村に目配せした。そろそろ切り出してもよいか、鋭い眼光がそう尋ねた。業界の置かれている状況はわかった。仲村はわずかに顎を動かし、切り込めと指示した。

「捜査が難航していましてね。改めて関係者の皆さんにお話を聞いています」

「そうですか。私でよければいくらでもお話しさせていただきます」

熊谷が殊勝に姿勢を正した。

「亡くなった藤原さんに恨みを抱いているような人物に心当たりはありませんか？」

関が低い声で尋ねた。すると、熊谷が眉根を寄せ、強く首を振った。

「まさか、そんな人がいるはずありません」

「本当ですか？」

関が身を乗り出した。

「彼は人徳のある方でした。困った人がいれば手を差し伸べ、ときにはお金の工面までしていました。彼を恨む人なんて、新宿界隈には絶対にいませんよ」

熊谷が言った直後、関が声のトーンをさらに落とした。

「警察舐めんなよ」

「はっ？」

熊谷が体を椅子の背に押し当て、迫る関から体を離した。

「警視庁のリストに藤原さんは入っていたんだよ」

「なんのリストでしょうか？」

「マル暴に近い人物、密接交際者だ」

「心当たりがありません……」

熊谷が肩をすぼめた。

「そんなはずはないだろう？」

関がさらに迫ったとき仲村も腰を上げ、熊谷の方へ腕を伸ばした。

「あっ」

仲村は熊谷の右腕をつかみ、長袖シャツをまくり上げた。熊谷の肘の周辺、そして上腕部にかけて真っ青な彫り物が露出した。

「古いタイプの和彫だな」

腕をつかんだまま、仲村は告げた。

目の前に青い鱗、大きく開いた真っ赤な口、凶暴そうな牙と長く伸びる舌の絵柄がある。

「カタギになったんだよな」

乱暴に腕を放すと、熊谷が慌てて袖を伸ばした。

「昔のことは勘弁して下さい」

「隠すなら徹底的に調べるまでだ。いつ盃を返した？」

「三年前、組長(おやじ)が亡くなって、組が解散したもんで」

熊谷が手を膝の上にのせ項垂(うなだ)れた。熊谷は関東系の広域暴力団の三次団体の名を挙げた。

「たしかに解散したようだな。組対の後輩から聞いた」

背広からスマホを取り出し、仲村は写真フォルダーにある熊谷のショットを表示した。熊谷の眼前に差し出すと、驚いたように顔を上げた。

「どこでこれを撮られたのですか？」

「見ての通り、歌舞伎町だ」

仲村は歌舞伎町での小競り合いに臨場した際に撮ったのだと明かした。

「前回ここに来たとき、ピンと来た。おまえさんはカタギじゃない。藤原さんについても、俺がガキの頃からスジモンとつるんでいたのは知っている。だから、正直に話せ」

仲村はスマホをポケットに戻し、言った。

暴力団を取り締まる組織犯罪対策第四課の後輩がいる。マル暴を相手にする際は、気圧された方が負けだと言っていた。圧倒的優位に立つ、そして警察の組織力を見せつけた上で取り調べるのだとノウハウを授かった。目の前の熊谷には、後輩のアドバイスが十分すぎるほど効いている。

「藤原さんは、今も高利貸しをしていたのか？」

仲村の言葉に熊谷が顔を上げた。

「俺は富丘団地の出身で、あの一帯のことは色々知っている。昔は団地の貧乏人相手に金貸しをしていた」

「知りません。本当に知らないんです」

「個人相手でなかったら、居酒屋やキャバクラはどうだ？　新型ウイルスの流行で歌舞枝町や大久保の店は相当に苦しいはずだ」

「会長は自分の飲食店の経営に注力して、他所に目を向ける余裕はなかったはずです。それに、介護施設の経営に参入してからは、飲食は他のスタッフに任せきりで、収支のチェックくらいしかしていませんでした」

熊谷の両目が真っ赤に充血していた。

「一つ疑問がある。あの強欲な人が、なぜ儲からない介護ビジネスに執着した？」

思い切り声のトーンを落とし、尋ねた。

「日本は超高齢社会まっしぐらです。富丘団地をみても、高齢者の割合が急増しています。社会貢献の一環として始められたのです」

仲村は関に視線を向けた。相棒は顔をしかめ、首を振った。

「たしかに私は元チンピラです。組長の死後、組は跡目不在で解散に追い込まれ、藤原さんに拾ってもらいました。最初は飲食の手伝いをしていましたが、会長が新規事業に参入するという段階で完全に足を洗い、カタギになりました」

熊谷が懇願口調で言った。

「あのさあ、俺は刑事なんだよ。おまえが唱えそうなお題目くらい想定していた。もっと新味のある話を聞かせてくれないかな」

「新味と仰いますと？」

「そこまで惚けるなら、仕方ないか」

もう一度、背広のポケットに手を入れ、スマホを取り出す。写真ファイルを閉じ、チェリーホームに向かう間に検索したネット画面を表示させる。画面を向けた途端、熊谷が唸った。

〈介護事業所の不正請求事例、指定取り消し、停止処分について〉

民間シンクタンクの介護保険担当アナリストが記したリポートが映っている。

「スマホは便利だよな。俺みたいな素人でも『介護』『不正請求』とか適当にキーワードを入れて検索すれば、たちまちいろんな情報が出てくる」

アパートを離れる直前、尚人が不自然な行動に出た。部屋にあったノートパソコンは、仲村のような素人が見ても古い型だとわかった。一方、とっさに隠したタブレット端末は新型だった。倹しい生活をしている尚人が最新鋭の機器を持っているのであれば、仕事で使うものだと睨んだ。

尚人は正直者だ。慌てて隠したタブレットの中には、不正な資料、あるいはそれに類するデータがあったのだろう。

「ここ二、三年の間、地方自治体から介護サービスの指定を取り消された事業者の数は減っている。だが、やっぱり悪質な事例が多いようだな」

仲村はゆっくりと画面をスワイプした。目の前には棒グラフがある。

「処分を受けたのは、チェリーホームのような営利法人が約七割、次が医療法人で約二割、そして社会福祉法人が一割だ」

　仲村は画面を熊谷に向けた。施設長は眉根を寄せ、画面を睨んでいる。

「悪事のトップは約五割を占める介護報酬の不正請求だ。チェリーホームはどうだろうな？　おい、施設長、答えてくれよ」

　仲村は応接テーブルにスマホを置いた。熊谷は唇を嚙み、言葉を発しない。

「従業員に過酷な残業させて、数字の操作とかやっていないよな？」

　熊谷が肩を落とした。

「タブレットにペンでデータを打ち込みできるよな。ウチの娘もやっている。施設の中でやらなくとも、自宅に持ち帰れば残業は可能だ」

　依然として、熊谷が固まっている。仲村は関の顔を見た。

「これでしたか」

「まあな」

　仲村は体を椅子の背に預けた。あとは熊谷がどう抗弁するのか、出方を見るだけだ。

「あくまで俺の仮説だ。視点を変えてみたら、わかったよ。年寄りがたくさんいる富丘団地近くの儲かっていない施設を買い、利用者の数を増やす。請求の詳細は知らないが、一人当たりの介護給付費に少しずつ上乗せしていけば、確実に儲かる。相手は地方自治体と国だ。闇金みたいに取りっぱぐれる心配はないからな」

「なにか証拠があるんですか？」

　ようやく熊谷が顔を上げた。

「そんなもんはないよ。仮説だって言ってるじゃないか」

「憶測で物を言うのはやめてください」

熊谷の両目に憎しみの色が浮かんでいる。

「俺は、殺人(コロシ)や強盗(タタキ)を担当する一課の刑事(デカ)だ。乱暴で頭の悪い連中を一年中追いかけている」

話の方向をわざと変えた。隣の関が怪訝な顔で覗き込んでくる。

「優秀な同期がいてな。そいつは複雑な帳簿を読めるし、地味な内偵も得意だ。所属は知能犯担当の二課だ」

部署名を告げた途端、熊谷の右肩がぴくりと動いた。

「同期が嘆いていたな。最近獲物が少ないってな」

仲村はテーブルの上にあるスマホを取り上げ、なんどか画面をスワイプした。

「一昨年、九州でこんな事件(ヤマ)があったらしい。バックにマル暴関係者がいる介護施設が露骨な不正請求をやらかした。あまりにもあくどいと腹を立てた地元自治体が県警本部の二課に刑事告発した」

地元紙の記事を表示し、熊谷の目の前に置き直す。

「警察内部の事情で恐縮だけど、こういうのは持ち込みってな、刑事の手柄にならないんだよ」

「そうなんすか？」

隣席の関が言った。声音は真剣だが、両目が少し笑っている。

「捜査二課の同期に、新宿で怪しいネタがあるって言ったら、素っ飛んでくるだろうな」

仲村が言った途端、熊谷が口を開いた。

「もう勘弁してくださいよ」

「だったら、捜査に協力しろ」

「はい……でも、ウチにやましいところはありません」

熊谷が命乞いするように、両手を顔の前で合わせ始めた。

「それはまた別の機会に聞いてやるよ」

仲村は椅子の背から体を離し、熊谷に向き合った。

「ここからが今日の本題だ」

仲村が低い声で伝えると、熊谷が唾を飲み込む音が聞こえた。

「新聞やテレビで松島環が事件の重要参考人として扱われていることを知っているか」

「もちろんです」

存外に力強い返答だった。

「松島がチェリーホームの買収に動いているというのは本当か?」

「えっ」

熊谷が目を剝いた。

「どうなんだ?」

「まあ、あの、本当です。最終的な値段の交渉に入っていたと亡くなる直前に藤原さんから聞きました」

「そうか」

仲村は関に目を向けた。相棒が静かに頷いた。

「マスコミの報道の通り、藤原さんを殺したのはあの女ですよ!」

突然、熊谷が甲高い声を上げた。

「理由は?」

「あの女が安く買い叩こうとしたんです」

今まで萎れていた熊谷の態度が一変した。

「最初に俺たちが来たとき、なぜ買収の話を明かさなかった?」

「一応、売買契約のことは口外しないと誓約書を交わしたものですから」

「なぜ報道が出たあとで、俺たちにそのことを伝えなかった? 契約うんぬん以前に、人様に嫌疑がかかっている。それとも、おまえは松島が疑われた方がいいと思っているのか?」

仲村は意地の悪い尋ね方をした。熊谷は下を向き、懸命に考えを巡らせている。チェリーホームが不正請求に手を染めているのは確実だ。仲村は二課の捜査を匂わせ、揺さぶりをかけた。今度は、警察が知るはずがないと熊谷が考えていた買収のネタだ。アポなしで訪れ、相手に考える隙を与えず、次々にネタをぶつける。不正請求は当たりで、買収に関しては、まだ真偽のほどがよく見えない。

「値段交渉で揉めていたのは事実ですよ。藤原さんが憤慨していましたから」

「いつだ？」

「亡くなる一週間前とか、一〇日前とかだったと思います」

仲村は関に目をやった。相棒は眉根を寄せながら、熊谷の言葉を手帳に記していた。

「松島は数々の投資で莫大な収益を上げた大金持ちだ。そんな人間が、ごく普通の介護施設を買うのに細かいことを言うか？」

仲村が言うと、熊谷が強く首を振った。

「昔、歌舞伎町で組が経営する焼肉屋の店長をやっていました。その時の経験で言えば、金持ちほど細かいものです。貧乏人は見栄を張るからチップやらをくれますが、金持ちはがめつい印象しかありません。ああ、こういう風に金をケチっているから貯まるんだな、そんなことばかりでした」

「なるほど」

熊谷の話には一理ある。殺された藤原自身の行動がまさしく金持ちのケチそのものだった。高利貸しをやるほど手元に金がある一方、普段の食事は団地の中華屋でラーメンばかりだった。気前が良いのは、女を同伴しているときだけだ。

四〇年前のあの夏の日、精肉店すみよしで惣菜の揚げ物を大量に買い、若い店員に釣りはいらないと言ったときのように、精一杯の見栄を張る。

突然、脳裏にあの昼下がりの陽炎が蘇った。あの日、尚人とともに集会所に連れていかれた環が、四〇年の時を経て藤原の施設を買う算段を立てていた。そして、途中で金銭トラブルになり、あの日の復讐として環が藤原を殺した……熊谷が言った通り、そんな筋書きは成り立つ。だが、世間に広く名の知れた環がそんな単純なことをするだろうか。まして、環は藤原の何倍もの資産を持つ投資家になった。いくら買収交渉が難航していようとも、金銭のこじれが殺意につながるとは考えられない。

「今後の買収交渉はどうなる？」

「あんな報道があってバタバタしているので、三、四日待ってほしい、先方からそう連絡を受けました」

「交渉はおまえがやるのか？」

「藤原さんの下には、私しかいません。藤原さんの遺志を継ぎ、交渉をまとめるしかありません」

熊谷の両肩に力がこもっていた。言葉に嘘はないようだ。

「なあ、施設長」

「はい、なんでしょうか？」

「なぜ松島はチェリーホームを買うんだ？」

「はっ？」

「年寄りは増えていく一方だが、国が介護報酬という収入源のバルブを締めている。有能な投資家なら将来の成長性に賭けるはずだが、そんな要素はこの業界にないはずだ」

「わかりません」

肩をすぼめ、熊谷が答えた。仲村は身を乗り出し、熊谷の顔を睨んだ。

「おまえさんたちは、買われる側だ。値段交渉うんぬんのほかに、松島の狙いを知っていたはずだ。いや、知っていたからこそ、藤原さんが値段を吊り上げた。違うか?」

「本当に知らないんです。細かいところは藤原さんが直接交渉していましたから」

熊谷が首を振り続けた。仲村は関に目をやった。相棒も同じ感触を得たようで、小さく頷いた。

「松島の狙いがわかったら、必ず知らせろ。もし、小賢しいことをしたら、本当に二課にネタを流すからな」

「はい」

熊谷が俯いた。

「もう一つ、これは関係者全員に尋ねていることだ」

「なんでしょうか?」

「事件が起こったとき、おまえはどこにいた?」

「私が疑われているんですか?」

「全員に確認していることだ。どこにいた?」

「あの日は、泊まり番のスタッフ二名がベテランでしたので、早めに仕事を終えて友人たちと久々に会食していました」

「どこだ？」

「歌舞伎町の居酒屋です」

「名前は？」

「新興チェーンで、なんとか港の直送寿司屋だったか、番小屋だったか、そんな名前だったと思います」

熊谷の言葉尻が濁った。長年培った刑事のセンサーが敏感に反応した。

「誰と一緒だった？」

「歌舞伎町時代の先輩と後輩です」

「名前は？」

仲村が矢継ぎ早に訊くと、熊谷が天井を仰ぎ見たあと、後藤（ごとう）、堀口（ほりぐち）と二人の男性の名を告げた。傍らの関が素早く手帳に名を刻む。

「連絡先を教えろ」

関が尋ねると、熊谷が眉根を寄せた。

「スマホのメモリが飛んじゃって、連絡先がちょっと……」

「メールもSNSのダイレクトメッセージもないのか？」

「それも含めて……」

「都合よく壊れるんだな」

仲村が押すと、熊谷が困惑した顔で答えた。

「本当です。二、三日前に玄関で落としたときから調子が悪くなったもので」

「おまえさんのアリバイを確認するから、あとで二人の連絡先を教えろ」

「はい」

仲村は関に目で合図して席を立った。

「くれぐれも協力を惜しまないようにな」

捨て台詞を残し、部屋を出た。薄暗い廊下を歩き、玄関ホールに向かった。

「不審なことだらけっすね」

関がささやいた。

「見落としていたかもな」

「なにがですか?」

「熊谷だよ。藤原の爺さんが死ねば、奴が実質的な責任者だ。思いがけずスポンサーがついたから欲が出て、経営権が欲しくなったのかもしれない」

「そうですね……」

関が手帳にメモを取り始めたとき、目の前に大量のタオルを抱えたヘルパーの木村が現れた。

「ご苦労様です」

タオルを近くの椅子に置くと、木村が律儀に頭を下げた。

「木村さん、ですね」

仲村は胸元のネームプレートに目をやり、声をかけた。

「はい、なにか？」

「ご存じの通り、我々は藤原さんの事件の担当です。近いうちにお話を聞かせてもらいたいのです」

仲村は手帳のポケットから名刺を取り出し、木村に差し出した。

「あの……」

木村は明らかに戸惑っている。

「関係者の皆さんを全て当たる、これが捜査の基本でしてね。お時間はとらせません。携帯の番号かメールアドレスを教えてもらえませんか」

「はい……」

木村が眉根を寄せたあと、携帯の番号を告げた。関がメモを取る。

「今度、若いスタッフさんが入るそうですね」

警戒を緩めようと仲村が切り出すと、木村はタオルを抱えた。

「そうですね。でもちょっとすみません、少し急ぎますので」

早口で言うと、タオルを抱えたまま小走りで控室の方向に消えた。

「どういうことだ？」

「わかりません。なんか落ち着きなかったっすね」

「そうだな」

木村が消えたホールの奥を見つめ、仲村が腕を組んだときだった。関がスマホの着電に気づき、画面を何度かタップした。

「……そうですか、わかりました。仲村さんと急行します」

関が電話を切り、言った。

「若様でした」

関は電話の内容を耳打ちした。

「行こう」

関とともに、仲村はチェリーホームから駆け出した。

5

「社長、遅くなりました」

キャップを目深に被り、サングラスとマスクで顔を覆った秘書の伊藤が松島の部屋に現れた。

「どこから見ても不審者ね」

「新型ウイルス以降、このスタイルは誰も怪しみませんから。それより、お腹減ったでしょう?」

伊藤が大きめのトートバッグから保温タイプのランチボックスを取り出した。

「ありがとう、助かるわ」

「それじゃあ、お昼ご飯ですね」

軽口を叩きながら、伊藤が持参した除菌シートでテーブルを拭き始めた。

「助かるわ。こんなときでも仕事は待ってくれないから」

テーブルに散らばった書類やノートパソコン、タブレットを片付けながら言った。

「ランチのときくらいは、気を休めてください」

「うん、そうする」

仕事道具一式を抱え、窓辺のソファに置いた。松島は窓から階下を見下ろした。黒塗りのハイヤーとタクシーがひっきりなしに車寄せを行き交う。

弁護士の西村との打ち合わせを行った直後、伊藤の手配で虎ノ門にある老舗ホテルに入った。マスコミ各社の追跡を考慮して、伊藤が念入りに移動プランを練ってくれた。

恵比寿のオフィスから抜け出すとき、伊藤の同棲相手の舞台俳優が活躍してくれた。彼のアルバイト先の運送会社からミニバンとツナギの制服を借り受け、松島はビルの裏口から配送業者の一人として抜け出した。念のため、新宿の地下駐車場で弁護士事務所が用意したミニバンに乗り換え、虎ノ門のホテルの業者用の地下駐車場に入り、リネン室を通り抜けて二階のスイートルームにたどり着いた。

追跡してくるメディア関係の車両やバイクはなかった。

「社長、お味噌汁が冷めちゃいます。早く食べてください」

松島が隠密に移動する間、伊藤は自宅に戻り、食事を作ってくれた。窓辺から部屋の中央のテーブルに行くと、ランチョンマットが敷かれ、その上に湯気を立てるランチボックスがあった。

「野菜たっぷりのお味噌汁、だし巻き卵と青菜のお浸し、塩鮭と塩おにぎりです」

椅子に腰掛けると、すかさず伊藤がおしぼりを差し出した。

「お茶を淹れますね」

サイドボードの上にあるポットを手にとり、伊藤がミネラルウォーターを注ぎ始めた。

「凄まじい一日だったわね」

「メディアスクラムの恐ろしさを、身をもって経験しました」

伊藤がため息を吐きながら言った。

「週刊新時代オンライン」で藤原殺害の重要参考人として自分の存在が浮上していると報じられた。以降、主要紙や週刊誌、テレビの情報番組の記者やディレクターが電話を鳴らしまくった。新時代オンラインの第一報から一時間で恵比寿のオフィス下にカメラマンや記者が二〇名近く集結し、身動きの取れない状態となった。

この間、西村弁護士と善後策を協議し、事実無根で業務妨害に当たると新時代オンラインを運営する言論構想社に厳重抗議した。だが、その記事を引用する形で記事があちこちから出され、松島環とアインホルンというブランドは著しくイメージが毀損されてしまった。

「社長、眉間にシワを寄せてご飯食べないで」

味噌汁が入ったカップを手に取った瞬間、伊藤が言った。

「ごめん。そうね、少しだけ忘れる」

松島は伊藤に笑みを見せたあと、味噌汁の香りを吸い込んだ。化学調味料嫌いの伊藤は、いつもいりこと昆布で出汁（だし）をひく。今回の一杯も豊潤な出汁の匂いが鼻腔を刺激した。一口、汁を飲む。ほのかな塩気が疲れた体に沁み込んでいく。

「美味しい。たまらない」

味噌汁の具となっている大根やニンジン、里芋を次々に口に運ぶ。カップを置き、塩おにぎりを手にとり、食べる。白米は冷めているが、ほんのりと甘みを感じる。

「急ぎすぎないでくださいね。誤嚥（ごえん）は怖いですから」

世話好きの母親のように、伊藤が言い、カップの横に緑茶の入った湯飲みを置いた。

「食べながら聞いてください」

「うん、お願い」

おにぎりを置き、今度はだし巻き卵に箸をつけた。

「昨日キャンセルになったミーティングは随時リスケしました。その中でも、急ぎの案件については、一時間後にオンラインで実施します。参加メンバーは……」

だし巻き卵と味噌汁、そして白米と慌ただしく口に入れながら、松島は伊藤の声に耳を傾けた。

新時代オンラインの報道の直後、主要な投資家、取引銀行、その他重要なビジネスパートナーたちに向け、緊急のメールを送った。記事が全く的外れであること、すでに専門の弁護士とともに厳重抗議し、場合によっては出版社に対して法的措置を講じることも視野に入れているとメッセージに盛り込んだ。

大半の相手は納得したようだ。しかし、今度の新規事業については、出資者たちに自らの口で説明を行うと決めた。

特に日本のメディア事情を知らない海外の投資家たちには、直接自分の言葉で伝える。絶対に失敗できないプロジェクトなだけに、伊藤にオンライン会議へ出席できる投資家をありったけ集めてほしいと指示を出した。

時差の関係があるため、一時間後から半日、あるいは一日がかりで相手の疑念を聞き、そして不安を払拭させる作業が始まる。

一つ目のおにぎりを食べ終えたとき、テーブルの上に置いたスマホの画面に星印の記事が表示された。

〈週刊平安ビジネス〉

新時代のライバルである週刊平安のネット版の最新記事だった。

〈新時代の勇み足か？　美人投資家・松島氏、報道を全面否定　法的措置も辞さずと鼻息荒く〉

松島個人のブログやSNS、そして会社の公式サイトを通じ、強いトーンで否定の声明を出した。早速メディアが飛びついたのだ。

画面をタップして本文を読み始めると、伊藤が口を開いた。

「平安ビジネスの記事はウチの声明を丸写しして、新時代を揶揄したただけで新味はありません。食事に集中してください」

「はいはい、わかりました」

松島は渋々スマホをテーブルに置き、二つ目のおにぎりを手に取った。絶妙の塩加減で、いくらでも白米が腹に吸い込まれていくようだ。

「伊藤ちゃんのご飯、やっぱり美味しい」

「そう言ってもらえると作った甲斐があります。彼氏は何にも言ってくれないから」

「そうだ。くれぐれもよろしくお伝えしてね。あとで、御礼するから」

「わかりました」

伊藤がそう言った直後だった。伊藤のスマホからメールの着信音が響いた。

「なに？　またトラブル？」

松島が顔をしかめると、伊藤が首を振った。

「例のアンケートの回答が続々と集まっています」

「本当？」

松島の言葉に伊藤が満面の笑みで頷いた。

「ちょっと社長、ご飯を食べ終えてからです。それまでに主だったものをピックアップしておきますから」

「どんな感じ？」

「はーい、わかりました」

松島は目の前のおにぎり、そして味噌汁と次々に口に運んだ。

アンケートは、新規事業に向け、実際にどの程度需要があるかをリサーチしたものだ。ただ、松島本人の名前、そしてアインホルンの社名を前面に出すことはできない。そこで一計を案じた。

証券会社時代から付き合いのある米国人起業家で、インターネットのオンラインサロン等々で名の知れた人物に依頼したのだ。

米国人の名はフレッド・マンセル、四五歳。米軍勤務だった父親の仕事の関係上、一五歳まで日本で過ごし、その後は米国の有名私立大学と大学院を修了し、アメリカのコンサルタント会社に入社。日本人の妻と結婚したことを機に再来日し、数年前にインバウンド人気が高まる中で日本人ガイドを斡旋する会社を立ち上げ、成功させる。事業を旅行代理店に売却して以降は、ビジネス雑誌やテレビに露出し、知名度を上げた。

松島は彼に依頼し、〈介護問題解決プロジェクト〉と銘打ったアンケートをマンセルのアカウントで実施してもらった。

〈#介護問題を解決しよう〉〈#介護現場の生の声を教えて〉

累計フォロワーが五〇万人いるマンセルがSNSで投稿を始めると、真面目で問題意識の高い現場の介護職員たちから続々と生の声が寄せられ始めた。

告知から一週間ほどで、相当な数の問題点が上がっているはずだ。早く概要を知りたいと、松島はいつものように手早く食事を済ませた。

ランチボックスを片付けると、伊藤がクラウドに共有してくれたファイルをタブレットで開く。

「まだメモ段階ですが、簡単にまとめました」

マンセルの求めに応じて現場の声を寄せてくれた介護職員たちのメッセージに目を凝らした。

〈#介護現場こんなツールが欲しい〉

〈移乗介助用品、具体的には電動リフトやトランスファーボードが欲しい〉

〈ポジショニンググローブやピロー、スライディングシートが必要〉

大阪や福岡の介護現場から切実な声が上がっていた。歩行困難になった施設利用者、入浴に介助が必要な利用者のために、現場のヘルパーたちは専用用具が足りないと訴えていた。

「やっぱり移乗介助は切実な問題ね。私たちの隠し玉、高齢者本人の自立支援ツールは必ず介護の現場を変えるわ。でも、その前に……」

メモには、人手不足と低賃金で疲弊する現場の声が溢れていた。すでに存在している介助ツールには、それほど高額でないものも多い。普通の企業なら即座に購入している金額だ。しかし、介護保険料の引き下げで運営費に窮する事業者が多いからか、現場に配備されていないのだ。

「実際の介助業務のほかにも、やはり紙の処理が大変みたいですね」

新しい茶葉を急須に入れながら、伊藤が答えた。

「保険料の申請やら役所との連絡で未だに書類の処理に追われる人たちが多いようです」

「それは相当の負担ね」

「そのようですね。ファイルの一五ページ以降には、ヘルパー一人ひとりが専用で使えるパソコンやタブレットを導入してほしいとの声をまとめてあります」

松島が新卒で証券会社に入ったころ、ニューヨーク本社との連絡でファクスを使っていた。だが、わずか数年で個人用のパソコンが導入され、メールやファイルを添付することで書類のやりとりはほとんどなくなった。

あれから四半世紀ほど経過しているのに、日本の介護現場では未だに手書きで所定の書類に書き込み、これらをファクスや郵送で役所に届けるという石器時代のような業務が残っている。

「行政の側にも変わってもらわないとダメね」

「ええ、新規事業で投入する最新鋭のツールのほかに、社長が考えていたあのアイディアも同時に進めるとインパクトは大きいと思いますよ」

「そうね」

チェリーホームと富丘団地を足がかりに、全国規模で介護の仕組みを変える。第一段階として、今まで投資してきたハイテクベンチャー企業の技術の粋を投入する。その先には、旧態依然とした行政の仕組みまで変えることが必要だ。

「手書き書類や申請にかかわるもの、あと具体的で改善の余地のあるモデルケースを抽出しておいてもらえないかな」

「了解です。アシスタントたちに指示しますね」

伊藤が快活に答えた直後だった。スイートルームにチャイムの音が鳴り響いた。

「社長、クリーニングのサービスとか頼みました？」

「いいえ、頼んでいないわよ」

「呼ばない限り、誰もスタッフを近づけないようにってお願いしていたのに」

顔をしかめた伊藤がドアに向かった。足音が遠ざかったあと、ロックを解除する音が聞こえた。

「どなた？」

伊藤が言った直後、男の低い声が聞こえた。

「どうも、少しだけ時間を都合してもらえませんか」

聞き覚えのある声に、松島は肩を強張らせた。

# 第五章　離床(りしょう)

## 1

　牛込署のエントランスから階段を駆け上がり、仲村は捜査本部(チョウバ)のある会議室へ向かった。ドアを開けると、パイプ椅子に座っていた野沢管理官が立ち上がった。

「新しい報告が入りましたので、お知らせしました」

「中身はなんですか？」

　関を伴い、仲村は野沢の傍らに立った。

「地取り班とSSBCにデータの洗い直しを指示したところ、思わぬ収穫がありました」

　長い腕を伸ばした野沢が、机の上から青い表紙のファイルを取り上げ、ページをめくる。

　捜査が長期化の様相を帯びはじめると、多くの指揮官は地取りや鑑取りのやり直しを命じる。最近は防犯カメラ映像からの収穫も期待できるので、野沢は初動時に得られなかったデータがないか再度チェックしろと号令をかけた。

事件現場は、一日に数万台の車両が行き交う明治通りに近い。古いマンションや雑居ビルが無数に立ち並ぶ一帯にあり、人の行き来も多い。捜査支援分析センター（SSBC）の担当者は根気強く新たなデータのありかを探し出したというわけだ。

さらに野沢は、犯行時間帯に付近を通過した車両のドライブレコーダーのデータ解析も指示したという。人間関係が希薄となり、一軒一軒聞き取りを行う地取りが限界に近づいているのと反比例して、データが炙（あぶ）り出す情報が増えてきている。

「これです」

付箋がついたページで手を止め、野沢が粒子の粗い静止画のコピーを仲村に差し出した。

「これ……」

仲村は三人組の一人の顔を指した。

「ええ、チェリーホームの施設長、熊谷氏です」

野沢の声を聞きながら、仲村はさらに写真を睨んだ。大通り沿いに停車したタクシー。その横に熊谷、そして二人の大柄な男性がいる。

「これが先ほど熊谷が証言していた歌舞伎町時代の友人でしょうか」

関の問いかけには答えず、仲村は老眼鏡を取り出し、さらに写真を凝視した。停車したタクシーの先にはバス停がある。

〈都営バス・大久保通り〉

停留所の名前を確認すると、野沢を見上げた。

「三三号棟に近いバス停だ。時間はわかりますか？」

「事件当日、午後七時二八分でした」

野沢がさらにファイルのページをめくった。今度はタクシー車内の防犯カメラから切り取った静止画像だ。野沢の人差し指の先に〈19：28〉とタイムスタンプが表示されている。タクシーのナンバーから会社を割り出し、ドライブレコーダーの記録を抽出したのだ。

「実はですね……」

関が声のトーンを落とし、つい先ほどの事情聴取の様子を野沢に説明した。

「友人二人と会食した、ですか。しかし、ここは大久保通りと明治通りの交差点です。施設長が言っていた歌舞伎町とは少し離れていますね」

「およそ五、六〇〇メートル。タクシーを降りるにしては中途半端なエリアになります」

仲村は静止画を見つめ、言った。

「藤原さんがいなくなって、実質的にチェリーホームのトップに立つのが施設長の熊谷氏ですよね」

野沢が低い声で言った。わずかに鼻息が荒い。

「藤原さんが歌舞伎町から引っ張ってきた元チンピラです。生前に跡継ぎ指名でもしていたのかもしれません」

関が告げると、野沢が頷(うなず)いた。

「松島氏、そしてヘルパーの石井氏、今度は熊谷氏。これで被害者と接点を持つ者たちが死亡推定時刻に近いタイミングで、それぞれ現場付近にいたことになります」

仲村は腕を組んだ。

熊谷の爬虫類を思わせる醒(さ)めた目付きは、典型的なヤクザ者のそれだった。歌舞伎町は大組織傘下の中小組織がひしめくエリアで、それぞれが微妙なバランスを保ってシノギを続けてきた。あちこちに顔の利く藤原が目をつけ引き抜いたのであれば、組織をマネジメントする能力はあるはずだ。

「仲村さん、どう思われますか？」

「松島、そして石井はシロ。そうなると、必然的に元ヤクザの熊谷が怪しいとなりますが……」

仲村は首を傾げた。

「熊谷はチェリーホームの実務責任者です。彼はある程度の報酬を得ていたと考えられます」

「藤原氏が松島氏との買収交渉をしている事実を熊谷氏が知り、さらに値を吊り上げる方策を考えていたら。それに藤原氏が反対したので手をかけた、とか。そんな可能性はありませんか？」

「ないとは言い切れません」

もう一度、バス停近くでタクシーを降りた熊谷の写真を見た。

歌舞伎町と大久保という場所の違いを除けば、先ほどの証言とこの写真は言い分が一致する。大久保という地名を隠すために歌舞伎町と言い換えたのか、それとも単に言い間違えたのか。今のところ、熊谷の本心となぜ現場周辺にいたのかを探ることはできない。

熊谷はヤクザから足を洗い、カタギになった。その過程で世渡りのスキルを磨き、藤原が邪魔になるような儲け話を見出したのか。仲村は強行犯担当でマル暴担当のスキルはない。社会的な締め付けが強まるばかりの昨今、どこの暴力団も生活苦に陥っている。目端の利く熊谷がさっさと足を洗い、金の亡者となって藤原を殺した……ないとは言えない。

「失礼します！」

突然、会議室の扉が開き、紺色のウインドブレーカーを羽織った若手刑事がタブレットを手に野沢に近づいた。

「どうしました？」

ＳＳＢＣの若手に向け、野沢が言った。

「解析が済んだ新しい画像を持ってまいりました」

「例の施設長が映っているのか？」

「はい」

野沢が動画再生ボタンを押す。熊谷と思しき男がやや猫背気味に歩いている。白黒だが、比較的画像は鮮明だ。

「明治通りから三三号棟に抜ける小径(こみち)に面したコインランドリーの防犯カメラから抽出しました」

ほんの五秒程度だが、熊谷は周囲に目をやりながら小径を進んで行く。

「次はこれです」

今度はオフィスのパーティション越しに大きな窓から小径を映した動画だ。

「スーパー五徳の本社、応接室の奥にあった防犯カメラから、窓の外を捉えたものです。初動時、五徳のスタッフが報告してくれなかった一台に熊谷が映り込んでいました」

先ほどと違い、今度はカラー画像だ。グレーのパーカーを羽織った熊谷が五徳本社の対面にあるチェーンのトンカツ屋の前を横切り、三三号棟の方向に向かって行った。

「動機はどうあれ、この人物も行確(コウカク)対象にします」

動画をチェックし終えた直後、野沢が言った。

「我々が把握していない利害関係が藤原さんと施設長の間にあった可能性もあります」

野沢が仲村の顔を覗き込み、言った。

「そういう可能性もあるでしょう」

仲村が答えると、野沢が眉根を寄せた。

「私の方針に異論でも？」

「いえ、ありません。私が管理官の立場でも行確を指示しますよ」

仲村が言うと、野沢が息を吐いた。

「いずれにせよ、被害者と縁の深い人物です。二名ほど監視につけます」

「よろしくお願いします。私ももう一度、ホームの関係者に当たってみます」

短く答えると、仲村は関に目配せした。

「あのヘルパーに連絡を頼む」

「木村さんですね」

「そうだ」

仲村が言うと、関がスマホにメッセージを打ち込み始めた。

## 2

「社長……」

ドアを開けた伊藤が不安げな顔を松島に向けた。

「入っていただいて」

「でも……」

「いいから」

声の主は、予想外の人物だった。

「突然すみませんね」

口元に薄ら笑いを浮かべた熊谷がゆっくりとスイートルームの応接間に入ってきた。

藤原が生きていた頃、松島は伊藤とともに三度ホームを訪れた。その際、施設を案内し、入居者の状況を説明したのが熊谷だ。以前会ったときはパステルカラーの制服だったが、今は濃いグレーのウインドブレーカーと黒いコットンパンツという出で立ちだ。

「さすが松島社長、定宿も格が違いますね」

サイドボードにある真鍮(しんちゅう)製のモダンなオブジェを見たあと、熊谷が言った。舐め回すような目つきで一〇〇インチの巨大なＬＥＤモニターやイタリア製の家具を見ている。

「どうぞ、こちらにお座りになって」

松島は立ち上がり、熊谷を手招きした。

「生まれてこの方、こんな場所に来たことがないから、珍しい物ばかりでしてね」

諂(へつら)うように笑うと、熊谷が松島の対面のソファにどっかりと腰を下ろした。大人しい物言いとは裏腹に、両足がだらしなく開いている。いや、自分を少しでも大きく見せるために、わざとらしく振る舞っているのだろう。咳払いしたあと、松島も分厚い革のソファに座った。

「秘書の私に連絡をくだされればスケジュールを調整しましたよ」

横に座った伊藤が強い調子で言うと、熊谷がゆっくりと肩をすくめた。

「藤原さんが亡くなったあとのことを早い段階で話し合いたい、そう思った次第です。無礼をお許しください」

あくまで下手に出ているが、メガネ越しの熊谷の両目が鈍い光を放った。死んだ藤原がチンピラの元締めなら、熊谷は手下だ。両足をだらしなく開いた態度は、相手を追い込み、より良い条件を引き出すために来たというサインにほかならない。

「こちらも意図せざる報道で慌ただしくしておりました。連絡が遅れたことお詫びします」

熊谷を睨んだあと、松島は頭を下げた。

「まあまあ社長、堅苦しいことはやめて、ざっくばらんにいきましょう」

タバコのヤニで黄色くなった歯を見せ、熊谷が笑った。

「藤原のオヤジさんが亡くなり、奥様から施設の代表を引き継ぐよう指示されましたので、まずはその旨をお伝えしておきますね」

熊谷が奥様、代表の部分に力を込めて言った。

「なるほど、承知しました」

松島は冷静に返答した。

藤原に子供はいない。夫人は専業主婦でビジネスのことはなにも知らないと故人から聞いていた。熊谷が新たな代表になるのは自然の成り行きだ。いずれ自分たちの物になるにしても、手続きは踏まねばならない。そのためには、チンピラのような熊谷に対しても真摯(しんし)な態度で接する必要がある。

「藤原さんからあなたへの事業継承関係の書類は後々見せていただくとして、本題に入りましょうか」

松島の言葉に熊谷が小さく頷き、舌舐めずりした。以前、施設を見学したときとは様子が一変している。容易に説き伏せることができない相手だと改めて悟った。

「買収について、藤原さんからはどのようなお話を聞いておられましたか？」

「気鋭の美人投資家がチェリーホームを丸ごと買ってくださる。そのように聞きました」

芝居がかった言い振りだ。苛立った様子の伊藤が松島に目で合図したのち、口を開いた。

「時間の節約のために、私から藤原さんとの合意内容の概要をお伝えします」

松島は伊藤の手元を見た。伊藤はタブレットを手に取り、メモファイルを開いた。

「ホームを買うのは、言うまでもなく松島個人ではなく、会社になります。土地、建物、設備で五億円、スタッフの雇用関係を含めて買収総額は一五億円となります。相続関係の手続きは熊谷さんがやってくださるとして、私どもとしても従前通りの形で買収を進めたいと考えております」

伊藤が淡々と告げた。対面の熊谷は腕を組み、黙って話を聞いている。

「あとは弊社アインホルンの顧問弁護士とともに交渉を重ね、正式に買収というステップに進みたいと考えます。藤原さんが亡くなったという突発事項を考慮しても、三カ月以内には手続きを終えたいと思います」

伊藤が時折タブレットのメモに目を落としつつ告げると、熊谷は無言で頷く。

「お話しした流れでよろしいですか、熊谷さん」

伊藤が苛立った調子で言うと、熊谷が眉根を寄せた。松島は目で伊藤を制したあと、口を開いた。

「ビジネスの世界はスピード勝負です。説明がわかりにくかったですか？　どうかお気を悪くなさらないで」

松島の言葉に納得したように熊谷が頷いた。藤原と同様、この手の人間は面子(メンツ)を重んじるのだ。形式上折れた形にすれば、話はスムーズに進む。

「でも不思議ですね。このホテルの存在は、秘書の伊藤以外知らないはずなのに」

松島がわざとおどけた口調で言うと、熊谷が身を乗り出した。

「こちらも生活がかかっていますからね。どんな段取りになるのか気が急(せ)いていました」

膝の上に両手を乗せ、熊谷が松島を下から見上げた。任侠映画で同じような姿勢を何度か観た。相手に詰め寄るその筋の人間のポーズに似ている。そう思った瞬間だった。

熊谷がいきなりウインドブレーカーの袖をまくった。

「あっ」

隣で伊藤が声を上げた。

「ごめんなさい……」

伊藤が口元を手で覆い、頭を下げた。

「驚かせるつもりはないんですよ。こちらも話を進めたい、でも会社に連絡しても埒があかない。それならと昔のツテを辿って探したという次第でしてね。世間で反社と呼ばれる連中は、横のつながりが強いのです」

松島の目の前には、青い刺青が入った熊谷の両腕がある。

「ご安心ください。既に足を洗った身です。警視庁組織犯罪対策部に問い合わせていただければ、組織から離脱した旨の正規の書類があります。カタギになってかれこれ三年は経過していますから、今回の買収に当たって障害になるようなこともないはずです」

伊藤と顔を見合わせ、松島が後悔のため息を吐いたときだった。熊谷の声のトーンが下がった。

「でもね、根っこの部分までカタギになりきれたかといえば、少々自信がありませんね」

熊谷は大きく両手を広げてみせた。動作の一つ一つが大袈裟だ。伊藤がスマホの画面をタップし、テーブルに置いた。小さな液晶画面には録音アプリが作動中だと示すランプが灯っている。

「強請りは受け付けません」

伊藤の口調が一段ときつくなった。

「そんなつもりは微塵もありません。ようやくカタギになって、真面目に施設長を務めています。暴対法の締め付けがきつくなって、食うや食わずの業界に戻るつもりはさらさらありませんから」

伊藤を睨み返した熊谷が首を強く振り、ウインドブレーカーのポケットからスマホを取り出した。

「今日はとりあえずこれを見てもらおうと思って」

熊谷がスマホをテーブルに置き、松島の方に向けた。見てよいかと目で尋ねると、熊谷がゆっくりと頷き、口元に薄ら笑いを浮かべた。

〈チェリーホームの買収後も、松島が顧問料として毎月一〇〇万円を支払う〉

液晶画面に現れた金釘流（かなくぎりゅう）の文字を見た瞬間、全身ががちがちに固まるような感覚に襲われた。死の直前、喫茶店で藤原はなんどもメモ帳に見取り図を描き、金の流れを簡略化していた。その際、太いボールペンで書いた筆致と同じだった。

「オヤジさんの字に間違いない」

「そのようですね」

松島は小声で答えた。

「非常に残念なことですが、悔やんだところでオヤジさんは戻ってこない。それに、誰が殺したのかにも興味はない」

短く言ったあと、熊谷が唇を舐めた。薄ら笑いと鋭い目つき、そして長く湿った舌はトカゲのようだ。

「私は犯人ではありません！」

自分でも驚くほど大きな声が出た。

「藤原さんに対して、一〇〇万円を会社の経理を通さない形で渡す渡さないで揉めたのは事実です。しかし、私はやっていませんよ」

「俺もそう思います。松島社長は将来有望なベンチャー企業にたくさん投資し、着実に利益を上げている。月々の収益も多い。一〇〇万程度の端金で人殺しをするとは思えない」

「当たり前です！」

予想外に力んでいるのがわかった。

「そう、松島さんにとってはたったの一〇〇万円です。オヤジさんがいない以上、これは俺がいただいてもよろしいですよね」

熊谷がゆっくりと告げた。

「私はオーナーが替わっても、誠心誠意仕事を続ける心算でおります」

「その辺りは、また後々……」

伊藤が慌てて助け舟を出したが、言葉が出なかった。一方、対面の熊谷は話し続けた。

「私は施設長です。多くの利用者さまを預かり、スタッフを動かしています。いきなり私が辞めたら、社長は困りますよね？」

そういう言動自体が強請りなのだ……松島は喉元まで這い上がってきた言葉を飲み込んだ。

「もちろん困ります。熊谷さんが現場を取り仕切ってくれないと」

松島は声を絞り出し、熊谷を睨んだ。

「私はあなたを信用します。しかし、今後金額を吊り上げるようなことは認めません。役員報酬、あるいは業務委託費用等々、名目は後で考えますが、とにかく正規のルートでお支払いするようにします」

「社長、ちょっと……」

「いいの、こういうのははっきり決めておかないと」

松島は腹を括った。だらだら引き延ばせば、相手の態度が硬化する。足を洗っているとはいえ、熊谷は筋者だ。元ヤクザという経歴を巧みに使いこなすカタギなだけに、現役の暴力団員よりタチが悪い。

「ありがとうございます。これで松島さんの下で仕事に集中できます」

体をソファの背に預け、熊谷が息を吐いた。同時にウインドブレーカーのポケットから煙草とライターを取り出した。

「ごめんなさい、このフロアは禁煙です」

伊藤が言うと、熊谷は苦笑いした。

「それでは、ロビー横の喫煙室へ行ってから、私は消えます。ありがとうございました」

熊谷は立ち上がり、姿勢を正して頭を下げた。

伊藤が熊谷を促し、ドアに向かった。松島は額に手を当てた。うっすらと汗が滲み出ていた。ハンカチでなんどか顔を押さえ、浮き出した汗を拭う。

ドアが乱暴に閉まる音がスイートルームに響いたあと、伊藤が慌ただしくソファの周辺をチェックし始めた。

「なにしているの？」

「小さな盗聴器が仕掛けられていないか、探してみます」

「まさか、そこまでしないでしょう」

「相手は元ヤクザです。念には念を入れないと」

伊藤はフロアに膝を突き、応接テーブルの下や脚まで調べている。

「社長、本当にいいんですか？　あんな奴に一〇〇万円支払うなんて、破格の扱いですよ」

「きっちり契約書を作るわ。少しでも契約違反があったら、すぐに首を切る。だから常に粗探ししてもらうよう、他のスタッフにも頼むわ」

スタッフと発した矢先、鮨屋で戸惑っていた尚人の顔が浮かんだ。彼にスパイを頼む……松島は即座に首を振った。尚人がそんな器用な役回りを果たせるはずがない。

「例の最新ツールたちが本格的に稼働すれば、介護の現場は激変するの。それまでの移行期間、そう割り切れば、あんなチンピラなんて、大したことはないわ」

松島は自らを鼓舞するように言った。

「そうですね。あのツールたちのための買収ですもの」

伊藤が相槌を打った直後だった。スイートルームに再度チャイムの音が鳴り響いた。

「私、出ます」

ソファから立ち上がり、伊藤がドアに向かう。ホテルのスタッフが気を利かせてコーヒーのおかわりでも持ってきたのだろう。予定外の訪問者にペースを乱されたが、カフェインを注入して仕切り直しだ。

伊藤のタブレットを引き寄せ、今後の予定をチェックし始めたときだった。

「社長……」

ドアを閉めた伊藤が駆け戻ってきた。その手には白い封筒がある。

「なに？　コーヒーじゃなかったの」

松島の言葉に伊藤が強く首を振り、封筒を裏返した。

〈チェリーホーム〉

丸みを帯びたフォントが見えた。

「忘れ物があったから、これを社長にって。熊谷が渡してきました」

「彼はまだいるの？」

「いえ、帰りました。見てもらえればわかるからって」

怪訝な顔で伊藤が言った直後、松島は封を切った。封筒の中を覗き込むと、手書きのメモが一枚入っていた。取り出し、紙を広げた瞬間、松島は背中に悪寒を感じた。

〈藤原のオヤジさんのメッセージを忘れていました〉

松島はさらに文面を追った。

〈「四〇年前のことがあるから、松島は絶対俺に逆らわない、いや逆らうことなどできない」〉

メモを持つ左手が小刻みに震え始めた。

〈藤原のオヤジさんが遺したメッセージ、どんな意味があるんですかね。今度会ったとき、教えてくださいね　熊谷〉

最後まで読んだ瞬間、松島はメモを握りしめた。

「社長、どうしたの？」

伊藤が隣に座り、心配そうに松島の手をさすった。

「なんでもないの」

「でも……」

「大丈夫だから」

「ちょっと社長、震えていますよ」

「平気……」

自らの声が掠れているのがわかった。

「伊藤ちゃん」

「なんですか？」

伊藤が強く手を握る。仲村刑事に連絡を……そう言いかけて松島は口を噤んだ。

「……なんでもない。ちょっと一人にしてくれないかな」

「ええ、ロビーにいます。なにかあったら、呼んでください」

背中をさすり始めた伊藤の手を払い除け、松島は洗面台にむかった。胸の奥から得体のしれない泥が這い上がってくる感覚に襲われた。

## 3

「あの店ですね」

パーキングブレーキを引いた関が、薄いピンクの庇(ひさし)がある喫茶店を指した。

「野郎二人で場違いだが、相手の希望なら仕方ないな」

仲村は短く告げ、助手席のドアを開けた。チェリーホームのヘルパー、木村が指定したのは、若松町にあるマンションの一階、河田(かわだ)町に抜ける小路角にある小さな喫茶店だった。

関と行った蕎麦屋から一〇〇メートルほどしか離れていない。近くには国立病院がある。仲村が子供の頃は煙草屋だった場所だ。かつてはショーケース脇の小窓には店番の老婆と三毛猫がいた。いつの間にか店はマンションに姿を変えた。場所柄、病院のスタッフや見舞客が利用するのだろう。

「ここに停めて大丈夫か？」

覆面車両が停まっているのは、喫茶店近くの弁当屋の前だ。仲村が尋ねると、関が頷いた。

「交通課も駐車監視員も署の車両は把握しています。一時間程度なら大丈夫ですよ」

「なるほど」

仲村は車両から離れ、喫茶店に足を向けた。

「三人だけど、いいかな？」

店のドアを開け、ケーキが並んだショーケース脇にいた女性店員に関が尋ねた。店員は怪訝な顔で関と仲村を見比べた。

「もう一人、すぐに来るから」

関が言い加えると、店員がショーケースの奥にあるテーブル席へと誘導した。

「とりあえず、コーヒー二つ」

関がオーダーすると、店員はショーケース脇に戻った。

「ここのロールケーキ、署の女性職員に人気なんですよ」

関が厨房の方向に目をやった。たしかに、店に入った直後からケーキを焼く香ばしい匂いが鼻腔を刺激している。

「持ち帰りもできるのか？」

「ええ。一本丸ごと、それにハーフサイズもあります」

不意に真弓の顔が浮かんだ。智子の成長に目を細める優しい顔ではなく、義母の身の回りの世話を焼き、疲れ切った嫁の顔だった。

「娘さん、甘い物お好きなんじゃないですか?」

「ん、まあな」

世話などというなまやさしいものではない。母には認知症の気配が着実に忍び寄っている。介護という新たなフェーズが近づいているのだ。

　仲村が捜査という安全地帯に逃げ込んでいる間、真弓は変わっていく母と対峙している。仲村はテーブルのメニューに目をやった。ロールケーキ一本で一〇〇〇円、ハーフは五五〇円とある。

　手土産を携えて帰ったことなど一度もない。評判のケーキを買っていけば真弓は喜んでくれるのか。それともスイーツで誤魔化すつもりかと激怒するのだろうか。

　仲村がぼんやりとメニューに見入っていると、隣席の関がいきなり立ち上がった。

「こちらです」

　関が手招きしている。入口の方向を見ると、丈の長いカーディガン、細身のデニムを穿いた木村の姿が見えた。仲村も慌てて腰を上げた。

　左肩にトートバッグをかけた木村がテーブル席に歩み寄り、小さく頭を下げた。

「お待たせしました」

「とんでもない、ご協力に感謝します」

　関が愛想笑いを浮かべてメニューを差し出すと、木村は後方にいる店員にアイスティーをオーダーした。

「名物のロールケーキ、いかがですか？」

関の言葉に木村が口元に笑みを浮かべた。

「いいんですか？」

「もちろん」

「いつも美味しそうだと思っていたんですけど、節約しているので」

関が追加でケーキを頼み、木村に顔を向けた。

「それで、時間はどの程度いただけますか？」

木村はトートバッグからスマホを取り出し、画面を見た。液晶にはデジタル時計が表示されている。

「学童のお迎えまで、四〇分くらいでしょうか」

「学童の場所は？」

「すぐ近く、東富丘（ひがしとみおか）小学校の隣です」

仲村が通った小学校だ。昔は学童保育などなかったが、共働き世帯、あるいは木村のようなシングルマザーが増えるとともに施設ができたのだろう。

「貴重なお時間を申し訳ない」

仲村はおもむろに切り出した。

「介護のお仕事でお疲れになり、少しだけでも息をつきたいはずなのに」

チェリーホームでの木村は、大量のタオルを抱え、疲れの色を浮かべていた。

「まあそうですね。でも洗濯物を片付けたり、料理の支度をしたりと自宅で一人になっても動いていますから。こうやって喫茶店にくるなんて、久しぶりです。お気になさらず」

仲村と関を交互に見ながら、木村が言った。家事がどの程度負担になるのか。仕事しか知らない仲村には全く実感がない。

店員がコーヒーとアイスティーをテーブルに運ぶ。事前に打ち合わせた通り、関が口を開いた。

「面接は随分シビアでしたね」

関が言うと、木村が口からストローを離した。捜査の鉄則として、相手に予断を持たせるのは禁物だ。熊谷が怪しいから話を聞きたい、そんな質問はもってのほかだ。

「新型ウイルス後の大不況で、介護業界は初めて買い手市場になりましたからね」

「つまり、介護施設側が欲しい人材を選べる、そういう意味ですね?」

関が訊き返すと木村が頷いた。

面接では熊谷が随分と強気に出ていた。元銀行マン、居酒屋の元店長、そしてアパレルショップの元店長。仲村がいた控室の隣に、性別も年齢も違う求職者がいた。

「あの若い女性が採用されたのは少し意外でした」

朗らかな口調で関が言うと、木村は少しだけ首を傾げた。

「その理由がわかりますか？」

「銀行マンはプライドが高くて使いづらそうだったし、居酒屋の店長は少し勘違いしていたフシがありました。その中で彼女は自分のお祖母ちゃんの介護経験を話されました。そこが決め手ですよね？」

関の問いかけに木村が小さく首を振った。

「半分正解、残りは違う理由です」

仲村は関と顔を見合わせた。面接を聞いていた限りでは、関が言ったことが採用の決定打になったはずだ。

「彼女、派手な外見とは正反対でとても真面目な子でした。面接のあと少しだけ話しましたから」

「容姿ではなく、熊谷施設長は内面を重視したわけですよね」

仲村は努めて優しい口調で訊いた。

「そうですけど、私が言いたいニュアンスとは少し違うんです」

木村は一口アイスティーを飲み、言葉を継いだ。

「彼女はアパレルという職業柄、髪を明るめに染め、服装も目立っていました。でも根っこの部分は生真面目です。言い換えれば、亡くなったお祖母ちゃんの世話で介護のやりがいを知っている。職を解かれたので、この際、経験のある介護に飛び込んだというところでしょうか」

仲村は腕を組んだ。木村の真意がわからない。

「回りくどい言い方でしたね」

仲村の気持ちを察したように、木村が言った。

「介護業界は、善意に溢れ、やる気に満ちた若者の心を監禁するんです」

「監禁？」

いきなり飛び出した物騒な言葉に関が反応した。

「洗脳って言った方が正確かな」

監禁と洗脳。カルト教団の信徒勧誘の仕組みについては、仲村も嫌というほど知っている。純真無垢な若者を研修施設に連れて行き、外部との連絡を遮断させる。そこで何日もかけて教祖の教えを刷り込み、研修費を支払わせ、なんの効力もない壺やら数珠やらの類いを買わせる。考えることを諦めさせた上で、カルトの思想に染め上げてしまうのが洗脳だ。だが、目の前の木村が言っているのは介護業界だ。そんな言葉が当てはまるとは思えない。

「あの子が長続きするかどうか。私は無理だと思うなあ」

「なぜですか？」

思いがけない言葉の連続に、仲村は尋ねた。

「一つ目の理由は、キモオタのヘルパーがいるから」

ホームを訪れた際、熊谷と一緒に楠木という中年男がいた。仲村がその名を告げると、顔をしかめながら木村が頷いた。

「刑事さんにこんなこと言っていいのかわかりませんが、あの人は四七歳で童貞なんです」

「はあ？」

今度は関が顔をしかめ、声をあげた。

「ホームの休憩時間、あの人はいつもアニメの美少女ばかりが載った雑誌を貪るように読んでいて……」

「だからオタクなのか」

仲村が声を発すると、木村が頷いた。

「人様の趣味にとやかく口出しするのは嫌ですけど、あの人、雑誌のページめくりながら、キモいことばっかり言うんです」

「例えば？」

関の問いに、木村の眉根が寄った。

「生身の女は腕に産毛があって気持ち悪いとか、体臭がある女なんて信じられないとか」

木村の口から飛び出した言葉に、仲村は関と顔を見合わせた。

「独り言だから、気持ち悪いんです。あの人と直接話すのは嫌なので、ベテランの女性ヘルパーさんから間接的に聞いた話なんですけど……」

木村がロールケーキを食べ、言葉を継いだ。

「あの人の実家、青梅だか奥多摩だかの結構な資産家だったらしいんです」

木村の眉間に皺が出来ていた。好奇心旺盛なベテランヘルパーによれば、楠木は林業で財を成した一家の一人息子で、大学中退後に実家で引きこもりになったという。その間、アニメにハマり、湯水のように金を注ぎ込んだらしい。

「実家のご両親が五年前に不慮の事故で亡くなって以降、財産がほとんど尽きかけていることに気づき、家や屋敷を処分したようです。ようやく職安に行き、いくつもの職を転々として、最終的にチェリーホームに拾われた、そんな感じです」

唾棄するような口調で木村が言った。

「あの人、ヘルパーが少ない泊まり番のとき、利用者をなんどか小突いたり、怒鳴ったりして施設長に注意されています。私の想像ですけど、金持ちのボンボンで甘やかされて育ったから、自分の思い通りにならないとキレちゃうんでしょう。それにコミュ障だから、私や他のヘルパーさんともうまく接することができなくて、頻繁に施設の備品に当たり散らしています」

「そんな中年男がいるのか」

背中に寒気が走った。仮に母親がチェリーホームを利用することになって、夜間に楠木と二人きりになったとしたらどうか。

母は頑固な性格で、こうと決めたら自分の考えを変えない。そこに認知症まで加わって、そんな彼女の日々の暮らしをヘルパーとしてサポートする人間が楠木だったとしたら、トラブルが生じないはずがない。

「よく人間観察されていますね。刑事と一緒かもしれない」

仲村が言うと、木村が答えた。

「私、元キャバ嬢なんです」

「そうなんだ」

関が曖昧な返事で応じる。

「歌舞伎町や六本木のお店で働いて、いろんな人を見てきました。あの人みたいなタイプは、典型的な、上にはへつらうけど、下にはきつい人種です」

「それじゃあ、施設長には下手に出るけど、木村さんや他のヘルパーさんには偉そうな顔をするの？」

関が言うと、木村が違うと言った。

「私は介護職のキャリアが彼よりずっと長いから、失礼な態度は取られないし、歯向かわれるようなこともありません。でも、今度入った子はどうかしら。あのキモオヤジ、絶対にセクハラしますよ。彼女、可愛いから」

強い口調で言ったあと、木村が残りのケーキに手を伸ばした。

仲村はもう一度、関と顔を見合わせた。熊谷への嫌疑が強まってきたことから、周辺情報を集めるために木村と面会し、話を聞き始めた。

長い捜査経験の中で、仲村は多種多様な人に聞き込みし、様々な職場を訪れ、怨恨や痴情のもつれなど人間の業の深さを思い知らされた。

だが、介護業界は初めてだ。いやでも症状が進行している母のことを思い出してしまう。他人事ではない。そんな複雑な思いを抱える中で聞いた現場の実態は、驚くばかりだった。

「楠木さんが問題アリなのはわかったけど、熊谷施設長はなぜ彼を雇ったの？　しかも問題行動があるなら、辞めさせてもいいのに」

仲村は心の奥から這い上がってきた疑問を口にした。すると、木村がフォークを皿に置き、紙ナプキンで口元を拭ったあと、口を開いた。

「だから、施設長は狡猾なんですよ」

「どういう意味？」

「あの中年童貞、自分の親以外に褒められたことがないらしいんです。これ、例のベテランさんからの情報ですけどね」

木村が肩をすくめた。

「食い扶持を稼ぐために嫌々ながら働きに出たけど、どこでもトラブルばかりだったみたい。どこからかそんな履歴を知った施設長は、彼を褒める作戦に出ているんです」

「褒める？」

面接で銀行マンや居酒屋店長の資質を見抜いた熊谷が、トラブルメーカーの楠木の本質を知らぬはずがない。

「あのおじさん、承認欲求が凄いんです。褒められると、喜んで残業しますから。施設長はそんな内面を見抜き、とにかく褒めます。例えば、不器用なのに、うまくベッドのシーツをセットできたときなんて、両手を握ってこう言いましたよ。〝この施設で誰より物覚えが早い〟って。もちろん、大うそですけど」

木村が冷静に言い放つ。

この女性は重要な情報源になる。そう直感した仲村は、姿勢を正した。

4

「新入りの彼女がどうして長続きしそうにないのか、もう一つの理由をお話ししますね」

「頼みます」

知らず知らずのうちに、仲村は前のめりになった。近い将来、母親が世話になるであろう介護業界に対する興味が高まっている。だが、これは捜査だ。自分に言い聞かせながら、仲村は木村の言葉を待った。

「私が働く業界は、真面目な人ほど割りを食う仕組みになっています」

木村の口から、人をケアする仕事とはかけ離れた言葉が再度飛び出した。

「ヘルパーの多くは、人のためになりたい、尽くしたい、ありがとうと言われたいと考えています。嘘みたいな話ですけど、天使のように優しくて、生真面目な人がたくさんいます」

木村が言った事柄は、仲村自身が漠然と抱いていた業界へのイメージと合致する。だが、あえてそんな話をするからには、裏があるということなのだ。

「国が介護報酬の一部を引き下げ、我々の給与が頭打ちどころか、下がってしまったことはご存じですか？」

「ええ」

介護報酬は国と地方自治体が折半する仕組みだ。不正請求が相次いだことで国が方針を転換し、介護報酬を下げたため、業界全体で低賃金がまかり通るようになった。環がなぜこんな先行きが暗い業界に投資するのか、その理由も未だわかっていない。環のことも併せて聞き出したいが、ここは木村の話に集中する。

「結果的に給料が減るような事態に直面しましたが、サービスを受けたい老人たちは増えるばかりです。そうなると、必然的に現場のヘルパーに皺寄せがいきます。つまり、闇残業が横行します」

木村の口から闇といういきつい言葉が漏れた。木村の表情に気負ったところはない。仕事でシーツを替えるのと一緒で、闇と名のつく残業が常態化している証拠なのだ。

「新入りの彼女ですけど、採用の段階で早くも施設長の洗脳が始まっていたはずです。銀行マンや大手居酒屋チェーンの店長と比べるなんて、施設長は相変わらずズルい人です。だって、落とされた彼らは、以前なら彼女よりずっと世間でステータスが上の人たちですよ」

「まあ、そうなのかな」

彼女の強い口調に驚きながらも、仲村は話に聞き入った。

「使い勝手の悪そうな男たちが落とされ、自分は採用された。おそらく施設長は期待しているとか、もっと頑張れば昇給できるとか、ないことばっかり言ったはず」

木村が顔をしかめた。

「あなたもそんなことを言われた？」

「ええ。でも一切期待しませんでした。どうせ裏切られるってわかっていたから」

目の前の木村は醒めている。

「洗脳に染まりつつある彼女は、施設長の言う通りに身を粉にして働き始めるでしょう。先ほど真面目な人ほど割りを食うって言いましたけど、彼女は典型でしょうね。普通の新人よりも壊れるのが早いかもしれない」

木村はコップの水を一口飲み、呼吸を整えた。

「壊れるとはどういう意味？」

仲村は疑問を即座に言葉にした。

「ですから、残業に次ぐ残業が待っています。将来有望だ、施設になくてはならない人材だと、彼女のやりがいを搾取（さくしゅ）するのが施設長のやり口です。彼女は着実に疲弊していきます。以前、うちの施設にいた真面目な若いスタッフなんか、睡眠不足と過労で心臓発作を起こして倒れ、退職しました。だから、施設長の言いなりになるのは、まっぴらごめんなんです」

元ヤクザという経歴とは別の熊谷の一面が、証言から鮮明に浮かび上がってきた。

「お祖母ちゃんの介護をした経験があり、施設長の洗脳に染まり始めた彼女は、しならない竹刀(しない)みたいなものです。ある期間がむしゃらに働いたあと、些細なきっかけでポキッと折れちゃうでしょうね」

今度は関が口を開いた。

「そんな人に使われているのに、なぜ木村さんは平気なの？」

「私ですか？　彼女より人を見る目があるからかな」

「元キャバクラ勤務だったから？」

「そうですよ」

木村が顎を引き、背筋を伸ばした。

「大変恐縮ですが、もし差し支えなければ、あなたの歩みを教えてもらえませんか？」

仲村は低い声で告げ、木村を見た。過酷な現場で働き続ける木村が、なぜ冷静な視線で物事の裏表を見抜けるのか。キャバ嬢だったという表面的な事柄だけでは理解できない。目の前の木村は一瞬顔をしかめ、覚悟を決めたように話し始めた。

「私、埼玉のごくごく普通のサラリーマン家庭に生まれて、都内の福祉系の短大に行きました。二年生の終わり頃に父親が亡くなって、学費と家計のためにキャバクラでアルバイトを始めました」

「苦労されたんですね」

関が言うと、木村が小さく息を吐いた。

「卒業して馬喰町の小さな繊維問屋に就職してからも、二足の草鞋を履いていました。でも、キャバクラの方が断然稼げたから、あとはお決まりの専業コース」

木村は三〇代だろう。新型ウイルスによる大不況より前、リーマン・ショックなど世界的な不況だって経験したはずだ。仲村はかつてキャバクラ嬢を殺した元ホストを取り調べたことがあるが、あのときの被害者もメーカーに勤務しながらアルバイトでキャバクラに勤め、その後は専業のキャストに転じた。不況で昼間の仕事一本では食べていけなかったのだ。目の前の木村は、あの事件の被害者とほぼ同年代のような気がした。

「結婚はいつ？」

関が尋ねた。

「九年前、二九歳のときに五歳年上の男と結婚しました。相手は中堅不動産会社の営業マン。店の常連でした」

木村が唾棄するように言った。

「ありふれた話ですけど、当時の私には人を見る目がなかったんです。夫はお調子者なだけでなく、浮気ばっかりしていました。喧嘩が続いたのに、あの男は浮気をやめなかった。だから子供のため、自分のプライドを保つために別れました。子供は私が引き取り、シンママになりました」

「大変でしたね」

仲村が低い声で告げた。取調室の中で容疑者と対峙するときと要領は一緒だ。事件の全容を知りたいと焦る刑事の前では、犯人(ホシ)は絶対に口を割らない。相手の懐(ふところ)に入り、目線を同じにすることが肝心だ。相手の境遇を自らの口で語らせることで、心の奥底に沈殿していた様々な思いを解きほぐすのだ。

「もし可能だったら、もう少し話してもらえませんか?」

仲村の問いかけに、木村が小さく頷いた。

「子供がいることを内緒にしてキャバ嬢を続けました。おかげさまで若くみられる機会が多いので」

「今も若いっすよ。俺と同世代とは思えない」

関が軽口を叩くと、木村が眉間に皺を寄せた。

「でも、ご存じのように水商売は年齢が上がるほど売り上げが落ちます。在籍していた店でも、現役女子大生や若いモデルの子たちが入ってくると、私はお茶をひく回数が増えていきました」

仲村はそっと頷いた。

「指名が減ると、新規の客に媚(こび)を売る機会が増えます。当然、ストレスは溜まるし、指名のために同伴やアフターの回数が多くなる。こんなことしていたら、擦(す)り切れる。なにより、娘と接する時間が減ってしまう。そう考えて、思い切ってキャバ嬢を引退しました」

木村が一気に告げた。仲村は労うように木村を見つめ、ゆっくりと言葉を継いだ。

「それでどうして介護に？　あなたは世間の仕組みを理解できる人だ。なぜ、ハードな仕事を選んだの？」

仲村の問いに、木村が小さく息を吐き、言った。

「娘に胸を張って言える仕事だと思ったからかな。これは本当ですよ。それに、売れっ子時代に貯めたお金があったし、貢物のブランドのバッグなんかを全部処分したんです」

「しっかり者だね」

「貯金と合わせたら、娘と二人で一年くらいはなんとか暮らせそうなお金になりました。それで、そこから就活して。こんな仕事ですけど、目標があるんです」

「どんな目標なの？」

「介護の資格でケアマネジャーって知っていますか？」

「サービスを受ける老人たちの介護のプランを作る仕事だよね？」

「そうです。資格試験がある上に、介護福祉士などとして働いた五年の実務経験が必要なんです。だから、歯を食いしばってチェリーホームで働いています」

刑事の仕事は綺麗事では済まない。逃走する犯人を追い、なんども全国を駆け回った。真冬に捜査車両で一週間過ごし、犯人が現れるのを待ったこともある。だが、目の前の木村は、華奢な体で残業を強いられ、育児に追われている。文字通り歯を食いしばらねば、倒れてしまうだろう。

「ケアマネの資格試験を受けるまであと二年半、どうしても仕事を続けなければなりません。資格が取れれば、連日の深夜勤務やつらい介助作業から解放されます。そうなれば、娘の宿題を一緒にやれるし、学校行事にもちゃんと参加できます」

「なるほど、頑張ってください」

木村の事情は理解した。資格を得るまでの詳しい手続きは知らないが、ハードルは高そうだ。しかも幼い子供を抱え、闇残業が蔓延る職場で働き、勉強が待っている。仲村も警部補になるまで仕事終わりに試験準備を続けたが、明らかに木村の方が体力的、精神的にもきつい。

木村の話を通して、介護業界を覆う暗雲の存在を思い知った。それと同時に、熊谷のやり口も理解した。歌舞伎町で小さな居酒屋やスナックからみかじめ料を徴収する際、熊谷は言葉巧みに、そして逃げ場のないやり口でシマを守ってきたはずだ。今度は介護という世間から見えにくい職場に潜り込み、かつての脅しすかしのテクニックを用い、スタッフを支配下に置いた。抜け目ない男であることはよく理解できた。

三時間ほど前に対峙したときは、殊勝に仲村の話を聞いていた元チンピラが、あの程度で折れるはずがない。若いスタッフを洗脳するようなやり方を用いる熊谷は、やはり犯人なのか。頭の中に監視カメラの映像が浮かぶ。だが、まだ真犯人か否かは判断がつかない。

「まだ時間がありますけど？」

木村が手元にあるスマホを見て言った。

「気を遣ってもらって申し訳ない。施設長のほかに、石井さんのことも教えてほしい」

仲村は幼なじみの名を出した。

「被害者、つまり亡くなった藤原さんについて、縁のあった人のことを全て調べるのが刑事の仕事だ。石井さんは、被害者と長年接点があった人らしいけど、木村さんの目から見て、どんな感じかな？」

慎重に言葉を選びながら、尋ねた。すると、木村が少しだけ眉根を寄せた。なぜ顔をしかめたのか。仲村は木村の表情を注意深く見た。

「とても優しい人です」

木村が答えた。口元には無垢な笑みが浮かぶ。

「すっごく無口で、話しかけても、ああとか、そうだとか、ほとんどリアクションらしいリアクションをしない人ですけど、仕事はとても丁寧で、真面目ですよ。もしかして、彼が疑われているんですか？」

「彼は藤原さんと子供の頃から面識があったことがわかってね。それで念のために話を聞いているんだ」

「あの人が人殺しなんてするわけがないですよ。だって、文字通り虫も殺さない人ですから」

　木村がスマホを手に取り、なんどか画面をタップした。

「ほら、これなんて石井さんらしいなって思いました」

「なに？」

　仲村が言うと、木村が画面を向けた。写真には、赤と黒の模様のてんとう虫が写っている。

「これがどうしたの？」

「ホームの屋上で布団を干していたんです。私と石井さんで取り込んだとき、小さなてんとう虫がいるのを彼が見つけて」

「なるほど」

「彼が可愛い虫がいるって教えてくれて。私、思わず写真を撮っちゃいました」

　尚人らしい……喉元まで這い上がってきた言葉を辛うじて飲み込んだ。

「他のヘルパーなら気づかず、てんとう虫を潰していたと思います。石井さんは毎回、小さな虫がいないか必ずチェックしているんですよ。そういう優しい人。だから、彼は犯人じゃありません」

　木村の顔に笑みが浮かんだ。

「あと、彼が作ってくれるおにぎりはとても美味しくて、娘も大好きです」

　木村の言葉を聞いた直後、粗末なアパートに不釣り合いな高級電気炊飯器の姿が浮かんだ。おにぎりのスキルは母親譲りだ……仲村はひそかに頷いた。

「私が帰宅する直前、彼はこっそりおにぎりの包みを渡してくれるんですよ。もちろん、娘の分も。すごく感謝しています」

「へえ、そうなんだ。彼は恋人とかいないのかな」

「いないと思いますよ。いい人なんですけどね」

木村が即座に答えた。尚人がひそかに抱いている思いは、やはり木村には届いていないのか。それも当然だろうと思う。相手は娘とともに生きるのに必死で、恋愛などしている余裕はない。しかも惚れた腫れたに慣れた元キャバ嬢だ。石井のほのかな恋慕にも気づいているかもしれないが、そこは冷静に線を引いている。

「石井さんだけど、施設長に何か無理強いされるようなことはないのかな？」

「無理強いは、彼や私だけでなく、在籍するスタッフ全員に対してですよ」

木村の表情が強張り、口調もきつくなった。

「例えばどんな風に？」

関が身を乗り出した。

「新型ウイルス後の大不況はヘルパー全員が知っています。介護業界はどこも人手不足です。だから、少しでも条件の良い他の施設に転職したい、そんなことを言ったスタッフがいました」

残業に次ぐ残業で手当は出ない。誰しも転職を考えるだろう。まして介護のスキルがあれば、他の施設で即戦力として働くことができる。仲村が同じ立場だったら真っ先に手を挙げるはずだ。

「ネットで悪評を拡散させてやる、それだけじゃなく、転職先にも出向いて、とんでもない人間だって広めてやるからな、施設長はそんな脅しをかけたそうです。まるでヤクザですよ」

木村が放った一言に、仲村と関は顔を見合わせた。

5

「うーん、なかなか難しいですね」

イヤホンを外した弁護士の西村が松島、そして伊藤に目を向けた。

「恐喝で訴えることはできませんか？」

「この録音のほかに、他の会話も加えて証拠を揃えれば、警察に被害届を出すことは可能になると思います。ただ……」

顔をしかめた西村が、松島に視線を向けた。

熊谷が引き揚げてから、伊藤が西村に連絡を入れた。虎ノ門で打ち合わせ中だった彼はすぐにスイートルームに駆けつけてくれた。

伊藤はアプリで録音していた熊谷とのやりとりの一部始終を西村に聞かせ、意見を求めた。

「現在、藤原さんの会社の株式は奥様が相続され、彼女が名目上の代表取締役になっています。しかし、これまでノータッチだった奥様が今後の経営判断をしていくとは考えにくい。少なくともチェリーホームに関しては、この熊谷という施設長に一任される可能性が高いでしょう。となると熊谷は、施設運営上のキーマンというだけでなく、買収の交渉上も最重要人物ということになります。無下にはできません」

「それはそうなんですが……」

伊藤が顔をしかめ、言った。

「相手はなかなかの策士というか、さすが元反社というか……いや、失礼しました」

西村が苦笑した。伊藤がきつい視線で見つめていたせいだ。

「お聞きになった通り、ひと月の給与として一〇〇万円を支給することで手を打ちました。法的に問題はありませんよね？」

松島が尋ねると、西村が頷いた。

「問題はありませんが、いくらなんでも金額が法外では？」

「仕方ありません。買収後、運営が軌道に乗れば彼にはすぐ出ていってもらいますけど」

「それが良いかと。新たに作る契約書には、退職時の条件も詳細かつ厳密に記しておきましょう」

「よろしくお願いします」

松島が頭を下げると、伊藤がファイルを開き、西村の前に置いた。

「松島とも話していたのですが、先生にも新しい介護ツールについてもっと知っていただいた方がよいかと思いまして」

伊藤がページをめくる。

「ほう、これはなんですか？」

西村が身を乗り出し、写真に見入った。二人の視線の先にあるのは、アインホルンが投資している医療系ベンチャー企業のサンプル写真だ。

「ポンプかパイプのように見えますけど」

西村がさらに写真に目を凝らしている。

「人工筋肉です」

松島が言うと、西村が首を傾げた。

「筋肉を人工で？」

「バイクや自動車のサスペンションをご覧になったことは？」

「ええ、自家用車の整備を頼んだディーラーの工場で見たことがあります。パイプの中に……」

西村が手を打った。

「そうか、伸縮の動きを人間のようにすれば、人工的に筋肉の動きをするツールが作れるわけですね」

「その通りです。こちらは新たな素材を用いて……」

松島は部品の一部を指して説明を加えた。元々は二年前に大手自動車会社の開発部門にいたエンジニアが独立して起業したベンチャーを訪れたのがきっかけだった。

一台の自動車には数万点に及ぶ部品が詰まっている。その中で重要なパーツの一つがサスペンションだ。路面の凹凸を吸収し、車体のバランスを制御する装置だ。

自動車の売れ行きが鈍化する中、この大企業では福祉関係のツールに技術が応用できないか研究を始め、ロボットや介助用の車両のサンプルを製作した。

だが、トップの交代とともに電化技術にシフトすべしとの命が下り、研究メンバーは別の方向に舵を切らざるを得なくなった。これを契機にベンチャーを起こしたエンジニアは福祉用機器の技術開発を推し進めることを決めた。

「次はこちらを」

伊藤がページを繰ると、人の腕を模した型が現れた。

「先程の人工筋肉をこちらのセラミック製の型に装着し、電気信号で動作が可能になるよう、現在最終的な調整が進んでいます。その他にも、宇宙ステーションなどで実用化され始めたハイパー繊維を補助器具に応用して……」

松島が説明すると、西村の目が熱を帯びた。

「私の最終的な目標は、これを利用者本人に装着することです」

「それこそが、今回の投資の肝となるところなのですね」

「そうです。彼らは加齢とともに筋肉が衰え、歩行困難になり、老いが加速します。この人工筋肉は多種多様な形に加工が可能になりそうです。ですから、老人向けの歩行器具などに応用すれば、彼らの自律支援につながります」

「すごいなあ、そんな技術があるなんて。SF映画みたいだ」

「フィクションではなく、もうすぐ実用化段階に入ります。いえ、必ず一、二年のうちにチェリーホームで運用を始めます」

「そうなれば、全国から見学者が押し寄せ、製品への注目度も上がりますね」

「見捨てられた介護事業ですが、裾野は広いですよ。超高齢社会の到来ですから、一千万人市場になります。ですから介護施設は儲からない事業でなく、これから成長著しい産業に変身するのです」

「楽しみだし、やりがいがありますよ」

　西村が満面の笑みで言うと、伊藤がさらにページをめくった。

「こちらはまだ開発が始まったばかりですけど……」

「ハイパー繊維ですか。ほぉ、面白いなあ」

　人工筋肉を織り込んだサポーター型スーツのほか、車椅子を操作する腕を強力にサポートする新たなツールの説明を伊藤が熱心に始めた。

「ちょっと失礼しますね」

　メイクを直してくると告げ、松島は応接間を離れた。広いリビングを抜け、ドレッシングルームへ向かう。背後からは、伊藤と西村の熱のこもった会話が聞こえてくる。

本来なら、西村にはエンジニアたちのことも紹介し、もっと事業への関心を高めてもらいたかった。

熊谷が伊藤に託した手書きのメモがある。松島はジャケットのポケットに触れた。

〈「四〇年前のことがあるから、松島は絶対俺に逆らわない、いや逆らうことなどできない」〉

ジャケットの生地を通して、藤原の生温かい息が掌にかかった気がした。松島は慌てて手を離す。だが、掌には依然として人肌のような感覚が残っている。

〈藤原のオヤジさんが遺したメッセージ、どんな意味があるんですかね。今度会ったとき、教えてくださいね　熊谷〉

ドレッシングルームに入り、鏡を見た。自分の背後に熊谷が立っているような気がした。

鏡を凝視すると、額から一筋の汗が頬に流れ落ちた。四〇年前のあの夏の日、むせ返るような集会所の畳の上で、同じように汗が滴り落ちた。

〈大人の味はどうだ？〉

だらしなく開いた口元から、藤原は涎（よだれ）を垂らし続けた。藤原が発した荒い息がなんども顔を撫で、さらに汗が流れ落ちた。

「イヤッ！」

鏡を叩き、首を振った。仕事に明け暮れ、ようやく手に入れた人並みの暮らしだったが、藤原が再度目の前に姿を現してから、あの日の光景がなんども蘇ってくるようになった。

松島は慌てて水道の蛇口を開き、大量の水を流し始めた。

6

木村がスマホに触れ、表計算アプリを表示した。

「これ、ご覧になってください」

「構わない？」

仲村は〈シフト表〉と書かれた部分に目を凝らした。

一覧表の縦軸には石井、木村、楠木などヘルパーの名前が記され、横軸には日付と〈朝〉〈中〉〈遅〉〈泊〉の文字がある。何時から何時までのシフトかはわからないが、早朝からの朝番、午前八、九時からの中番といった具合なのだろう。

チェリーホームの控室の壁にあった熊谷の手書き文字を思い出す。

〈来月のシフト希望は明日までに提出　熊谷〉

目の前にあるシフト表を睨みながら、仲村は考えた。熊谷の無理強いとシフト表。真っ先に思い浮かぶのが、希望を募りつつも、それぞれの都合などお構いなしに熊谷が強引にシフト表の目を埋めてしまうことだ。

「娘がまだ一年生なので、あまり遅番や泊まり番をこなせないのです。だって、アパートに一人にできないじゃないですか」

「わかりますよ。ウチにも高校生の娘がいます。今でも一人にするのは怖いです」

仲村が言うと、木村の目つきが鋭くなった。仲村は手元のシフト表に目を凝らした。木村の名前を探し、横軸のシフトの内訳に目を転じる。たしかに、先月分のシフトでは、木村がこなした遅番は二回、泊まり番は一回となっている。

「木村さんが夜のシフトをこなす際、娘さんはどうしているの？」

仲村が尋ねると、木村が眉根を寄せた。

「友人のアパートに預けます」

答えを聞き、仲村は安堵した。

やむを得ない勤務とはいえ、小学生の女児を一人にするのは危険だ。強盗犯だけでなく、性犯罪者や不審者の存在もある。弱い者を狙う連中は、慎重に家庭の行動パターンを観察した上で犯罪に及ぶ。その他にも火の取り扱い等々、危険が多すぎる。

「キャバクラ時代、一人だけ親友ができました。彼女は結婚して旦那さんは大阪で単身赴任中。だから、月に一、二度の割合で娘を泊まりに行かせています。幸い、うちの娘は彼女の息子とも仲良しなんですよ」

木村の話に仲村は頷いた。

警視庁の家族寮にいた頃、同じような助け合いの仕組みがあった。夜勤の機動隊員と所轄署の刑事課に勤める夫婦の子供を、寮の全家庭で面倒をみた。

「でも、親友だけに頼るわけにはいきません。彼女の旦那さんが帰ってくる日もありますから。そんなときは、同じような境遇にあるシンママで、ネットで知り合った安心できる人を選りすぐって預けています」

「そうか、大変だな」

仲村は本心から言った。今は口答えばかりする娘だが、小学生の頃は寂しがり屋で、仲村が夜勤明けで帰宅すると飛びついてきた。木村の娘もそんな年頃だ。親の事情を斟酌し、我慢を続けているのだろう。健気だと心底思う。

「手土産のほか、すぐに食事できるようお弁当やレトルト食品を持たせたりしています。逆に、私のところに泊まりに来る子もいますから、助け合いです」

「他のヘルパーさんで、同じような事情を抱えている人はいるの？」

「ウチにはいませんけど、他所の施設では保育園児を一人にして夜勤に出る人も少なからずいるようです」

「マジかよ」

黙って話を聞いていた関が舌打ちした。

「本当です。これが介護の現場の一端で、まだまだいろんなケースがあると思います」

「ご苦労が多いのはわかりました。それで、このシフト表をわざわざ見せてくれた理由は他にある？」

仲村が言うと、木村が大きく頷いた。

「それはあくまで表の分です」

「ということは、裏のシフトがあるのかい？」

「ええ。区役所や東京都の担当者が抜き打ちで調べに入ったときのためにです」

所轄署の刑事課時代、マル暴担当捜査員の応援でヤクザの組事務所に家宅捜索（ガサイレ）したことがある。銃器や薬物の類いを発見するのが目的だったが、敵もさる者で、事前に情報を仕入れて肝心なブツが出てくることはほとんどなかった。

今、木村が裏のシフト表の存在をほのめかした。老人介護という真っ当な事業で、ヤクザと同じように裏のシフトがあるというのか。

「こちらが本物です」

木村がスマホをタップした。先ほど見たシフト表と同じ体裁だが、木村の欄に〈遅〉〈泊〉の文字がずっと多い。ヘルパーごとに色分けされている。石井は黄色で、木村は薄紫だ。

「ここ、どうなっているの？」

スマホを覗き込んだ関が、薄紫の帯を指した。

「私の最近のシフトですけど」

「そりゃわかるんだけどさ、ちょっと長過ぎじゃない？」

「泊まり勤務でしたから」

仲村も長く連なる薄紫の帯を凝視し、関と顔を見合わせた。

仲村と関が睨んでいるのは、一週間前のシフトだ。

「先週の水曜日は、午前八時四五分に出勤しました。終業したのは木曜日の午後七時半です」

「帰宅は？」

関が怪訝な顔で尋ねると、木村が冷静な口調で答えた。

「帰宅はしていません。正確にいえば、帰宅なんかできるわけがありません」

木村が苦笑した。

「三四時間勤務じゃないか」

仲村は指を折り、言った。

「そうなりますね」

「こんなの、絶対におかしいよ」

関が力んだ。無理もない。

「タクシー運転手は過酷なシフトで有名だったけど、環境はだいぶ改善されている。長時間の拘束があっても、明け番の丸一日は完全に休日だ」

「羨ましいですね」

木村がさらりと答えた。仲村は肩を強張らせた。これが闇残業の実態なのだ。

不意に制服姿の自分の顔が浮かんだ。警察学校卒配後、城北地区の所轄署の交番勤務で警官人生がスタートした。

交番勤務も二四時間連続が基本となる。終業時の引き継ぎや先輩や上司の教養という名の手柄話や訓示に付き合わされ、だらだらと時間がすぎることが多かったが、その後の非番では次の勤務となる三日後まで休むことができた。

「明らかな労働基準法違反だね」

「ええ、私は知っています」

木村が〈私は〉の部分に力を込めた。

「法律を知っているので、ちゃんと手当を受け取っていますよ。ただ、他のスタッフさんはどうか知りませんけど」

木村が肩をすくめた。口元は笑っているが、両目は醒めている。狡猾……その目つきはそう受け止めることもできるが、実態は違う。木村は冷静に熊谷の性格を観察し、良いように使われるのを拒んでいる。

「どういう意味だい？」

焦れた様子の関が尋ねた。

「泊まり番は、仮眠の時間があります」

「そりゃ、そうだよ。誰だってぶっ続けで働くことなんてできない」

関が声を荒らげたが、木村は力なく首を振った。

「でも、施設長の理屈は違います。仮眠すなわち眠ること、それは休んでいて仕事をしていない時間。ならば金を払う理由がない……他のスタッフに対し、施設長はそう言いくるめて手当を一切払っていません」

「そんなバカな」

関が身を乗り出した。仲村は慌てて若い相棒を制した。

「正規のシフト表でスタッフの夜間勤務や泊まり分の割増料金を国に請求し、実際の現場ではスタッフをタダでこき使う。私以外のスタッフはみんな素直で、いえ、洗脳されているからこれが当たり前だと思っていますけど」

「酷いな」

にわかには信じがたい。だが、木村の真剣な表情を見る限り、話に嘘はなさそうだ。

「面接に来た元銀行マンを落としたのも、法律に詳しそうだから、都合が悪いと思ったのかもしれません。でも、私みたいな元キャバ嬢だってネットで調べたりできますからね」

「なるほど」

仲村は納得した。木村の言う通り、新型ウイルスに伴う大不況で介護業界は人材の選り好みをできる立場にある。法律に疎そうな人材を選べば、さらに不正がうまくいくという理屈なのだ。

「キャバ時代のお客さんに社労士さんがいるんです。今も親身に相談に乗ってくれるお爺ちゃんです」

「その方はどう答えたの？」

「無茶苦茶だって、怒り出しちゃって。もらえるはずの手当の累計(るいけい)までやってくれたんです。その資料を施設長に見せたら、顔が青くなりました」

木村がクスリと笑った。

「施設長は私にこう言いましたよ。割増分の手当も払うから、他のスタッフには絶対に黙っていろ、ですって」

「なるほどな」

仲村は唸った。他の職場であれば、正当に支払われるはずの手当が出ない。誰だっておかしいと抗議する。だが、洗脳を経たスタッフたちはまったく疑問を抱いていなかった。木村が狡猾なのではなく、普通なのだ。タダ働きをさせて水増し請求を行う……そんな仕組みがのさばっている介護という業界は頭抜けて異常だ。

「少し待って」

木村に断り、仲村は背広から手帳を取り出し、聞いた話の要点を記し始めた。闇残業、泊まり番に手当なし……メモを取るペンの筆圧が必然的に上がっていく。

メモを取り終え、仲村は顔を上げた。目の前にいる木村が肩をすくめた。

「ついでだから、お話ししちゃいますね。まだこんなことがあるんですよ」

木村の声を聞きながら、仲村は密かに拳を握りしめた。チェリーホームの利用者送迎用のミニバンが目に浮かぶ。あちこちに擦り傷があり、大きな凹みも放置されていた。

施設の顔ともいえる名入りのミニバンの異変を通じ、経営状態になにかあると気づいていたが、ここまで腐っているとは思わなかった。母にこの施設を利用させる、あるいは入居させるのはごめんだ。母の健康を案じた尚人の顔が頭をよぎる。

相談に乗ると幼なじみは言った。木村が告げたような内容を伝えたかったのか、それとも尚人も完全に洗脳され、他のスタッフと同じように料金請求の水増しに母を利用しようと考えていたのか。

「闇残業のほかに、典型的なのが夜間の排泄介助です」

排泄、介助という言葉に触れ、こめかみに血管を浮き上がらせた真弓の顔がよぎった。木村の言った通り、夜間に一人で用足しできない老人たちの世話をすることにほかならない。だが、これがどんな不正に絡んでいるというのか。

「寝たきりの利用者さん、それに認知症が進んでいる方々には当然介助が必要です。でも、自分でトイレに行き、不自由なく用を足せる人までも介助が必要だということにするんです」

話は単純だった。一人当たりどの程度金額が上乗せされるのか知らないが、少しでも介護報酬を多くもらうためには、こんな形で水増し請求が行われている。

「他にもありますけど、もうキリがないですから」

木村が小さく息を吐き出し、言葉を継いだ。

「私がバラしたなんて、施設長に言わないでくださいね」

「もちろんです。我々には守秘義務があります」

　仲村は木村に頭を下げた。だが、今回知り得た事柄は、母の介護に役立てる。情報を流用するなど初めてだ。刑事失格だと思うが、差し迫った事態に対応するためにはいたしかたない。

「私、こんな理由があるから他のスタッフとは距離を取っているんです。浮いているのは自覚しています。でも、ケアマネジャーになるためには、人様が虐げられようがかまってはいられません」

　でたらめな勤務体系と劣悪な賃金環境。そんな中で、木村はしたたかに生きている。新人の女性がしなりのない竹刀だとしたら、木村はさしずめフェンシングのサーブルなのだ。咳払いしたのち、仲村は切り出した。

「ところで、今後、チェリーホームのオーナーが誰になるのかご存じですか？」

「誰がオーナーになったとしても、現場を仕切るのは今の施設長ですよね。だったら、なにも変わらないと思います」

　その諦めた様子から、木村には買収話が伝わっていないことがわかった。

「なるほど。では、最後にお尋ねします。前オーナー、つまり被害者の藤原さんに強い恨みを抱いていた者、あるいは最近トラブルになったような人物に心当たりはありませんか？」

「ありません。あまりホームに顔を出さない人でしたし、いらっしゃってもいつも施設長とだけ話をしていましたから」

木村の表情は変わらない。チェリーホームのスタッフのほとんどは、熊谷に洗脳され、労基法違反の状態がまかり通っていることを不思議とも思っていなかった。木村の話を聞くにつけ、熊谷は藤原の従順な手下であり、藤原の指示の下で不正を重ねていたように思える。だが、藤原を亡き者にすることで、熊谷は自分がより大きな旨みを得ることができると感じたのだとしたら……。さまざまなシナリオが頭の中を渦巻く。

「それじゃ、そろそろ娘を迎えに行きますので」

木村の声で仲村は我に返り、関とともに深く頭を下げ、礼を言った。

# 第六章 壊疽(えそ)

1

ノートパソコンの小さなカメラに向け、松島は早口で事業に関する説明を続けた。目の前の液晶画面には、二名の米国人投資家の顔があり、一様に頷いている。

スイートルームの執務机では、秘書の伊藤が画面に映り込まぬよう気を遣いながら、マグカップに三杯目のコーヒーを注ぎ始めた。

顎(あご)を引き、画面の右隅にある時刻表示に目をやる。午後七時三分、リモート会議前にメイクを直し、キーボードの脇にある小さなランプを灯した。松島は一言一言に力を込めた。

ネット回線の向こう側はニューヨークのウォール街関係者だ。現地時間は午前六時三分、現地のヘッジファンドのマネージャーらは皆早起きで、早朝からテレビ会議をこなす。各々が出勤時間を意識するタイミングでもあり、彼らの興味を引きつけ続けるためには、さらに強い言葉が必要となる。

「日本の介護サービスの概要について説明します。日本は急速に超高齢社会化が進んでいます。六五歳以上の人口が二八％を超えてしまいました」

チェリーホームの買収を決めてから、何度も投資家向けに説明してきた文言をメモなしで読み上げる。

「日本政府は、増え続ける高齢者の介護政策について大きく舵を切りました。もはや税金で支えきれない日が来ることが明白なため、民間や地域社会で高齢者を支える方針です」

松島の説明に二人の投資家が眉根を寄せた。一人は、中規模ヘッジファンドのプライベートエクイティ担当のアナリストで、前職で同僚だったサイモン、もう一人は大手投資銀行系列の運用会社で投資責任者を務める中国系アメリカ人の劉だ。

「日本で起きている超高齢社会の到来は、今後欧米はもちろん、中国などアジア諸国でも深刻な問題となります」

日本の経済全体のパイが縮んでいることを、目の前の投資家たちは何年も前から熟知している。日本というキーワードだけで彼らの興味を引きつけておくことは不可能だ。松島はあえて中国とアジアというキーワードを加えた。二人が前のめりになったのがわかった。

「政府の介護保険制度の改正以降、介護施設では不正請求が増加し、業界に対する社会的なイメージも著しく低下しました。このほか、慢性的な人手不足で、サービスを受けたい高齢者が長蛇の列をなす深刻な事態も続いています」

　松島が告げると、サイモンがなぜそんな業界に投資するのかと怪訝な顔で尋ねた。

「他の投資家が注目していないからこそ、旨みがあるのです」

　松島の言葉に、サイモンが口元を歪め、笑った。だからゴシップ週刊誌にあらぬ疑いをかけられたのでは、と茶化す。

「あの報道については、解決した話です。コンプライアンス的にはなんの問題もありません」

　毅然と言い放つと、画面の中のサイモンが肩をすくめた。だが、彼は食い下がった。自身の手元にある紙の資料をめくりながら、昨年の日本の介護事業者の倒産は約一二〇件で過去最高水準だと告げる。

「サイモン、その通りです。新型ウイルスの感染拡大で施設やサービスの利用手控えが急増し、中堅中小事業者の経営を直撃しました」

　松島が答えると、画面の中でサイモンが首を傾げた。

「日本政府は次年度の介護報酬をわずかにプラス方向に改める方針を決めていますが、中長期のダウントレンドを変える起爆剤にはならないでしょう」

　サイモンは再び無謀な投資ではないかと言った。だが、松島は強く首を振った。

「先にお送りしたファイルを開いてください。そこに答えがあります」

松島の言葉を受け、サイモンと劉がファイルを開いた。

「こちらは買収先となる東京の新宿区にあるチェリーホームです。入居する高齢者は約九〇名、介護職員数は約三〇名で、小規模な介護施設です。新宿区は東京の真ん中に位置し、交通の便もよく、住宅街もあります。平均的な施設利用月額は約三〇万円に対し、チェリーホームは一〇万円とかなり利用額が抑えられています」

松島が説明すると、劉が小さな施設に投資してリターンは期待できるのかと切り込んだ。松島は、弁護士の西村に見せたものと同じ資料を画面に映した。

「人工筋肉、その他私が日本国内で見出したベンチャー企業の優れた技術を介護事業に投入します」

松島が説明を始めると、劉は新技術がどう介護と結びつくのかと問いかけた。松島は一瞬、傍にいた伊藤に目をやった。

今まで何人もの投資家に同じプレゼンを行ってきたが、いつも似たようなリアクションがある。今回も巨額の資金を動かす投資家が興味を示したのだ。

「先ほど申し上げた通り、従来型介護ビジネスは限界に達しています。そこで、私どもアインホルン、それにベンチャー企業の経営者たちは介護施設の利用者、すなわち高齢者たちの自律を促すプログラムに着目しました」

自律という言葉に、眼前のモニターにいる投資家たちのテンションが上がった。金の匂いに敏感な投資家はそれぞれのパソコンのカメラを睨んでいる。

「具体的に人工筋肉とは……」

　松島はすらすらとプレゼンを続けた。暗記するほど読み込んだ資料、そして若き研究者たちと口角泡を飛ばしながら議論し、研究開発を行い、様々なテストで熟成を進めたテクノロジーの数々が頭をよぎる。

　同時に、無口な中年男の顔も浮かんだ。

〈難しい話は、聞いてもわからないよ〉

　はにかんだように笑ったあと、尚人は中トロの握りを口に運んだ。チェリーホームを買収すれば、尚人は組織の中軸となるヘルパーだ。幼なじみという関係以上に、松島の主義主張をより深く理解してほしい、そう考えて尚人を麻布十番の鮨屋に誘った。

　冷酒を飲みながら、松島は新たに導入するテクノロジーの説明を続けた。

〈利用者が自分で歩く？　それに、自分で身の回りの世話をすることができるの？〉

　人工筋肉を装着したスーツや補助用具の話を始めると、尚人の目が輝いた。大きな湯呑みに入った烏龍茶を飲んだあと、自分の腕を使って介助の動作や仕組みを話し始めた。

〈足の悪い利用者が自分の足で散歩に行けるだけでも、相当なストレス解消になる。詳しいデータは知らないけど、認知症の症状緩和にも役立ちそうだね〉

　日々現場で対峙している尚人は目を見開き、高齢者の自律というキーワードに鋭く反応した。

〈利用者さんたちは、本当は自分の家で最期を迎えたいんだ。でも、体の自由が利かな

くなって、家族に負担をかけたくないから嫌々施設に入る。だけど、環のプランが実現したら、彼らの世界は一変するよ〉

尚人の言葉が松島の背中を強く押した。

この投資案件は、絶対にいける。あの時改めて抱いた確信を込め、松島は目の前の液晶画面を見つめた。

「新しいツールの投入のほかにも、切り札があります」

松島の発したキーワードに、投資家たちが姿勢を正した。

「日本政府は、従来型の介護ビジネスに見切りをつけ始めたと同時に、新たなビジネスモデルには強い関心を示しています」

松島は共有ファイルのページを変えた。

〈地域包括ケアシステム〉

英文資料を一瞥(いちべつ)し、このシステムの中には投資家に高いリターンをもたらす新たな鉱脈が埋まっていると加えた。

「これは高齢者が自分の家で人間らしい最期を迎えるために、自治体や医師、介護ヘルパーや住民たち、地域全体で高齢者を見守る概念であり、既に実践に移しているエリアが日本には多数あります」

松島は具体的な都市や地域の名前を挙げ、話を続けた。

「申し上げた通り、施設だけでの介護は限界にきていて、今後は在宅でのサービスが主流になっていきます。政府もこうした方針を支持し、特区を作る動きも加速しています」

松島が言い終えると、劉が口を開いた。急増する高齢者を地域の緩やかなサービスだけでカバーし切れるのか。また、コスト面はどうなっているのかという主旨だ。

「そこで、日本で初めての試みを導入する予定です。この取り組みが成功すれば、やがて世界標準となっていくことは間違いありません」

世界標準という言葉に力を込めると、投資家たちの目つきが変わった。日本だけでなく、世界で通用するビジネスモデルならば、初期投資した金が何倍にも膨らむことを熟知したプロの目線だった。

「その試みとは……」

松島が口を開きかけたとき、パソコンの左下にメール受信のランプが灯った。

「少しお待ちください」

咳払いして間合いを取り、松島はメールを開封した。

〈四〇年前のことがあるから、松島は絶対俺に逆らわない、いや逆らうことなどできない〉

件名も本文もないメール。藤原の言葉を記したメモだけが添付ファイルとして送られていた。

「もう少し……」

短く告げたあと、松島は咳き込んだ。急に呼吸が苦しくなり、胸を押さえた。目眩が襲ってくる。胸元に鋭い痛みも走る。大きな手で心臓を鷲摑みにされたような感覚だ。

「社長!」

伊藤が慌てて駆け寄った。

「大丈夫……」

自分でも声のトーンがおかしいのがわかった。

「すみません、五分後に再開します」

伊藤が英語で投資家に告げると、一旦リモート会議の回線を閉じた。

「どうしたんですか、社長?」

伊藤の問いかけに、松島はメールに添付されてきた画像を指した。人差し指が小刻みに震えているのがわかる。

「どういうこと?」

伊藤が露骨に顔をしかめる。

「あなたには、必ず後で全てを話すわ。でも、絶対に負けない。今は負けるわけにはいかないの」

松島は声を絞り出した。

## 2

自宅マンションから中野坂上方向に一〇分ほど小径を進むと、コインパーキングの隣に築二六年の木造モルタル造り、二階建てアパートのシルエットが見え始めた。

腕時計に目をやる。時刻は午後九時二〇分。牛込署で夜の定例会議が開かれ、チェリーホーム施設長の熊谷を明日にも任意同行する方針が決まった。熊谷とともにタクシーに乗車していた半グレの友人から供述が得られ、事件当日の犯行時間帯に三三号棟近くにいたことが確認されたためだ。

仲村は行確チームとともに、熊谷が明日仕事を終えたタイミングで声をかける役目を任された。捜査の網が着実に狭まってきた。会議が終わると母の様子が気になった。

事件発生直後から妻の真弓が母の変調を訴えていた。実際に様子を見たい。母がいまどのような状況なのか、自分の目で確かめたかった。

最寄りの東中野駅から、仲村は一五分ほど歩き、母のアパートを目指した。

母の部屋は一階奥の角部屋だ。六畳間と三畳のキッチン、トイレと浴室が付いて月に五万八〇〇〇円。家賃は母と仲村が折半している。ゆっくりと歩を進め、部屋のドアをノックする。

「俺だよ、勝也だ」

ドアの前で告げると、小さな足音が近づいてくるのがわかった。

「こんな時間にどうしたの？」

母が驚いた顔をのぞかせた。

「具合を見に来た。邪魔するよ」

仲村は狭い三和土で靴を脱ぎ、母の部屋に入った。母は薄手のスウェットの上下を着ていた。右手の先に白いギプスが見える。

「痛みは？」

「ようやくなくなったけど、ギプスの下が痒くてね」

顔をしかめたあと、母は六畳間へ入るよう促した。真弓が二日に一度掃除や片付けを手伝っているため、部屋は綺麗に片付いている。畳の上には小さな卓袱台があり、老眼鏡と文庫本が置いてある。

「あと一週間くらいでギプスが取れるの。そうなれば、真弓さんに迷惑をかけることもなくなる」

「無理するなよ。真弓には俺からも頼んでおくから」

仲村は途中のコンビニで買った惣菜のパックと缶ビールを取り出し、卓袱台においた。

「夕飯食っていないんだ。失礼するよ」

ビールのプルタブに手をかけた直後、母が腰を上げた。

「ちょうどお友達からロースハムもらったのよ。おつまみに食べるでしょう？」

「いいから、座ってくれよ」

仲村が制しても、キッチンスペースに向かい、シンク下の冷蔵庫の扉を開けた。

「あ、包丁握れないんだった」

「俺が切るよ、ちょっとならお袋も食べるだろ？」

「そうね、いただこうかしら」

母は笑みを浮かべると、六畳間に戻った。母は卓袱台の前に正座し、民放のドラマをぼんやりと観始めた。

こまめに手入れしているからか、組板(まないた)に載せた文化包丁はピカピカだ。仲村は小さな冷蔵庫を開け、中段にあるハムの塊を取り出した。

四〇年前、父親が上等なハムを気前の良い施主からもらい、持ち帰ったことがあった。今度いつ食べられるかわからないと言いながら、母が極薄にカットしてくれたことを思い出し、仲村は苦笑いした。

富丘団地での暮らしは絵に描いたような貧乏生活だった。煮物や野菜炒めばかりだったが、三食欠けることなく飯が食えたのは、腕の良い鳶(とび)職人の父、家計をやりくりしていた母のおかげだったと改めて思う。

切ったハムを小皿に盛り付け、マヨネーズと七味唐辛子を添える。いつの間にか父親とつまみの好みが似通ってきたことに気づいた。

「お待たせ。食べようか」

小皿を持って六畳間に入り、腰を下ろす。卓袱台に置いたスマホに連絡がないことを確認すると、缶ビールを開け、母の左手に姫フォークを渡す。

母に特段の変化はない。転んで骨折したショックで、一時的に記憶障害が出ただけではないのか。他愛もないドラマに笑う母の横顔を見つめ、仲村はそう思った。

「忙しいの？」

ハムを口に運んだあと、母が言った。

「まあね。今は団地の事件を担当している」

ビールを一口喉に流し込みつつ告げると、母は床にあった夕刊を手に取り、社会面を広げた。

〈捜査難航の兆し〉

大和新聞の社会面の見出しが目に入った。

「藤原さんって、あの羽振りが良かった人よね」

二枚目のハムにフォークを刺し、母が顔をしかめる。

「最近は歌舞伎町でも顔役的な存在だったらしい」

母は昔から藤原のことをよく思っていなかった。三三号棟だけでなく、多くの貧乏家庭は藤原から小金を借り、高利に苦しんでいたのだ。

母が泣きながら父に懇願し、団地内の友人に少額の金を融通していたこともあった。藤原に借りるくらいならと、そのときばかりは父も協力していたようだ。

「お袋、藤原さんに恨みを持つような人間に心当たりはないか？」

「富丘団地のほとんどの人が嫌っていたからね。それに、今の様子はとんとわからないわ」

母が肩をすくめた。父の死後、母は富丘を離れた。これを境に、かつて交流のあった団地の人々とほとんど会わなくなり、最近は年賀状のやりとりのみだという。無理もない。あれほどたくさん遊び仲間がいた仲村自身もいま団地の人間とは接触がない。

「藤原さんは飲食業のほかに、最近は介護施設の経営にも乗り出していた。その施設で尚人が働いている」

仲村が告げると、母が目を見開いた。

「絵の上手な尚人君よね？」

「おとなしい子供がそのまま大人になっていた。相変わらず無口で、性根は変わっていなかったよ」

捜査を通じて尚人に再会した。藤原がオーナーとなっている施設でヘルパーとして働き、利用者から信頼されているようだと伝えると、母の表情が緩んだ。

「あの子は優しいわよね。いつもお母さんを庇(かば)っていたし、私になにかあったら、尚人君のお世話になろうかしら」

母が軽口を叩いたが、仲村は曖昧な笑みでごまかした。尚人がずっと担当してくれるなら考えるが、楠木という中年ヘルパーに任せるのは絶対にごめんだ。

話題を逸らすため、仲村は口を開いた。

「環にも会った」

「ガリガリに痩せていた女の子だったわね。今は元気なの？」

「元気どころか、有名人になっている」

仲村はスマホに触れ、写真ファイルにある週刊誌の記事を母に向けた。

「投資家？　なんだかすごいわね」

「頑張って勉強して、外資系の証券会社に入って大層な出世をしたらしい」

母はスマホの記事を追っている。環は小学四年のとき、父親の暴力から隔離するため、児童相談所によって養護施設に入所した。その後は、遠縁の親戚の家に引き取られ、勉学に励んだと触れられていた。詳しい経歴は仲村にもわからないが、奨学金を得て高校、大学へと進んだ。そして生き馬の目を抜くような外資系証券会社に入社した。

「あの団地からそんな有名な人がでるなんて、夢みたいね」

母がスマホの画面に目を凝らしながら言った。

「尚人君と環ちゃんは結婚しているの？」

「二人とも独身だった」

「それじゃあ、良い人見つけなきゃね」

母が淡々と言い、視線をテレビのドラマに転じた。

仲村がスマホに映る環の顔を見つめていると、次第に写真が奇妙な形に捻（ねじ）れる錯覚にとらわれた。鮮明なカラー写真から色が抜け、白黒に変わる。同時に、自信たっぷりにプレゼンする環の顔が若返り、みるみるうちに少女になった。

四〇年前のあの夏の日の環の顔だ。同時に、陽炎の向こう側に消える尚人と環の幼い後ろ姿が脳裏をよぎる。その横には、背の高い藤原と派手なワンピースを纏った肉付きの良い女がいる。

〈あの日、なにがあった？〉

恵比寿のオフィスで尋ねると、環の表情が凍りついた。

仲村は強く首を振り、母の横顔に意識を戻す。依然として、番組を見ながら笑みを浮かべている。否応なく、あの日の笑顔を思い出した。

〈今日は勝也の好きな豆腐チャンプルー作るから、早く帰っておいで〉

母の一言がなければ仲村も藤原についていったかもしれない。自治会の集会所に向かった二人になにが起こったのか。もう一度、強く首を振り、頭に浮かんだ陽炎を無理矢理振り切ったときだった。

「お父さん、お帰りなさい！」

目の前の母が素っ頓狂な声をあげた。

「ごめんなさい、今日は若い職人さんたちと飲んで帰ってくると思ったから、お夕飯作っていないの。お腹減ったでしょう？　すぐに作るわね」

突然、母が立ち上がり、キッチンスペースに向かった。

「母ちゃん！」

「あれ、勝也がまだ帰ってきていないわね。また野球に行ったのかしら。仕方ない子ね」

母は笑みを浮かべながら左手で器用に食器棚から小皿とコップを取り出し始めた。

「母ちゃん！」

戸棚に体を向けた母を、背後から強くつかんだ。

「お父さん、困りますよ。勝也が見たらなんて言うか」

母はなおも左手で食器棚から小皿を取り出そうとしている。

「美味しいご飯を食べて、お風呂に浸かってくださいな。そうすれば、いっぺんに疲れも取れるから」

小学生の頃、何度も聞いた母の優しい声音だった。

「母ちゃん！」

仲村はさらに腕に力を込めた。

3

〈次の交通情報は、一時間後にお伝えします〉

ダッシュボード脇にあるスピーカーから、ＦＭラジオの女性パーソナリティーの軽やかな声が響いた。仲村は助手席で腕を組み、諏訪通りを行き交う車を睨む。宅配便や食品会社の名前入りのトラックが何台も覆面車両の脇を通り過ぎた。

「食ってもいいですか？」

コンビニで買った惣菜パンを持ち上げ、関が言った。

「先ほどの連絡では、熊谷はまだ北新宿の自宅(ヤサ)です。時間はあります」

「構わんさ」

仲村が小声で言うと、関が乱暴に封を切り、視線を前方に固定したままパンを口に運び始めた。

昨夜、仕事終わりの熊谷を牛込署に任意同行する方針が決まった。監視下にある熊谷に不自然な様子はなく、あと少しで西早稲田のチェリーホームに出勤する。熊谷に張り付いている捜査員たちから逐次情報が入るため、仲村と関の車両に緊迫感は乏しい。

「連絡があるまで体を休めておけ。どうせ遅くまで飲んだんだろ？」

「……はい。しかし、午前零時前には解散しました」

バツの悪そうな顔で関が言った。

仲村は腕を解き、右手で目元を拭った。昨夜は一睡もできなかった。瞳が乾き、視界が霞む。初めて母の異変に気づいたときの真弓の驚きがいかばかりだったか。瞼(まぶた)の裏には母の顔が張り付き、耳の奥では柔らかな声音が反響し続ける。

〈コップを持ってきますから、ビールを缶のまま飲まないで〉

仲村に誘われ一旦テレビの前に戻ったものの、母はまたすぐ嬉しそうにそう言って足取りも軽やかにキッチンに向かった。戸棚から綺麗に磨き上げたタンブラーを取り出し、卓袱台に置く。呆然としている仲村の前に置かれた缶を取り上げると、母は綺麗に泡をたててビールを注いだ。

目の前にある母の顔を凝視した。目の焦点は合っていたが、どこか遠くを見ているような気がした。

動揺する仲村の傍らで、四〇年前の団地の清掃活動や町内会の連絡簿について一通り話すと、母は安堵の息を吐いた。

話に登場した人々は、仲村が小学生時代に出会った面々だった。帰宅する機会の少ない父が戻ってくると、仲村は素直にはしゃいだ。同じように母も寂しさを感じていたのだ。父の帰宅時、母は遅くまで晩酌に付き合い、団地で起きた出来事を話し続けていた。母の心の中で、父にそっくりになった仲村の顔が古い記憶を手繰(たぐ)り寄せたのだろう。

小一時間話に付き合ったとき、仲村は声を振り絞って休んでくれと告げた。母は素直に応じ、布団を敷き横になった。部屋の灯りを落とし、仲村は狭いキッチンスペースに卓袱台を運び、板の間に座り込んだ。

横になった母がかすかな寝息を立てているのを呆然と見つめるうち、不意に涙が頬を伝い落ちた。同時に、少年時代の思い出が頭の中を駆け巡った。

関東一円の現場を飛び回り、ほとんど帰宅しなかった父が一度だけ運動会を見に来た。学年対抗リレーで代表選手となった仲村は張り切って走った。だが、最終コーナーで転倒し、一位からビリになった。あの日、父は黙って仲村の頭を撫で、母は擦りむいた膝小僧に絆創膏(ばんそうこう)を貼ってくれた。

〈勝也が一生懸命にやったのは全員が知っているよ〉

母の優しい一言で、悔しさがまぎれた。翌日、仕事休みだった父とともに、初めて後楽園球場に行き、ナイターを観戦した。父はひたすらビールを飲み、無言で巨人の敗戦を見つめ続けた。

〈負けても立ち上がればなんとかなるさあ〉

四杯目のビールに口をつけると、父が一言だけ告げた。

奉職後、同期に昇進で後れを取った。機捜（キソウ）、本部一課とキャリアのステップを登ってきたが、お世辞にも順風満帆な足取りではなかった。一〇年前、目の前で容疑者に逃走されたことがある。五年前、完落ちさせ、送検した被疑者に公判で自供を覆されたこともある。だが、あの日の父の言葉が常に心に刺さっていた。組織に失望し、厳しい仕事から脱落して警察を辞める同僚が多い中、なんとか刑事を続けてきた。

スマホで認知症の症状を検索した。食後に過去の映像がフラッシュバックする症例があるとの記述を見つけた。

息子の突然の訪問、そして父が大好きだったロースハム。母の記憶の中で、いくつかのパズルのピースが組み合わさり、症状が現れたのかもしれない。

朝になると、起床した母はいつもと変わらぬ様子だった。息子の訪問も覚えており、ハムを食べたことも鮮明に記憶していた。ただ、いつ寝入ったのかは自分でもわからないと言った。

母をアパートに残し、自宅マンションでシャワーを浴び、牛込署に向かった。

移動する間も、幻影を見ていたときの母の顔がなんども頭をよぎった。妻の真弓によれば、症状が出るのは一日に一、二回だそうだ。ネットの情報では、その頻度が増えるペースは人により違いがあるという。母はこのままなのか。それとも、頻繁に幻を見るようになってしまうのか。

スマホを取り出し、「介護施設」と検索欄に打ち込もうとしていたときだった。

〈牛込三号より、対象異状なし〉

ダッシュボードにある無線機から若手捜査員の声が響き、仲村は我に返った。ラジオの横にあるデジタル時計は午前八時〇二分を指している。

「木村さんからうまく情報を引き出せました」

二個目のパンを食べながら、関が言った。

「熊谷に情報は抜けていないな？」

「もちろんです。内密にと強く念を押しました」

昨夜の会議では、関が木村に協力を仰ぎ、熊谷の勤務時間を聞き出す方針も定まった。その後、関と木村の連携はうまくいき、情報通り熊谷は午前七時半に北新宿の自宅マンションをチェリーホーム所有の小型車で発ち、同七時四八分に西早稲田のホームに出勤した。

チェリーホームの周囲には、一〇名の捜査員が分散して配置されている。仲村と関は覆面車両、施設近くの駐車場には本部のミニバンがあり、四名がビデオカメラで録画しながらホームの様子をうかがっている。

このほか、ホームの裏手にも二台の車両が配置され、万が一熊谷が裏口から逃走するようなことがあっても、対応できるように準備した。

「午前中は新しいヘルパー候補四名の面接をこなし、その後は昼過ぎに都庁と新宿区役所に行くようです。それまではホームにいるはずです」

関がすらすらと言った。

「変な気を起こさなきゃいいがな」

熊谷は疑われていることを知っている。また、介護報酬の不正請求という後ろめたさもある。警察が包囲網を狭めていると察すれば、突発的な行動を起こす懸念もある。

「自宅（ヤサ）を張っている班によれば、気負ったところはなかったようです」

「たしかに、そんな感じだったな」

ほんの数十分前、仲村らが乗った覆面車両の脇を熊谷の乗った小型乗用車が通り過ぎた。ちらりと見えた横顔に力んだ様子はなく、淡々としていた。

「大人しく要請に従ってくれることを祈るのみだ」

仲村が言った直後、見覚えのあるミニバンが通り過ぎた。パステルカラーのボディ、そして後部扉の周辺が凹んでいる。ホーム近くでミニバンが停車した。

「尚人だ」

運転席のドアが開き、尚人が降車して後部座席の方向へと小走りで進むのが見えた。

「少し様子をみてくる。熊谷に変な動きがあったら、すぐに報せてくれ」

関に指示をして、仲村は車を降りた。

諏訪通りの歩道の隅をゆっくりと歩き、ミニバンとの距離を詰める。尚人はミニバンの後部扉を開け、手際良く車の中からリフトを引き出し始めた。

後部座席には、車椅子と白髪の頭が見える。仲村は町内会の掲示板の陰に身を隠し、様子をうかがった。

尚人が後部扉近くにあるボタンを押すと、ミニバンのフロア下にあったリフトの鉄板がせり出した。鉄板の上に車椅子を移動させ、別のボタンを押せばゆっくりと地面へと下がる仕組みになっているのだ。

車椅子の老婦人に声をかけると、尚人は車椅子を引き、鉄板の上に移動させた。念入りに鉄板の周辺を見回した尚人は車椅子のストッパーをチェックし、動かないことを確認する。もう一度、老婦人に声をかけ、ボタンを押した。

仲村の視線の先で、車椅子がゆっくりと降下し、地面に着いた。尚人は笑みをたやさず、老婦人と言葉を交わしている。この間も、尚人は周囲を見回す。乱暴な運転の自転車や、通りを行き交う車を慎重に見極める。

尚人に体を預ける老婦人を見ているうち突然、母の顔が浮かんだ。仲村の顔を見ながら、たおやかな笑みを浮かべ続けた母は、壊れ始めている。だが、尚人のようなヘルパーなら、安心して母を預けられるのではないか。

「さあ、今日は誰が来ていますかね」

尚人が老婦人に声がけした直後だった。背広のポケットでスマホが振動した。取り出すと、関からの電話だった。

〈ホームの裏口の担当から連絡。熊谷が小走りで半地下駐車場に向かいました〉

「了解、ホームに向かう」

運転席の関に視線を送ると、仲村はチェリーホームの裏口方向へとつながる小径を駆け出した。尚人と車椅子の老婦人がいるのは別方向で、路面が荒れているものの直線距離ではこちらが早い。小中学生のとき、近隣を走り回った頃と様子は変わっていない。

走り始めて三〇メートルほど来たときスマホが再び震えた。

〈熊谷、車を出すかもしれません〉

「了解、急ぐ」

走るピッチを上げた直後、閑静な住宅街に甲高い排気音が響いた。さらに小径を走ると、待機していた捜査車両から牛込署の捜査員が飛び出し、ホームへと走っていく後ろ姿が見えた。若手だけあって、かなりのスピードだ。

その直後だった。半地下の駐車場からパステルカラーの小型乗用車が猛烈な勢いで飛び出してきた。

「おい、停めろ！」

仲村が声を張り上げ、若手が振り向いた。

「いいから、停めろ！」

若手がさらに走るピッチを上げ、右手で小型車を制したが、一瞬の差だった。顔をひきつらせた熊谷がハンドルを握り、猛スピードで駆け抜けた。

「すみません」

ようやく通りに出ると、若手が悔しげに小型車を見送った。

「仕方ない。早く車両に戻れ」

仲村の声に、彼は弾かれたように元の位置へと駆け戻った。その直後、タイヤをきしませ、覆面車両が仲村の傍らに急停車した。

「乗ってください！」

関が叫び、運転席から手招きした。

「でかした」

仲村は助手席に滑り込み、二〇〇メートルほど先にいる小型車のテールランプを睨んだ。

4

「施設長、なんだか慌てて出ていきましたけど。石井さん、なにか聞いていますか？」

篠原とともにホームの玄関に着くと、ホールの奥から木村が駆け寄ってきた。

「いや、なにも」

石井が答えると、木村が顔をしかめた。

「施設長、出かけたの？」

「ええ、お昼前に新規採用の面接があるんですけど、忘れちゃったのかな？」

「さあ……」

昨日ホームを後にする前、控室で職員の予定を書き込むホワイトボードをチェックした。熊谷の欄には〈面接〉、〈都庁→新宿区役所〉と書かれていた。

「直前になっても戻らなかったら、携帯を鳴らしますね」

木村はそう言うと、車椅子の篠原の前で膝を折った。

「おはようございます、篠原さん。今日はお風呂に入りましょうね」

「ありがとうね。いつも楽しみにしているから」

篠原はゆっくりと告げ、周囲を見回し始めた。異変を察したのか、木村が少しだけ眉根を寄せた。石井が目で合図を送ると、木村が察したように口角を上げた。

「タミちゃん、なんで遅れたのよ。私、五徳の前でずっと待っていたんだから」

篠原の声音が突然変わった。誰もいないホールの壁に向け、何度も手招きをしている。

石井は木村と顔を見合わせ、互いに頷いた。石井には原因がわかった。

「息子さんが寝坊して、朝ごはんが普段より二時間も遅かったからだと思う」

「そうか、それで……」

木村はもう一度眉根を寄せ、ゆっくりと篠原の名を呼んだ。だが、篠原はずっと女の名を呼び、手を動かし続ける。

篠原はタミという友人と一緒に富丘団地の西通り商店街に行き、その後は喫茶店でコーヒーを飲む約束を交わしていたという。

三〇分前、三三号棟の呼び鈴を鳴らしたとき、慌てた様子で石井と同世代の息子が玄関に顔を出した。右手には食べかけのトーストがあった。認知症の特徴的な症状は食後から数分、数十分のタイミングで起こることが多い。石井も木村も日々の仕事から、皮膚感覚でそのことを知っている。

〈すみません、夜勤続きで寝坊してしまいました〉

コンビニのアルバイト、食事宅配サービスの配達員を兼務する四〇代の息子が申し訳なさそうに頭を下げた。狭い三和土の奥には折り畳みの小型自転車が見えた。介護の仕事も体を酷使するが、この息子の方が疲弊の度合いは明らかに酷い。

まして二つとも接客業だ。立ちっぱなしの業務、そして近隣を漕ぎ回る配達で体力と神経をすり減らしている。謝っている息子が気の毒に思えた。

「タミちゃん、早く行かないとお買い得の洗剤が売り切れちゃう」

篠原の言葉は止まらない。石井の頭にチェリーホームの利用者数人の顔が浮かんだ。元銀行支店長や元校長たちだ。かつてどんなお堅い職業に就いていようが、加齢が進むとともに否応なく身体が衰える。もちろん、彼らが拠り所にしていた優れた頭脳も例外ではない。今、車椅子に乗っている篠原同様、認知症は誰にでも分け隔てなく現れる。

車椅子を押しながら、昨夜自宅で読んだ専門書のページが頭に浮かんだ。篠原の認知症は、正式名称をレビー小体型認知症という。脳のあちこちにレビー小体という蛋白が蓄積することで、脳の正常な神経細胞が圧迫され、次第に減っていく。

「一旦、ホールに行きましょうか」

石井は篠原の耳元で告げた。石井の言葉が全く耳に入っていない篠原は、タミと会話を続ける。

「あっ……ちょっとすみません」

ホームの制服からスマホを取り出した木村が、困惑したように顔をしかめた。電話かショートメッセージか。

「構わないよ」

木村は車椅子から離れ、玄関の方向に小走りで去った。口元を手で覆い、会話を始めた。心配だが、今は仕事をこなさねばならない。

「篠原さん、さあ行きましょう」

白髪に隠れた耳元で告げると、石井はゆっくりと車椅子を押した。

「あら、台所の火消したかしら。タミちゃん、ちょっと見てくるわね」

篠原が車椅子から腰を浮かせかけた。石井は優しく肩をさすり、元の位置に戻す。石井は頭に刻み込んだ専門書の記述を思い出す。

レビー小体型認知症では、物忘れが顕著になるほか、幻視が頻繁に現れる。篠原の目には、タミという女性が鮮明に見えているのだ。専門書によれば、後頭葉の血の巡りが悪化するのが原因だ。

「やっぱり消していたわ。タミちゃん、今度は私が遅れちゃったわ。ごめんね」

誰もいない壁に向かって篠原が呟いた。石井は何事もなかったように車椅子を押し、共有スペースへと進んだ。

「おはようございます」

スウェットの上下を着た利用者が篠原に声をかけたとき、背後から駆け寄る足音が聞こえた。石井が振り返ると、血相を変えた木村がいた。

「子供が学校で階段から落ちて怪我をしちゃったそうです。もしかすると骨折かも」

「すぐに行ってあげて」

「……でも、どうします？」

木村の視線が篠原に向けられた。

「木村さんの仕事はやっておくから。今はアレなときだから」

「大丈夫ですか？」

「もし、難しくなったら、別の女性ヘルパーさんが出勤するまで待つ」

「わかりました。それじゃ、すぐ学校に行きます」

木村が車椅子の横で頭を下げ、小走りで控室に向かった。

足腰が不自由になり始めた篠原は自宅での入浴が困難だ。デイサービスに通う間、入浴介助も利用している。チェリーホームでは基本的に入浴と排泄の介助は同性のヘルパーが行うため、木村がその役目を担っている。

だが、今はやむを得ない。木村は子供の元に急行すべきだ。

「今日は、私がお手伝いしますね」

車椅子のストッパーをかけると、石井は篠原の正面に回り、膝を折った。そして篠原の両目を凝視した。焦点が合っていない気がする。篠原の視線は白い壁の上の方に向かい、先ほどと同じように旧友の名を呼び続ける。

「それでは、入浴しましょうね」

篠原の背後に回り、ストッパーを外す。石井は車椅子の方向を変え、入浴室の方へ押し始めた。

「タミちゃん、今度五徳でお肉の特売があるんだって」

富丘団地の地場スーパーの売り場の話、閉店間際に生鮮食品が安くなる……主婦らしい会話を篠原は一人で続けた。

「はい、着きました」

施設の一番西側にある曇りガラスのドアの前で、石井は一旦車椅子を止めた。

「タミちゃん、今度の自治会の集まりだけどね……」

次第に篠原の会話のペースが落ちてきた。ドアを開けたあと、篠原の顔を覗き込む。先ほどより目の焦点が合い始めた気がする。

石井は脱衣籠がある棚の前まで進んだ。

「さあ、お風呂に入りましょう」

棚の前で車椅子を止め、ストッパーをかける。履いていた自分の靴下を脱ぎ、作業パンツの裾をまくり上げた。

「それじゃあ、靴下を脱ぎましょうね」

篠原の両足から靴下を脱がし、脱衣籠に入れる。顔を上げ、表情をうかがうと旧友との会話を止めた。篠原は黙って脱衣スペースの壁を見ていた。

「寒くありませんか?」

「大丈夫よ……」

問いかけに篠原が答えた。まだ症状が出ている状態なのか、それとも普段の篠原に戻ったのか。石井に判別はつかない。

「スウェットを脱ぎましょうね」

石井が言うと、篠原が自ら裾をまくり始めた。篠原の腕に手を添え、石井は丁寧にスウェットを脱がした。篠原の腰をかかえ、同じ素材のパンツも脱がした。

「……」

スウェットの上下を畳んで籠に入れたとき、篠原が聞き取れないほどの声でなにかを告げた。

「寒いですか？」

篠原は首を振り、口を動かした。

「なんですか？」

まだらの状態と普段の意識が交互に行き来しているのか。石井は車椅子の隣に跪いた。

「もう少し大きな声で、いいですか？」

耳元で告げると、篠原がベージュの下着を指した。右足の付け根付近だ。

「どうしました？」

石井が言った直後、篠原のはっきりした声が耳に突き刺さった。

「私は大丈夫だから……」

認知症の症状ではない。普段の篠原に戻ったのだ。

「篠原さん……」

「私は大丈夫だからね」

石井は立ちくらみを覚えた。

5

「見失うなよ」

「了解です」

助手席の窓枠に肘をつき、仲村はハンドルを握る関に言った。牛込署の覆面車両は明治通りを南下中だ。

仲村たちの五台先を走る熊谷の車は、諏訪通りから明治通りに入り、大久保、東新宿を猛スピードで駆け抜けた。片側二車線の通りでなんども車線変更し、関を慌てさせた。

「後ろに他の連中はいるのか？」

「おそらく」

チェリーホームの半地下駐車場から突然飛び出した熊谷の車は、施設周辺に配置されていた他の捜査員の車両を置いてきぼりにした。

助手席のサンバイザーを下ろし、内側のミラーで後方を確認すると、グレーのミニバンとネイビーのセダンが見えた。

「信号変わります」

関の声でサンバイザーを戻す。仲村の車は、大手食品会社の本社近くにある交差点にたどり着いた。

「熊谷はどっちに行きそうだ？」

熊谷の小型車は信号待ちの先頭にいる。左側の車線だ。直進すると、明治通りは右に弧を描き、新宿三丁目の交差点につながる。左方向に進むと、大手百貨店の駐車場や雑居ビルが連なる新宿二丁目エリアに入る。空いているのは左折の道だ。

「左ですかね」

「いつでも曲がれるように準備しておけ」

「はい」

仲村は右車線にいる。左隣には大型トラック、前方はタクシーだ。タクシーは客が乗車中。客を乗せているタクシーは急いでいるため、信号が変わった瞬間にダッシュするだろう。一方、大型トラックは巨大な車体故に発進が遅い。タクシーの出足に追随し、自分の車両のスペースができた瞬間に左車線に移動する……仲村の予想通り、タクシーが急発進した。だが、関は車線を変えず、右にいる。

「下手くそ、左車線だ」

「しかし……」

ルームミラーを一瞥し、関が言った。この間、熊谷の小型車はさらに加速し、ウインカーを点けずに左折し、片側四車線の道路に入った。

「すぐにレーン変えて左折しろ」

仲村が怒鳴ると、関が急ハンドルを切った。その勢いで仲村は助手席のウインドーで肩を打った。

「すみません」

「いいからアクセル踏め、逃げられるぞ」

フロントガラス越しに仲村は熊谷の車両を睨んだ。

「おまえ、青免取って何年だ？」

「まだ五年です」

「普段から練習しておけ」

「はい」

青免とは、警察官向けのパトカー運転員養成専科において、濡れた路面での急制動や難易度の高いスラローム走行などのスキルを習得した上で得られる免許だ。機動捜査隊の刑事として、常に都内を流し続け、至急報が入ると一日に何度も現場に急行していた仲村からすると、関の運転はお世辞にもうまいとは言えない。

アクセルを目一杯踏み込んだため、ボンネットの方向から唸り声のようなエンジン音が響く。後輪にトラクションがかかり、助手席のシートを後ろから蹴り出されたような感覚になった。

熊谷の車は四車線のうち、左から二番目の車線にいる。仲村の車両の前には軽自動車と小型乗用車がいる。みるみるうちに小型車との距離が詰まる。

「この先の靖国通りの交差点、この車線は直進と左折両方行ける」

仲村が言うと、眉根を寄せた関が頷いた。

「どっちに行く気だ？」

仲村が低い声で言ったとき、前方の信号が赤に変わった。熊谷の車は急ブレーキをかけ、停止線をわずかに越えたところで停車した。

もう一度サンバイザーを下ろし、ミラーで後方をチェックする。ミニバン、セダンに乗った他の捜査員はもう一つ手前の赤信号で待機中だ。サンバイザーを戻し、右車線に目を転じる。高齢者マークがついた軽自動車、その後ろにはトラックが二台だ。周囲の状況を把握するやいなや、仲村は助手席のドアを開け、降車した。

「仲村さん！」

関が鋭い声を上げた。仲村はボンネットの縁を回り、運転席のドアを開けた。

「替われ！」

関は慌ててシートベルトを外し、長い足を助手席に投げ出し、なんとか移動した。

運転席に座ると、仲村は素早くシート位置とハンドルの高さ、ルームミラーとバックミラーを調整し、エンジンをふかし始めた。関がグローブボックスを開け、パトライトを指した。

「鳴らした方が良くないすか？」

「ダメだ。まだ重要参考人の段階だ。それに乱暴な運転だが、事故るようなハンドルさばきじゃない」

シートベルトの緩みを調整し、仲村は熊谷の車を見た。ルームミラーで後方を確認しているかは不明だが、熊谷が追手の存在を意識しているのは明らかだ。

「想像だが、熊谷はマル暴幹部の車両の運転手をしていたんじゃないか」

「なるほど」

助手席で関が神妙な顔で頷いた。以前、所轄署時代に広域暴力団の大幹部が移動する様を目の当たりにしたことがある。

幹部が乗るドイツ製高級リムジンの前後を黒いセダンが護衛していた。護衛用の車両は車体が低く、猛スピードで都心を駆け抜けた。車の流れが悪くなるような地点では、先導車が猛烈にクラクションを鳴らし、周囲の車両を路肩に避けさせた。ハンドルさばきは的確で、幹部のリムジンを安全かつ素早く移動させていた。一見荒っぽく見える熊谷の運転は、あのときの先導車の動きに似ている。

「動くぞ」

信号が黄色から赤に変わり、右折用の矢印が表示された。熊谷の車は空ぶかしを始めている。左折するのか、それとも直進か。仲村は神経を集中させ、熊谷の出方を待った。

「あっ！」

青信号に変わった途端、熊谷の車は急発進し、直進した。だが、その直後に右方向へと急ハンドルを切った。

「やるじゃねえか」

前の車が直進したことを確認すると、仲村は運転席の窓を開け、右手を車外に突き出し、後方車に合図を送った。同時に左手でハンドルを切り、交差点を右折して靖国通りに入った。本来なら進路変更禁止違反だが、この際いたしかたない。

熊谷の車両は巧みに周囲の車をかわし、五丁目交差点の一番左端、左折レーンに滑り込んだ。

「それで逃げたつもりかよ」

ハンドルを握り、仲村は呟いた。

「今のターン、さすが機捜出身ですね」

「腕はなまっちゃいない」

信号が青に変わった。熊谷の車はクラクションを鳴らし、歩行者を威嚇しながら左折する。

転ぶ歩行者こそいなかったが、横断歩道を渡ろうとしていた数人の若者が拳を突き上げ、熊谷に抗議した。歩行者が途切れたことを確認し、仲村も横断歩道を通り過ぎ、左折して明治通りに戻った。

「奴は何を考えている？」

大手百貨店近くの次の交差点で、熊谷の車両が赤信号で停まった。仲村の前にはタクシーが一台、そして老婦人が運転する高級セダンがいる。緩やかに減速し、仲村は様子をうかがった。

「どうしました？」

助手席で関が声をあげた。

「奴は明らかに俺たちに気付いている」

「そうですね」

「警察に疑われていることを知っているなら、なぜ赤信号を無視して突っ走らない」

「それもそうだ……」

「なにが狙いだ？」

仲村はフロントガラス越しに、わずかに見える熊谷の車のテールランプを睨み続けた。

## 6

「ちょっと、石井さん！　ボケっとしていないでドライヤー取ってちょうだい」

「あ、ああ……」

チェリーホームの脱衣所で、石井はベテランヘルパーの黒崎富子（くろさきとみこ）にきつい口調で指示された。

洗面台に置かれたドライヤーを手に取ると、巻き取られていたコードを引き伸ばし、コンセントに挿した。

「ほら、早くタオルもくださいな」

黒崎の声が次第に苛立ちを強めていく。

「ああ……」

戸棚に駆け寄り、乾燥機にかけたばかりのバスタオルを手に取り、黒崎に渡した。篠原は車椅子の上で気持ちよさそうに寝息を立て始めている。

〈私は大丈夫だから……〉

篠原が発した言葉を聞き、全身から力が抜け、その場に踞った。体中の毛穴から血液が抜け出るような感覚に襲われ、寒気が走った。

〈私は大丈夫だから〉

もう一度、篠原が放った言葉で後頭部に鈍痛を覚えた。あの瞬間、篠原に症状はなかった。となれば、男性ヘルパーの入浴介助を嫌がり、入浴はしないという意味だったのか。もしそうでないとしたら。頭が混乱した。

篠原の真意を探ろうと言葉を探したが、自分から切り出すことはできない。どういう意味ですか……単純な質問が口元まで這い上がってきたが、言い出せなかった。切り出せなかった自分への情けなさ、不甲斐なさに無性に腹が立つ。

〈ちょっと石井さん、どうしたの！〉

突然入浴室のドアが開き、黒崎が駆け込んできた。木村が小学校に向かう途中、黒崎に連絡を入れたため、勤務時間を二時間も前倒しして出勤したのだ。

黒崎はホールで他の利用者からいきさつを聞き、様子を見にきた。そこで目にしたのは、ヘルパーとして仰天するような事態だったというわけだ。

「着替えの服を取ってちょうだい！」

バスタオルで篠原の髪の水気を取り終えた黒崎が言った。

「ああ、ここに」

石井は車椅子のハンドルに吊り下げた篠原手作りの大きめの巾着袋を取り、黒崎の足元に置いた。

「木村さんから連絡もらって、いそいで来たの」

「すみません……」

「それで、どの段階から篠原さんは戻ったの？」

黒崎も篠原がレビー小体型認知症を患っていることを熟知している。

「……えっと」

スウェットの上下を脱がし、下着を脱がそうとした前後から篠原は普段の状態に戻った。だが、うまく言葉が出ない。石井が黙っていると、黒崎が舌打ちした。

「まあ、いいや。私が来なかったら、事故になったかもしれないじゃない」

「はい……」

黒崎の指摘は正しい。下着だけになった篠原を車椅子に放置した。仮に力を振り絞って入浴介助用の補助具に乗せたとしても、果たして正しい形で入浴させることができただろうか。手足の震えるヘルパーが操作を誤れば、篠原は湯船に落ち、最悪の場合溺死したかもしれない。

「まあ、施設長には黙っておくから。今回みたいなことがあったら、遠慮せずに連絡してね。私は一番近くに住んでいるから、すぐ飛んでくる」

「ありがとう」

石井は黒崎に頭を下げ続けた。

篠原の言葉を聞いた直後から、四〇年前の記憶がフラッシュバックした。強烈な日差しに焼かれたアスファルトによって、足の裏が溶けそうなほど暑い夏の日だった。そんなはずはない。懸命に首を振り、忙しなくドライヤーをかける黒崎に目を向けた。

「ちょっと、篠原さんの巾着の中に、ヘアピンがあるはずだから取り出してくれないかしら」

「はい」

キルティングの袋に手を伸ばし、紐を解く。

「どこに？」

利用者の私物を開けることなどめったにない。まして女性の持ち物だ。

「いつもはね、袋の内側にあるポケットに入っているのよ」

苛立った調子で黒崎が告げる。手を入れて探ってもポケットらしきものはなく、指先に硬い物が当たった。

「これですか？」

思い切って取り出すと、使いこまれた古い革製のポーチだった。ジッパーで口が閉じられている。

「開けてみて、きっとヘアピン入っているから」

黒崎に言われるまま、ジッパーの取手に触った瞬間、黒ずんだ革の表面にアルファベットが重なったロゴマークが見えた。

「うっ」

突然、喉元まで苦い液体が這い上がってきた。石井はポーチを放り出した。

「なにしてんのよ」

舌打ちした黒崎がポーチを拾い上げ、中からピンを取り出して篠原の額の生え際にセットした。

なおも胃液が逆流する。石井は口元を押さえ、なんとか堪えた。古い革のポーチ、そしてアルファベットのロゴ……間違いない。

「石井さん」

黒崎の鋭い声に、石井は我に返った。

「なんですか?」

「ほら、呼ばれているわよ」

入浴室のドアをノックする音が響いているのに気づき、石井は振り返った。

「俺です。楠木です」

「ああ……」

石井はドアに駆け寄った。

「今、大丈夫ですか?」

小さく開けたドアから、楠木が顔を出した。頷き返すと、楠木が口を開く。

「そろそろ昼飯の準備ですけど、石井さんがいないと……」

「そうか」

黒崎を振り返ると、大丈夫だと頷いた。

「行くよ」

「あとはやっておくからね」

黒崎の声に背中を押され、石井は入浴室を出た。既に楠木は廊下の先を進んでいる。急がねばと意識は先走るが、足が重い。昼食までは間があるが、仕込みがある。全てにおいて手抜きをする楠木に任せるわけにはいかない。

泥濘（ぬかるみ）に落ちたようで、一歩踏み出すにも両手で足を引き抜かねばならないような感覚だ。額に脂汗が浮かんだ。

まさか……頭の中で脱衣所とあの夏の日の光景がなんども交錯する。まさか……心の中で発した言葉が頭蓋の奥で反響し、再び目眩に襲われる。

廊下の壁に手をつき、石井は胸を押さえ、強く首を振った。だが、あの日の陽炎が頭の中を覆い尽くす。

薄い壁に手をつきながら、なんとか足を蹴り出す。一歩一歩がとてつもなく重く、足を床につけるたび、鋭い痛みが這い上がってくる。篠原の症状が消えて、声色が戻ったとき、あの言葉を聞いた。まさかと思って動揺した。そこにあの古い革のポーチだ。篠原は普段の状態に戻り、石井のことを認識していたのだ。

額の汗を手で拭い、ようやく調理室のドアを開けた。たった二〇メートルほどの距離だが、数時間かかったような気がする。

「顔色悪いですね」

布巾で調理台を拭いていた楠木が言った。

「なんでもない」

「それならいいですけど」

楠木が布巾を置き、業務用冷蔵庫のドアを開ける。昨日の退勤間際、石井自身が準備していた食材がトレイにある。楠木は引き継ぎ簿を読み、食材を出す準備を始めた。

「俺も楽しみにしていたんですよ、今日の昼飯」

自分で仕込みをしたはずなのに、メニューが思い出せない。

「揚げ油も新品を使うんですよね」

「ああ……」

主菜の名前も出てこない。調理台に手をかけ、なんとか体を支えたときだった。

「随分大きなタネを仕込んだんですね」

調理台にトレイを載せた直後、楠木が声を弾ませた。

「俺、ガキの頃からメンチカツが大好物で」

メンチカツ……楠木の口から飛び出した言葉が両耳を強く刺激した。頭の中で消えかかっていた陽炎が再び立ち上り、石井の視界を遮った。石井は調理室の床にへたり込んだ。

〈大人の味はどうだ？〉

陽炎の向こう側から、藤原の薄気味悪い声が響き始めた。だらしなく舌を伸ばす四〇年前の藤原の顔が浮かぶ。

「やめろ！」

腹の底から湧き上がった感情を抑えきれず、石井は声を張り上げた。

7

「熊谷の目的はなんだ？」

ハンドルを握りながら、仲村は唸った。

「わかりません」

助手席で体を強張らせた関が答える。

「陽動でもやっているつもりか？」

機捜に在籍していたとき、誘拐事件や企業恐喝を担当する特殊犯捜査係（SIT）の研修に参加した。

誘拐事件では、追手を引きつける囮（おとり）がいるケースがあるとSITのベテラン警部から教えられた。トカゲと呼ばれるSITのバイク部隊や機捜の応援車両を陽動し、集中配備させて別の場所で金や人質の受け渡しをする……そんな手口を防ぐためのトレーニングだった。

「陽動はないな」

少し考えて、仲村は首を振った。熊谷はずっと捜査本部の監視下にいた。現在も一人で車を運転している。共謀する人間もおらず、身代金が目当てでもない。ではなぜ、警察車両に自分を追わせ、あちこち走り回るのか。

熊谷が操る小型車両は、明治通りから甲州街道に入り、新宿御苑下のトンネルを抜け、四谷三丁目から四谷見附へと走った。その後は赤坂見附へ向かい、青山通りとの交差点を外堀通り沿いに直進。溜池交差点で首都高都心環状線の高架下を猛スピードで駆けると右側の車線に入った。

「また曲がる気か？」

仲村も車線を変え、追尾を続けた。すると、霞が関ビルの手前の信号で熊谷はウインカーを灯し、タイヤを軋ませながら右折した。ここ数年の再開発を経て巨大な商業ビルが林立するエリアだ。

「アメリカ大使館の近くですね」

関がフロントガラスの右手を指した。

「なにを考えてやがる」

仲村は直進してくる対向車にパッシングで合図しながら外堀通りを右折した。仲村がアクセルを踏み込み、車間距離を詰めると、一瞬だが、熊谷がルームミラーで仲村の車をチェックしたのがわかった。

二台の車は急な上り坂にさしかかった。熊谷の車は排気量が小さい分だけスピードが落ちる。もはや秘匿追尾には意味がない。仲村は車間距離をぎりぎりまで詰めた。

アメリカ大使館の横を通り過ぎると、熊谷の車は大きなホテルの前へとさしかかった。

「なぜここだ?」

熊谷は急に左折し、ホテルの車寄せへと小型車を滑り込ませた。

「ちょっと、止まってください!」

青い制服を着たホテルの配車係が金切り声をあげた。熊谷は制止を振り切り、なおも奥へと進む。黒塗りのハイヤーやミニバンが集まるゾーンまで車を走らせたあと、熊谷はいきなり停車し、運転席のドアを開けた。

「こちらを見ています」

「なにをやる気だ」

仲村は顔をしかめた。熊谷の突飛な行動に懸念が渦巻く。制止を振り切って乗り込んだのは、都心の老舗ホテルだ。多くの宿泊客のほか、会食や待ち合わせでビジネス客、女性たちもたくさん利用する。

「立て籠もりですか?」

仲村も抱いていた懸念だった。熊谷が人質を取ってホテルに立て籠もる……最悪のシナリオが頭に浮かんだとき、こちらにホテルの配車係が近づいてきた。すぐさま関が窓を開け、警察手帳を提示した。

「捜査中だ。停めるよ」

たちまち配車係の顔が強張った。仲村は関とともに降車した。すると、熊谷がいきなりホテルの玄関ホールに向かって走り出した。

「奴は笑っていなかったか?」

小走りで熊谷を追いながら、仲村は関に言った。

「たしかに、薄笑いしていました」

ホテルのドアマンに警察手帳を提示し、仲村は走り続けた。淡いライトに照らされたエントランスホールの中ほどで足を止め、周囲を見回す。

ホールの中心には低いソファがいくつも置かれ、待ち合わせをする女性たちやビジネス客たちが思い思いに過ごしている。だが、熊谷の姿はない。

「仲村さん!」

関が鋭く叫んだ。人差し指がホールの左側、エレベーター乗り場に向けられている。

「いますよ、熊谷」

仲村はエレベーター乗り場を睨んだ。背の高い背広姿のビジネス客の隣に、どこか得意げに笑う熊谷がいた。逃げていたのではなく、警察を引っ張り回したことが満足なのだ。

「野郎、舐めてんのか」

関が口汚く罵ったあと、駆け出した。仲村も続く。二〇メートルほど走ったとき、エレベーターの扉が開き、熊谷が乗り込んだ。

さらにダッシュしたが、扉は仲村の目の前で閉まった。

「何階だ？」

エレベーターの階数を表示する数字に薄いオレンジ色の光が灯る。

「一二階か」

熊谷やビジネス客の乗ったエレベーターは中層階で表示が止まり、今度は急降下を始めた。

「あの……」

戸惑いの声が背後から聞こえ、仲村は振り返った。髪をポマードで固めた背広姿の男がいた。胸元にはマネージャーの名札がある。仲村は警察手帳を提示し、捜査中だと告げた。

「一二階にはなにがあるんですか？」

関がマネージャーに詰め寄る。

「当館のスイートルームになります」

「誰が泊まっている？」

「お答えできません。裁判所の令状を……」

仲村は舌打ちし、エレベーターの上昇ボタンを乱打した。

「スイートのフロアは専用カードがないと扉が開かない仕組みになっています」

マネージャーが告げた直後、先ほどのエレベーターが一階に到着し、扉が開いた。

「奴はどうやって降りた?」

先ほど熊谷が乗ったエレベーターは空になっていた。途中の階で止まった形跡はない。

ということは、もう一人のビジネス客が専用カードを保有していることを知って同乗した、あるいは熊谷自身がカードを持っているのだろう。

「とりあえず、行くぞ」

仲村と関がエレベーターに乗り込むと、マネージャーが首を振った。

「ですから、専用のカードがありませんと……」

「立て籠もりが起こっても構わないか? ホテルの周囲に完全武装した捜査員といかつい車両が多数乗り付けて封鎖するぞ」

仲村が早口で告げると、マネージャーが眉根を寄せ、エレベーターに乗り込んだ。

「凶悪犯ですか?」

「そうなる可能性はゼロではない」

「私もセキュリティ担当に連絡しなければなりません。具体的にはどのような人物が?」

「殺人事件の重要参考人だ」

関がドスの利いた声で告げると、マネージャーは胸のポケットからカードを取り出し、階数の番号が振られたボタン脇の細い隙間に差し込んだ。

「すぐにご案内します」

マネージャーは〈12〉のボタンを押し、袖口にあるマイクに向けて小声で話し始めた。

仲村は関と顔を見合わせ、頷いた。大袈裟に振る舞ったが、嘘はついていない。

「若様に連絡しろ」

「了解です」

スマホを手で覆いながら、関が野沢に連絡を入れ始めた。関の会話にマネージャーが耳をすまし、眉根を寄せている。

「慎重に任同（ニンドウ）せよとのことです」

関がスマホを背広に入れ、そう言った直後エレベーターが停止し、扉が開いた。

「行くぞ」

フロアへと飛び出すが、目の前には部屋番号を示す表示と左右に分かれた矢印があるだけで、熊谷がどこに向かったのかはわからない。

「おまえは右、俺は左に行く」

仲村が指示を飛ばした直後、マネージャーが口を開いた。

「おそらく左ではないかと思います」

「なぜだ？」

「昨日、苦情がありましたので」

なぜそれを早く言わない……喉元まで出かかった言葉を飲み込み、仲村は小走りで左、一二二〇号室から三〇号室への廊下を走り出した。

濃いネイビーの絨毯が敷き詰められた廊下は、微妙なカーブを描いている。先の見えない暗闇を走っているような錯覚に陥る。

「特殊警棒持っているか？」

「携帯しています」

仲村の問いかけに、関が腰の辺りを叩いてみせた。

「心当たりは何号室だ？」

走りながら、後方にいるマネージャーに尋ねる。

「いえ、あの……」

「どうなんだよ！」

仲村が声を荒らげると、マネージャーのか細い声が聞こえた。

「一二二八号です」

「宿泊客は？」

仲村は叫んだが、マネージャーから返答はなかった。左手に一二二五号のプレートが見えた。依然として、廊下は微妙なカーブを描き、先が見えない。

万が一熊谷が人質を取っていたら。不安が頭をもたげるが、刑事の習性で足は止まらない。スイートルームがどの程度の広さがあるのかは知らないが、一二二五号室から二六号室の間隔が広い。

「気をつけろよ」

関に声をかけつつ、さらに急ぐ。なぜマネージャーが熊谷の行き先を知っているのか。今は詳しく聴取しているひまはない。一二二七号室を通り過ぎ、さらに走るピッチをあげる。

「あっ！」

先を行く関が声をあげた。

「どうした？」

運動不足がたたり、息があがる。だが、仲村は懸命に足を蹴り出した。

「どうも」

一二二八号室の前に薄ら笑いを浮かべた熊谷が立っていた。

「おまえ、なにしてる？」

仲村は熊谷の足に目をやった。ドアが少しだけ開いている。そのわずかな隙間に熊谷のスニーカーがある。

「マネージャー、どういうことだ？」

仲村が怒鳴ると、熊谷がわざとらしく口の前に人差し指を立てた。

「刑事さん、開けてもらえるよう説得してくれないですかね」

空いた手で熊谷が乱暴にドアを叩き始めた。

「やめろ！」

仲村が声を上げると、熊谷が肩をすくめた。

「ですから、中の人たちに言ってくださいよ。話し合いに来たんですから」

「誰がいる？」

仲村の問いかけに、熊谷は黙って気味の悪い笑みを浮かべた。

「いい加減にしろよ」

仲村が熊谷に詰め寄ったとき、背後からマネージャーの声が響いた。

「アインホルンの松島社長のお部屋です」

思いもよらぬ名前を聞き、仲村は関と顔を見合わせた。

「どういうことだ？」

仲村は熊谷のパーカーの胸元をつかみ、絞り上げた。関が慌てて仲村の肩をつかんだ。

「まずいっすよ」

「この野郎、思わせぶりに振り回しやがって」

さらに腕に力を込めた直後、ロックが外れ、ドアが開いた。

「入って」

両目を見開いた環が仲村を睨んだ。

8

「強要容疑でパクってもいいんだぞ」

仲村は熊谷のパーカーをつかむ手に力を込め、低い声で告げた。

「仲村さん、まずいですって」

関が慌てて割って入り、ようやく仲村は手を離した。

「あの、大丈夫でしょうか？」

背後にいたマネージャーが環に尋ねた。

「お騒がせしました。もう結構です」

息を吐き、環が顔をしかめた。マネージャーが環に恭しく頭を下げ、出ていった。

「ここじゃ話ができませんから、どうぞ」

環は目線で奥へと案内した。

「変な気を起こすんじゃねえぞ」

仲村は熊谷を睨みつけ、言った。

「わかってますよ」

不貞腐れた口調で熊谷が応じると、自然に体が前のめりになる。再度、関が熊谷との間に割って入った。

「こちらへ」

環の先導で間接照明の薄暗い通路を抜けると、都心を見渡せる大きな窓のあるリビングに通された。部屋の中央にはベージュ色のソファがある。

ソファの横には、怒りで顔を赤くした秘書の伊藤が立っていた。伊藤は仲村の顔を見た後、壁側の席を指した。関とともに柔らかなソファに腰を下ろす。仲村の対面には環が、関の斜め横に熊谷が座る。熊谷がわざと足を投げ出し、パーカーのポケットに手を突っ込んでいる。典型的なチンピラの態度だ。関が鋭い視線を投げかけるが、態度が改まる様子はない。

「いきなり押しかけて悪いな」

仲村は環に体を向けた。環は小さく首を振ったのち、熊谷を睨んだ。

「なぜ松島社長のところへ来た？」

思い切り声のトーンを落とし、仲村は尋ねた。

「俺がオヤジさん殺しで疑われているんでしょう？」

熊谷が吐き捨てるように言うと、環と伊藤が互いに視線を交わし、目を見開いた。

投資先の施設で殺人事件が発生すれば、コンプライアンス面で事業に重大な支障をきたす。事態がこじれてしまえば、投資案件がストップする恐れさえある。伊藤の顔にはありありと不安の色が浮かんでいた。

「そんなところだ。任意の事情聴取を要請しようとした矢先、おまえはいきなり逃げ出した。誰だって怪しいと思うだろ。このあとすぐに、署に同行してもらうからな」

伊藤が環の傍らに駆け寄り、耳元でなにかを囁(ささや)いた。

「聞いてんのか？」

ニヤニヤと不敵な笑みを浮かべる熊谷に対し、関が苛立ちをぶつけた。

「ええ、こんな至近距離ですからね。聞こえていますよ」

「なんだと！」

熊谷の棘(とげ)のある言い方に、今まで堪えていた関が立ち上がった。

「座れ」

仲村は厳しく言い放ち、相棒を睨んだ。熊谷は関を無視し、環の方を向いた。

「社長、俺の給料なんですけど」

熊谷の言葉に伊藤が眉根を寄せ、環は唇を嚙んだ。

「それについては決着したはずです」

淡々と告げた環に対し、熊谷が強く首を振った。

「俺に知らせなかった話があるはずだ」

熊谷の声に力がこもる。仲村の目の前で、環が首を振った。

「社長が投資してきたベンチャー企業から最新テクノロジーを導入し、介護現場を一変させる。ダメダメの介護業界に乗り込むからには、それなりの見返りが必要だ」

環の顔に困惑の色が浮かんだが、心の中で仲村は手を打った。

死の直前、殺された藤原と環はなにを揉めていたのか……仲村はずっと考えてきた。環は事件直後の聴取で、一〇日後に正式発表すると言った。仲村に対し、絶対に明かさなかった新規事業の中身はこれだったのだ。長年の捜査経験に照らせば、環の顔には熊谷の言い分が正しいと書いてある。すると突然、伊藤が口を開いた。

「なぜその情報を知っているの？」

「歌舞伎町時代の先輩が旨みのある投資の話を聞きつけ、真偽のほどはどうかと確認にきましてね。金に細かい松島社長が月に一〇〇万円のサラリーをくださる、その理由はこんな中身があったからだ。でもね、俺はそれだけじゃ少ないと思っています」

「先輩とは、経済系の暴力団のこと？」

環が語気を強めた。だが、熊谷は不敵に口元を歪めた。

「私は先輩とだけ申し上げました。個人のプライバシーを明かすことはできませんね」

「刑事さん、これって恐喝ですよね」

伊藤が目を剝き、仲村に言った。仲村は関と顔を見合わせたあと、肩をすくめた。

「聞いた限りでは、脅しとは言い切れません。それに民事不介入の原則がありますから、我々が彼の給料や松島社長の新規事業に口出しする立場にはありません」

仲村が冷静に告げると、伊藤が露骨に舌打ちした。

「どこから話が漏れたのか、すぐに調べて」

「了解です」

環の指示を受けて伊藤が応接間から隣の小部屋へ駆け出した。

「一〇日後に発表だって言っていたのは、その件なのか」

仲村が尋ねると環が顔をしかめ、渋々頷いた。

「はっきり言わせてもらうが、松島さんは警察の捜査に非協力的だった。この際、投資の内容について具体的にわかれば被害者の周辺をもっと調べることができた。この際、詳細を明かしてほしい」

環が眉根を寄せ、熊谷を睨んだ。一方の熊谷は顎を突き出し、環を挑発する。

「松島社長、これはあなたへの嫌疑、そして熊谷氏に対する我々警察の態度を左右することになるかもしれない」

仲村の言葉に環が唇を嚙んだ。言葉は発しない。

「もし熊谷施設長が新たな投資の詳細を知っていて、それで藤原氏を排除するような動機があるのだとすれば、このまま彼を捜査本部に引っ張ることになる。だが、今の話の様子だとそうではないらしい。どうなんだ?」

仲村が迫ると、環が息を吐いた。

「概ねその通り」

「社長は新しい技術を投入して運営が軌道に乗ったら、俺を外すつもりだったんだろうが?」

熊谷がマル暴の本性を剝き出しにした。仲村は立ち上がり、熊谷の席へ向かった。

「おい、口の利き方に気をつけろよ」

「俺は被害者だ。この美人投資家に騙されていたんだ。だから……」

言い終えぬうちに、仲村は熊谷の右腕をつかんだ。

「もう一度、そんな言い方したら、恐喝の現行犯でパクるぞ」

熊谷が舌打ちし、ようやく黙った。

「あんたらの雇用契約うんぬんに興味はない。熊谷、おまえ本当に藤原さんがかわした契約内容のことを知らなかったのか、まずそこを答えろ」

熊谷は渋々頷き、言葉を継いだ。

「やり方が汚いんだよ、エリートの人たちは。結局、俺たちみたいな底辺の人間は駒としか考えていねえからな」

「汚いのはどっちよ！」

突然、環が甲高い声を発し、紙のメモをテーブルに載せた。

「これはなに？　散々人のことを脅しておいて！」

環が金切り声をあげた。仲村はそれを手に取り、凝視した。

〈四〇年前のことがあるから、松島は絶対俺に逆らわない、いや逆らうことなどできない〉

〈藤原のオヤジさんが遺したメッセージ、どんな意味があるんですかね。今度会ったとき、教えてくださいね　熊谷〉

全身の血液が脳天に逆流するような感覚に襲われ、仲村は熊谷を睨んだ。

「このメッセージはどういう意味だ？」

仲村は無意識に熊谷の胸ぐらをつかんだ。熊谷は口をへの字に曲げ、そっぽを向いた。

「どういうことだって訊いているんだ！」

仲村は力に任せて無理矢理熊谷を立たせ、部屋の壁に押し付けた。

「おまえ、四〇年前のこと、藤原さんから聞いたのか？」

熊谷は顔をしかめ、首を振る。

「どうなんだ？　はっきり言えよ」

仲村はさらに腕に力を込めた。パーカーを摑んだ拳が熊谷の喉元に食い込む。熊谷の顔が真っ赤になり、口元から小さな泡が飛び、仲村の顔にかかった。

「仲村さん、やめてください！」

関が仲村の腕をつかみ、渾身の力で熊谷から引き離した。

「知らないです……買収の話が出始めたころから、オヤジさんはいつもそう言っていたので、駆け引きに使えると思ったんで」

「吐いた言葉を忘れるなよ。社長あてのメッセージは悪意の塊だ。上司に相談して恐喝として立件できるか検討する」

立件と告げた途端、赤かった熊谷の顔が青ざめた。

「これから松島社長に詳しい話を聞く。中身次第ではおまえを逮捕するからな」

熊谷が強く首を振った。

「俺、なんも知らないんですよ。それに、藤原のオヤジさんが亡くなったときは、俺にはアリバイがあります」

「なんだと？」

「本当です」

仲村は関と顔を見合わせた。

「証明してくれる人がいます」

熊谷の唇が細かく震え始めた。

「誰だ？」

仲村が尋ねると、熊谷がか細い声で告げた。

「チェリーホームの木村さんです」

9

仲村は熊谷を睨み、熊谷は環を挑発する視線を投げ続けた。環は時折秘書の伊藤に目を向ける以外、唇を嚙んで下を向いていた。

熊谷の供述の裏を取るため、関が木村に電話をかけに行き、三分ほど経った。

「仲村さん！」

廊下から戻った関が興奮した口調で言った。

「どうだった？」

仲村の問いかけに関が戸惑いながら答えた。

「アリバイ成立です。熊谷は供述通り、木村さんのアパートに行っていました。現在、署の若手に防犯カメラ映像の回収に行かせています。確認されれば……」

関が言い終えぬうちに、熊谷がわざとらしく息を吐いた。

「なぜ木村さんの部屋に行った？」

仲村が尋ねると、熊谷は低い声で答えた。

「付き合ってほしい、以前からずっと彼女にそう伝えていました。あの日、たまたま彼女が帰宅する時間帯にアパートの近くを通ったので、答えを聞きに行きました」

仲村は関に視線を向けた。

「彼女の証言と合致します」

「ただ、彼女は首を縦に振ってはくれませんでしたけどね」

熊谷は肩をすくめ、おどけてみせた。

「木村さんはなぜこのことを黙っていた？」

仲村は関に尋ねた。顔をしかめた関が口を開く。

「聞かれなかったからと」

都合の悪いことを率先して話す人間などいない。様々な角度から聴取しなかった仲村のミスだ。

「あの日、なぜ三三号棟にいたんだ」

「藤原さんが、こっちを出し抜かないか、時折監視をしていたもんでね。女の家に行く前に、後をつけただけですよ」

　仲村は舌打ちした。

「それじゃ、疑いが晴れたようなんでこれで失礼しますよ。それから、社長。給与の件は改めてご相談の機会を作ってくださいね。こうやって刑事さんでも引っ張ってこないとまともに相手していただけそうにないんでね」

　熊谷がチンピラの声音で言うと、仲村は言いようのない怒りを覚えた。

「待てよ。おまえが松島社長に送ったメッセージは恐喝の可能性がある。殺人の容疑は晴れたが、そちらは残っている。今度は署に出頭してもらい、話を聞くからな」

「中身は知らないって言ったじゃないか」

　熊谷が語気を強めた。

「待ってください」

　今まで口を閉ざしていた環が顔を上げた。

「俺のこと?」

　熊谷が自らを指した。環はゆっくり頷いたあと、切り出した。

「辞めていただきます」

「なんだって？」

熊谷が怒鳴った。だが、環は強く首を振った。

「あなたには、たった今、この場で施設長を辞めていただきます」

「なんだって？　労基法違反だぞ。すぐに労働基準監督署に訴えるからな」

「それなら、この場にいる刑事さんに逮捕してもらいますか？　あなたが介護報酬の不正請求に手を染めていることは、かなり前から事実をつかんでいます」

仲村は関と顔を見合わせた。同じタイミングで環が伊藤に視線を送る。伊藤は小走りで隣の小部屋に行き、小さなＵＳＢメモリを手に戻ってきた。

「ここに証拠があります。ご覧になる？」

環が熊谷に向けメモリを放り投げた。熊谷は受け取ると舌打ちし、メモリを床に叩きつけた。プラスチックの蓋が割れ、小さな破片が毛足の長いカーペットに散らばる。

「熊谷、態度に気をつけろ。器物損壊だ」

「よく言うよ、そんなこと知るかよ」

熊谷が強がると伊藤がダメを押した。

「もちろん、コピーもあります」

「後任はどうするんだ？　俺がいなきゃ、施設は回らない」

「すでに何人か候補を用意しています。次はきちんと経営のわかる人材を入れます」

環の言葉に伊藤がうなずき、スマホを片手に応接間から出て行った。

「目下の施設運営については、石井さんがよく知っているでしょうから、彼にチーフをやってもらえれば充分回していけるはずです」

環の両目が真っ赤に充血していた。よほど溜め込んだ鬱憤があり、熊谷の余計な行動によりそれが噴出したのだ。

「熊谷、ゲームオーバーだ」

仲村が告げると、熊谷がたちまち萎れた。肩をすぼめ、ソファに体を預ける。

「恐喝容疑はパクられるか五分五分だが、介護報酬の不正請求は重いぞ。以前二課の話をしたよな。これは奴らが頭を下げても欲しがるネタだ。やつらはしつこくて冷酷だからな。一つひとつ詐欺を立件して逮捕される。それぞれの勾留期間やらを勘案すると娑婆に戻れるのは当分先だ」

仲村は関に目をやった。

「一足先に連行しますね」

「暴れると面倒だ。応援の要員を呼べ」

「了解です」

関がスマホで連絡をしている。

「悪いが、松島社長と二人きりにさせてもらえないか」

仲村は戻ってきた伊藤に告げた。不安げな顔で伊藤が環を見る。

「私も刑事さんに話があるの」

「なにかあったら、すぐに来ますから」

関が仲村にきつい視線を送り、熊谷の肩を叩いた。今まで虚勢を張っていた熊谷が大人しく関と伊藤のあとに続き、応接間を後にした。

「これで問題なしだ。さあ、買収の詳細を話してくれないか」

仲村の言葉に環がこくりと頷いた。

「新しいテクノロジーで介護事業を変える……俺のお袋も認知症の気配が濃厚だ。とても人ごとじゃない。環がやろうとしていることは素晴らしいと思う」

「でも、交渉した相手はあの藤原だった。子供の頃に接したチンピラの親分みたいな人が、歳を重ねてもっと狡猾（こうかつ）で強欲になっていたの」

「他にも施設はあったはずだ。なぜ富丘を選んだ？」

「富丘団地じゃなきゃダメだった。戦後の高度経済成長を体現し、日本でも有数の認知度を誇るマンモス団地が朽ち果てようとしている。投資家にアピールするためには、富丘というマンモス団地をシンボルにするしかなかったの」

マンモスという言葉が、仲村の耳の奥で反響した。今回の事件発生直後、関とともに三三号棟に向かった。

四〇年前、幼い日の記憶に刻まれた雑多なエネルギーを発散させていた団地の面影はなく、環が言ったように朽ち果てる寸前だった。思わず口を衝いて出た言葉は「抜け殻」だった。表現の違いこそあれ、様々な職種や多様な家庭環境を歪（いびつ）に押し詰めた団地は、人間の欲望の塊のような建物群だった。

目の前で眉根を寄せる環の顔に不安げに大人の顔色をうかがう怯えた少女の面影が重なった。

仲村は強く首を振り、目を見開いた。眼前には疲れた顔の女がいる。四〇年前と同じなのは、怯えの色が瞳の奥に宿っている点だ。

「藤原さんは、環の狙いというか、やりたいことを後押ししてくれようとしていたのか？」

環が小さく首を振った。

「最初は好々爺然（こうこうや）として対応してくれた。同じ富丘の人間だから、いくらでも力になるって言って……もう引退する頃合いだし、真っ当な値段をつけてくれれば譲るって……今にして思えば、あれが昔と同じあいつの汚いやり口だったの」

環が唇を嚙み、俯（うつむ）いた。

「具体的には、どんな仕組みを考えていた？　これは口外しないから、安心して話してくれ。事件の全容を炙（あぶ）り出すために協力してほしい」

仲村の言葉に環が顔を上げた。

「特区の申請を計画している」

「国家戦略特区という意味か？」

「そうよ。東京は全国でも介護サービスを受けたい人の待機率が高いの。だからその典型のような富丘をスーパー介護特区に指定してもらって、新しいツールを導入してモデルケースとして世に広めたい、そう考えてプランを考え、準備してきたわ」

「なるほどな」

「縦割り行政の弊害をなくし、新規事業や雇用創出などを目指すのが特区の狙いよ。介護ビジネスは、新たなビジネスチャンスになるし、国が補いたかった分野でもあるの。だから、今度の投資は絶対に実行したいと思ってた」

「そうだったのか」

仲村の目を見据え、環が言葉を継いだ。

「熊谷施設長は、今までの介護業界の悪いところを全部凝縮した人、ある意味犠牲者かもしれない」

「どういう意味だ？」

「施設入所型……つまりチェリーホームのような施設で、増え続ける高齢者たちを介護するビジネスモデルは限界に来ている。だから、特区を作り、そこに自律型のツールを投入する。国の政策にも合致しているから補助金も付くし、世間の注目も投資家の関心も集める」

環の顔が、いつの間にか自信たっぷりの投資家の表情に戻っていた。

「日本は世界で初めて超高齢社会に突入したの。今後数年くらいで、一人っ子政策の反動で中国も歪な高齢社会を迎える。その前にビジネスとして新しい介護の仕組みを作り、これを軌道に乗せれば、富丘は世界に誇るモデルケースになるの。いや、私がそうする」

力のこもった環の言葉を聞くうち、昨夜の母の顔が蘇った。

〈美味しいご飯を食べて、お風呂に浸かってくださいな。そうすれば、いっぺんに疲れも取れるから〉

慌てて仲村は首を振った。東中野のアパートで、母はひとりで暮らしている。いまは夕飯のために商店街に行き、八百屋や鮮魚店で買い物をしている時間帯だ。母は、普段のしっかり者のままなのか。それとも、昨夜のような状態なのか。

「社長、手配はうまくいきそうです」

「そう、ありがとう」

伊藤が環に耳打ちする声が聞こえた。熊谷の代わりの人材に早くも連絡したのだろう。週刊誌で読んだやり手との評判は本当だったようだ。

「伊藤さん、あと少しだけ、外してもらえませんか？」

仲村は刑事の声で言った。

「でも……」

「プライバシーに関わる問題なので」

伊藤が環に目をやった。環は目線で大丈夫と答える。

「それでは、終わったらお呼びください」

怪訝な表情のまま、伊藤が応接間を後にした。伊藤の後ろ姿が完全に見えなくなったことを確認し、仲村は切り出した。

「環、これから尋ねることは事件解決に向けて重要な糸口になる」

「ええ……」

　環が眉をひそめた。

「もう一度尋ねる。四〇年前のあの日、三三号棟脇の自治会集会所でなにが起こった？」

　前回恵比寿のオフィスで同じことを訊いた。環はその時と同じように表情を消した。

「聞こえているか？」

　仲村が問いかけると、環が弱々しく頷いた。

「藤原に、なにを……」

　仲村は言いかけ、口を閉ざした。いくら幼なじみとはいえ、これ以上は踏み込んではならない。自分は殺人担当(コロシ)の刑事だが、女性の性被害に関しては素人だ。

「警視庁本部からベテランの女性捜査員を呼ぶ。彼女にだったら話してくれるか？」

　仲村の頭の中に、丸顔の後輩刑事の顔が浮かんだ。あの専門捜査員ならば、堅く閉ざされた環の心をほぐしてくれるかもしれない。

「違う」

　環の口から、小さな声がこぼれ落ちた。

「今、なんて言った？」

「違うの」

「もっと大きな声で言ってくれよ」

仲村の声を聞いたのか、隣室の伊藤がいきなり応接間に駆け込んできた。

「刑事さん、なにしているんですか！」

「いや、昔のことで」

「社長が嫌がっています。こんな顔は見たことがありません。弁護士を呼んで立ち会ってもらいます」

「いや、それでは捜査の……」

「ダメです！」

伊藤が金切り声を上げた直後だった。

「仲村刑事の言う通りにするわ」

「社長、なにを言ってるの？　もう無理。弁護士に連絡します」

「違うの。私もここでケリをつけなきゃ、前に進めない」

環の顔が一変していた。

「どういう意味なの？」

「いいから、少し黙っていて。仲村刑事、お願いがあるの」

「なんだ？」

「尚ちゃんも一緒に」

「尚人を？」

「あの日なにがあったのか。尚ちゃんと一緒じゃなきゃ話せない」

環の両目が血走っていた。

「どうなの？」

「わかった。署の施設を用意する」

気圧(けお)された仲村が返答すると、環が強く首を振った。

「あそこにして。尚ちゃんも一緒に」

仲村が首を傾げると、環が思いもよらぬ場所を指定した。

# 最終章　自立（じりつ）

## 1

「仲村さん、あれ、松島社長じゃないですか」

反対車線に停車したタクシーを関が指した。仲村が目を向けるとドアが開き、環が降り立った。

「悪いが、ここからはあくまで個人的な話だ。絶対に入らないでくれ」

「了解です」

仲村は車から降り、環に右手を挙げた。仲村に気づいた環は笑顔を浮かべたが、心なしか両頬が引きつっていた。

「尚ちゃんは？」

道路を横切った環が、仲村の隣に駆け寄った。

「まだ仕事中だ。一二階に住んでいる婆さんを送りに行った」

仲村は三三号棟の上層階を指した。

「それなら、遅刻はなさそうね」

環が無理に笑みをつくり、細々と営業を続ける団地の西通り商店街へと歩き始めた。

「このあたりもずいぶん変わったね」

煤けた団地の外壁沿いを歩きながら、環が小声で言った。

「まるで抜け殻だ」

くたびれた様子の店の前を通り過ぎ、かつて精肉店すみよしがあった場所で仲村は足を止めた。

「なんの抜け殻？」

「マンモスさ」

仲村の言葉に環は顔をしかめた。

「確かにマンモス団地はスカスカになった。でもね、私は変えてみせるわ」

「頼むよ。ここで育った人間の一人として、故郷が朽ち果てるのはごめんだ」

仲村は自動販売機の前に行くと、小銭を入れた。

「缶コーヒーでいいか？」

「私はミネラルウォーターを。小銭ならあるわよ」

「凄腕投資家に奢ってもらったのがバレると、後々懲戒ものだ」

軽口を叩いた仲村は缶コーヒーを二本、そしてミネラルウォーターのボタンを押した。

静まり返った団地にボトルが落下する鈍い音が響いた。

「昔なら、こんな音はあっという間にかき消されたはずだ」

　環にボトルを手渡し、仲村は周囲を見回した。白髪で腰の曲がった老婦人が二人、金物屋から出てきた以外、人影はない。

　西通り商店街の中程まで来たところで左に曲がった。三三号棟を東西に貫く薄暗いトンネル状の通路だ。

　二人の靴音が天井に反響する。昔はかくれんぼの定番スポットだったが、今は山奥の廃道を進んでいるようだ。環も言葉を発しない。歩みを進めるとすぐに視界が開けた。

　西通りの広場と同様、広いスペースだ。路面にはいくつもマスが切られ、住民たちの足となる自転車が整然と並んでいた。

「子供用が少ないわね」

　錆(さ)びついたママチャリを見やり、環が言った。

　団地が生き物だとすれば、仲村が小学生の頃は働き盛りの青年で、現在は足腰の弱った老齢期に入った状態だといえる。

　高齢の男性がため息を吐きながら仲村の横を通り過ぎた。老人はスタンドを払い、自転車はよろよろと走り始めた。

「夜のアルバイトにでも行くのかな」

「七〇歳くらいかしら」

警備員や道路工事の誘導員、あるいは歌舞伎町のラブホテルの清掃員かもしれない。どれもきつい仕事だが、収入はたかが知れている。それでも老いた体に鞭(むち)を入れる。

「あの歳でも働かなくちゃならない。いったいこの国はいつからこんな貧乏になった？」

　仲村は老人の背中を見ながら言った。

「彼が仕事で怪我をしたり、病気で体が不自由になったとしたら。そう考えると、今回の投資は絶対に成功させなきゃいけないと思うの」

　環が唇を真一文字に結んだ。

　環は自力で奨学金を得て、競争の激しい金融業界でのし上がった。そして今度は、忌み嫌っていたはずの富丘団地を自らの事業で再生させるという。

　仲村は環の横顔を凝視した。未来に進むために過去の辛い事柄を仲村に話す……警察官ではなく、一人の人間として向き合わねばならない。

「ここは変わっていないわね」

　大きな街路樹に挟まれた大階段を指した環が小さく息を吐き出したとき、彼女の強張った肩越しに中年男性のシルエットが見えた。

「来たぞ」

　仲村が顎(あご)をしゃくると、環が振り返った。

「仕事、終わったのね」

　尚人は俯(うつむ)いている。足取りも重い。

かを気遣っているのか。

環が手を挙げた。一方、尚人の表情は冴えない。環は腹を据えたようだが、尚人は何かを気遣っているのか。

「尚ちゃん！」

「尚人！」

仲村が呼ぶと、尚人がようやく顔を上げた。

四〇年前、ガキ大将にコロッケを踏み潰されたとき、環を庇って牛込署に押しかけたとき……尚人は戸惑っていた。自分の心のうちとは裏腹に、思うように言葉が出ない苦しみに喘ぎ、怒りや恐れを押し殺した顔をする。だが、今、目の前にいる尚人の顔は、仲村が一度も見たことのない表情をしていた。

**2**

「仕事は終わったんだろう？」

缶コーヒーを差し出すと、尚人は力なく頷き、缶を受け取った。

「施設のミニバンは相棒が見張っている。駐禁の心配はしなくていい」

仲村が軽口を叩いても、尚人の表情は冴えない。

「疲れているのに、来てくれてありがとう」

尚人の顔を覗き込み、環が言った。尚人は、ああ、と小声で応じ、一段高くなっている階段の縁に腰を下ろした。缶コーヒーを握ったまま、尚人は視線を三号棟の上層階に向けた。

「なにか問題でもあるのか？」

「平気だよ」

仲村の問いかけに尚人が弱々しく答えた。表情が暗い。

「施設長の熊谷はクビにしたわ。すぐに新しい施設長を派遣する。もちろん、介護ビジネスを熟知した人よ。もう、尚ちゃんは介護報酬の不正請求にも手を染めなくていい」

環が早口で告げた。

「そうなのか……」

尚人が小さい声で答え、仲村を見た。

「おまえが罪に問われることはない。熊谷だけだ」

尚人はほとんど表情を変えない。

「これからチェリーホームは新しい仕組みを導入するの。尚ちゃんには現場のリーダー、責任者になってもらう。明日にも新しいシステムが動き出すわ」

「わかった。やれることはやるよ」

尚人は能面のような顔で答えた。介護報酬の不正請求、熊谷の排除。尚人の周囲にあった忌まわしい環境は改善されたのに、なぜか表情は晴れない。仲村は黙って環と尚人のやりとりを見つめた。

二人の人生を次のステップに進ませるためにも、ここできちんと話をしなければならない。仲村は意を決し、切り出した。

「環がここに来てほしいと言ったのには理由がある。あの日、四〇年前の夏の日のことを話してくれるそうだ」

仲村は尚人の顔に目をやった。尚人は目を大きく見開き、環を凝視している。

「あの日のことを勝っちゃんに話さないと、私たち二人、先に踏み出せない。新しい出発のために、必要なことなの」

自らの被害体験を詳らかにし、過去と決別しようとする環の強い決意が見える。

一方の尚人は、先ほどからずっと瞬きをしない。四〇年間蓋をしてきた環の過去をなおも必死に庇おうとしているのだ。たまらなくなった仲村は口を開いた。

「本来なら、専門の女性捜査員を連れてくるべきなんだが……」

尚人が突然、仲村の言葉を遮るように強い口調で言った。

「だから、違うんだ！」

叫んだ直後立ち上がり、三三号棟に目を向けた。同時に強く拳を握り、肩を震わせ始めた。

「どうした、尚人？」

仲村は尚人の肩をつかんだ。なんらかの異変を察知したのか、環も口を開く。

「なにかあったの、尚ちゃん？」

「おまえ、さっきから三三号棟ばかり気にしている。いま送ってきたのは篠原さんだったな？」

「ああ……」

上層階を見ていた尚人が慌てて地面に視線を向けた。

「なにかあったんだな？」

肩をつかむ手に力を込め、仲村は言った。

「勝っちゃん、無理強いしないで」

尚人は下を向き、唇を強く噛んでいた。同時に強く首を振り始めた。

「なにがあった？」

「これ……」

突然、尚人が作業パンツの尻ポケットから、小さなノートを取り出した。

「見てもいいか？」

尚人が小さく頷き、ノートを仲村に手渡した。

〈無尽帳　篠原珠世〉

仲村はマジックで書かれた手書きの文字を睨んだ。無尽とは、地域の住民や同級生などが定期的に集まって一定額を拠出し、親となる代表者が金を管理する互助会のようなものだ。資金が必要になったメンバーが出たとき、無尽の中から一定額を貸し付ける。

仲村は表紙をめくる。細かい罫線に手書きの数字が並んでいた。目を凝らすと、ページの左側に一万円、二万円などの金額、そして日時が記されている。右側には五〇〇〇円、七〇〇〇円など少額の数字が並んでいる。

「無尽は表向きで、内実は高利貸しの台帳だ」

低い声で尚人が言った。

「篠原さんは、高利貸しを使っていたんだな？」

「そうだ」

仲村はさらに目を凝らした。その日暮らしの老人たちは、目先の金が必要になった際、即時に貸し付けてくれる身近な人間に頼る。闇金の典型だ。

何枚もページをめくり、借入れと返済の頻繁さに目を見張った。同時に頭の中で電卓を叩く。所々に利息の利に丸い枠がかかっている。一万円に対し一〇〇〇円、二万円に対し三〇〇〇円、一〇日で一割の金利となれば、典型的なトイチだ。一〇日で五割のトゴの取引もある。年利に換算すれば、一〇〇〇％を超えてしまう違法な貸付に他ならない。

藤原は四〇年以上も高利貸しを続けていた。団地に住む者なら誰でも知っている。篠原の家庭がどのような状況かは知らないが、年金の不足額を埋めるため、藤原からも借りていたのだろう。だが、それがなぜ尚人の異変につながったのか。

「篠原さんの息子、達哉さんから託された。僕と環はあの人をよく知っている」

尚人が感情のこもらない声で言った。

「どういう意味だ？」

仲村が尋ねると、尚人が再度、三三号棟の上層階を仰ぎ見た。

「まさか……」

突然、環が口を開いた。

「なんだよ、心当たりでもあるのか？」

「尚ちゃん、まさかあのときの人がこの篠原さんなの？」

「ああ……今日、入浴介助作業のときにわかったんだ。篠原さんは、私は大丈夫だから早く忘れなさいって……」

「大丈夫だから、たしかにそう言ったのね」

「そうだ……」

「そういうことだったのね」

俯く尚人の肩を、環が長い腕で優しく包み込んだ。

「あのときの人ってどういう意味だよ？」

仲村が訊くと、尚人、環が同時に顔を上げた。

「私から勝っちゃんに話すわ。いいよね、尚ちゃん？」

肩から手を離した環が問うと、尚人が小さく頷いた。仲村は二人を交互に見た。環は両目を真っ赤に充血させ、尚人は俯き、小さく唇を震わせていた。

「座って、勝っちゃん」

環に促され、仲村は階段に腰を下ろした。尚人は先ほどと同じ縁に座った。ミネラルウォーターを一口飲んだあと、環が切り出した。

「あの日、私は尚ちゃんと一緒にあそこに連れていかれた。あまりにもお腹が空いていたから、メンチやコロッケに目が眩んだの」

中腰になった環は左の方向を指した。駐輪場の向こう側に三三号棟自治会が所有する集会所がある。今も昔と変わらず、深緑色のタイルが側壁に貼られている。

「あの日、私も尚ちゃんも手掴みで揚げ物を食べた……」

環が空を仰ぎ、言った。

仲村は思わず息を呑んだ。

四〇年という長い月日が二人を苛んできた。当事者でない仲村には想像もできない痛みだ。二人は今、必死に過去の自分を呼び寄せ、現実と闘わせている。

「勝っちゃん、なにか勘違いしてない？」

ため息を吐いたあと、環が仲村を睨んだ。

「どういうことだ？」

「だから、あの日のことよ。被害者は私だと決めつけている。違う？」

「藤原はあのとき、異様に目をギラつかせていた。あの女、いや篠原さんだけでなく、おまえにも手を……」

「違うの！」

環の眦が切れ上がった。

「被害者は、尚ちゃんなの」

「なんだって！」

仲村は尚人に視線を向けた。尚人は俯いたまま、小さく肩を震わせていた。

「環の言う通りだ。ここで明かさないと僕たちは前に進めない」

消え入りそうな声だ。尚人は唇を噛み堪えている。

「僕たちのためでもあり、それに……このことは、勝也にも関係すると思う」

唐突に名を呼ばれ、仲村は戸惑った。

「まだうまく言えないけど、多分……」

尚人が口籠った。続きを待つ間、首を傾げていると環が尚人に目配せした。

「私も勝っちゃんがどう関係するのかはわからない。でも、まずはあの日のことが最優先よ」

環が咳払いした。仲村は、環の次の言葉を待った。

3

遠い昔の蒸し暑い昼下がりの記憶が鮮明に脳裏に蘇った。

〈尚ちゃん、聞こえる？〉

環は食べかけのコロッケを紙袋の上に置き、口いっぱいに揚げ物を入れていた尚人に尋ねた。

〈なんのこと？〉

〈あっちから、変な音が聞こえる。それに、あのお姉さんの声もするわ〉

環はしみが浮き出た襖（ふすま）を指した。先ほどまで、藤原と派手な化粧の女は環、尚人と一緒に六畳間にいた。

子供二人が揚げ物に手を付けると、藤原は満足げに頷いて、女とともに隣の部屋に行き、襖を閉めた。

集会所に来る間、二人は百貨店で買い物をするとか、給料がどうとか話をしていた。日頃、大人の会話に入るなと言われてきたため、環はあの二人が子供に関係のない話をしているものだと思っていた。

〈たしかに、お姉さんの様子が変だ〉

〈そうでしょ〉

環が答えると、尚人が両手に付いた揚げ物の衣を短パンで拭い、立ち上がった。尚人は口の前で人差し指を立てたあと、ゆっくりと襖に近づいていく。

環が目を凝らして尚人の背中を見ている間も、襖の向こう側から女の激しい息遣い、そして苦しそうな声が聞こえる。

〈病気かな？〉

小声で尚人が言った。病気なら医者に来てもらわねばならない。学校の全体朝礼で、急病人が出た際は救急車を呼ぶ必要があると教えられたばかりだ。

〈大変そう？〉

環は居てもたってもいられず、立ち上がった。足音を忍ばせ、尚人の背後に立ったときだ。尚人が少しだけ襖を開けた。

〈あっ〉

尚人と同時に、小さな声が出た。尚人の左肩から覗き見ると、襖の向こう側には素っ裸の藤原がいた。

背中には大量の汗が浮き出し、たっぷりと付いた腰回りの脂肪が醜く揺れていた。藤原の下には、あの女がいる。口をだらしなく開け、首を何度も振っている。

〈なんだよ、おまえたち〉

藤原が首だけ動かし、環と尚人に言った。

〈あ、ああ、病気かなって〉

環の右横で、尚人が懸命に声を絞り出した。

〈病気じゃねえよ。気持ちいいことしてるんだ〉

短く言ったあと、藤原が女の胸をはだけさせた。その瞬間、環は全身に悪寒(おかん)が走った。

〈気持ちいいこと、わかるか？〉

藤原がなおも言い、女の唇を舐(な)め回し始めた。悪寒が止まない。尚人の顔を見上げると、眉根を寄せ、体全体を硬直させていた。

〈おい、坊主。おまえ、反応してんじゃねえか〉

女の口を吸うのを止めた藤原が言い、尚人に顔を向けた。

〈いっちょ前に勃ってやがる。おもしれえ〉

薄気味悪い笑みを浮かべた藤原が、女から体を離し二人の前で仁王立ちした。藤原の肩口から、大量の汗が流れ落ちる。

〈おい坊主、おまえもやってみろよ。大人の味を試してみろ〉

藤原は自らの股間をまさぐりながら、尚人に近づいてきた。尚人は体を強張らせ、立ちすくんでいる。

〈ぼ、僕は……〉

尚人は口籠るが、藤原は強引にTシャツを引き剥がし、短パンと下着も脱がせた。

〈ほお、本当に勃ってる。おい、あれ持ってんだろ?〉

藤原が振り返り、女に言った。女は唇を噛んだあと、小さく頷いた。

〈ほらよ、一人前になれよ。他のガキよりずっと早いぞ〉

素っ裸になった尚人を女の前に連れて行くと、藤原がへらへらと笑い始めた。

〈おまえ、着けてやれよ〉

〈はい……〉

女が慌てて襖の側にあったバッグを引き寄せ、革製のポーチを取り出した。

〈おお、本当にいっちょ前だ〉

女が小さな包みから何かを取り出し、尚人の下腹部に装着したのが見えた。これからなにが始まるのか。尚人は明らかに怖がっている。こうして見ているだけなのに、環自身も震えが止まらないのだ。

〈ほら坊主、こうやるんだ〉

背中の汗を光らせながら、藤原が尚人の肩をつかみ、女の前に跪(ひざまず)かせていた。

〈あ、ああ……あの〉

〈坊主、思い切って腰を突き出せ〉

藤原の声に尚人が強く首を振ったときだった。今まで苦しげに大きな声をあげていた女が、優しい声音で言った。

〈私、大丈夫だから〉

そう言いながら、女の目は真っ赤に充血していた。

尚人の肩を叩き、藤原が苛立ったように言った。

〈ほら、早くやれよ〉

〈大人の味はどうだ？〉

藤原が発した下劣な笑い声が、何度も環の耳の奥で反響した。

呆然と立ちすくむ尚人の顔を見ていると、時間があっという間に過ぎた気がした。気づくと、藤原は裸のまま畳の上に横たわり、大きないびきをかいていた。

〈私は大丈夫だから。二人とも今日のことは早く忘れなさい〉

慌てて服を身につけたお姉さんの声が聞こえた。

## 4

強く洟を啜ったあと、環が空を見上げた。仲村の目の前で唇を強く嚙んだあと、尚人が言葉を継いだ。

「篠原さんも辛かったんだと思う。借金とか、他にも弱みを握られていたのかもしれない。だから俺と同じように藤原に逆らえなかった」

四〇年前の光景が頭をよぎる。とっかえひっかえ女を連れ歩いていた藤原は、札びらで顔を叩くような男だった。篠原もその被害者だったのだろう。

「子供を弄ぶことに加担させられたんだ。普通だったら、耐えられないはずだ」

尚人の言葉に力がこもった。

〈私は大丈夫だから。早く忘れなさい〉

篠原が発した言葉は重い。自分自身にそう言い聞かせねば、彼女も精神を病んでいたかもしれない。だが藤原には抗えなかった。藤原はただ自らの欲望を満たすために、彼女に年端もいかない少年の相手をさせたのだ。

法的にも藤原は児童福祉法の児童淫行罪に当たる。また、篠原も東京都の青少年健全育成条例、一八歳未満の者に対する淫行に該当するだろう。

仲村は尚人の顔を覗き込んだ。ああ、と応じてから尚人が話を続けた。

「今朝、篠原さんは古い革製のポーチを持っていた」

「ポーチ？」

「おそらく藤原が昔買ってやった物だと思う」

「どうして篠原さんだとわかった？」

仲村が矢継ぎ早に尋ねると、尚人が深呼吸した。

「四〇年前、彼女は同じポーチからコンドームを取り出した」

仲村は再度言葉を失った。

尚人は人並外れて記憶力が良い。目にした物は写真のように覚えてしまう。そんな彼が、異常な状況下でポーチを見たのだとしたら、四〇年経っても確実に覚えている。いや、忘れようにも忘れられず、尚人は苦しんできた。

「なぜ彼女は長年持っていたんだ？」

「わからない。でも、あのときの屈辱を忘れない、そんな気持ちを持っていたんじゃないのかな」

尚人が小声で言った。散々苦しめられた男から貰った物なら、普通は捨ててしまう。篠原なりの意地があったのかもしれない。

いずれにせよ、仲村が考えていた結論と、実際に起こったことは全く違っていた。四〇年もの長い年月の間、尚人と環は心に重い蓋をしてきた。

新しい出発という言葉の裏には、自ら蓋を押し開くという想像を絶する心の負担があったのだ。

「尚人、環……わかった」

仲村は二人に頭を下げたあと、顔を上げた。改めて二人に目をやり、口を開いた。

「よく生きていてくれた」

他に言葉が見つからなかった。幼少期に性犯罪に遭遇した人間の多くが、フラッシュバックなどの症状を伴う心的外傷後ストレス障害（ＰＴＳＤ）と闘っている。ときに自ら命を絶つ場合さえある。だが、幼なじみの二人は強い意志を胸に秘め、生き続けてきた。しかも自らの口で、事情を話してくれた。

「大袈裟ね」

環が肩をすくめた。だが、目は笑っていない。話すだけでもストレスがかかるのに、今は事件が絡んでいる。あとは刑事として、二人の思いを確実な結果につなげなければならない。

「そういえば……」

仲村が言うと、尚人が頷いた。

「俺に関係するというのは、この無尽帳のことなのか？」

仲村は左手で握っていたノートを尚人の眼前にかざした。

「ああ……」

小さな声で応じたあと、尚人が顎をしゃくった。ページをさらにめくれという意味だ。仲村はさらに四、五枚を繰った。

〈返済延期を申し入れ〉

二週間ほど前の欄に、手書きの文字があった。仲村が顔を上げると、尚人がゆっくりと頷いた。

「この半年ほど、返済を巡ってのトラブルがなんどかあったそうだ」

トラブル、という言葉が耳の奥で鈍く反響した。同時に、胸の奥から熱気が這い上がってくる。

「まさか……」

「だから、勝也にも関係する……そう言った」

仲村の意を察したように、尚人が告げた。

「こんな高利で金を借りたら大変なことになる。年金の額だってたかがしれている。トラブルとは、それはつまり……」

仲村が頭に浮かんだ考えを口に出しかけたとき、後方から鈍い音が響いた。同時に三号棟の一階にある古い喫茶店のテラス席から悲鳴が上がった。

「勝っちゃん、大変!」

環が喫茶店の前を指した。上階から落下した植木鉢が割れ、周囲に散乱していた。咄(とっ)

咄嗟に仲村は上の方向に目をやった。

「まずい！」

ベランダから半身を乗り出している老婦人の姿が見えた。

「篠原さんだ！」

ベランダを指した尚人が叫んだ。

「助けに行く！　一一〇番通報してくれ！」

環に言い残すと、仲村は三三号棟目掛けて駆け出した。

5

ギシギシと不快な音を立てるエレベーターを降りたあと、仲村は一二階の通路を懸命に走った。

篠原の部屋は一二一五号室、三三号棟の南端だ。所々にヒビが入ったコンクリートの通路を蹴り、仲村は目的の部屋にたどり着いた。ドアを右手で叩き、呼び鈴を鳴らしたが応答はない。ノブを回すと、幸いロックはかかっていなかった。

「警察です！」

ドアを開け、上り框で叫ぶが、返事はない。失礼と大声で言うと、仲村は革靴のまま部屋に足を踏み入れた。

昔暮らした団地で間取りはわかっている。日光東照宮のシルエットがプリントされた暖簾を手で払い、六畳のキッチンダイニングに入る。ここにも人はいない。ダイニングを抜け、隣の四畳半の居間に向かう。襖を開けると、万年床と簡易ベッドがある。窓際のカーテンに目をやると、激しく動く人影が映っていた。

「母ちゃん、だめだよ！」

叫んでいるのは、篠原の息子だろう。仲村はカーテンをめくり、開けっ放しのサッシの枠を越え、ベランダに入った。

「警察です、早まらないで！」

ベランダの縁に足をかけ、いまにも飛び降りようとする老婦人と、必死に引き止めようとする中年の男がいる。仲村は息子に加勢し、老婦人の肩に手をかけてベランダの内側へと引きずり下ろした。

「大変なことをしたんだよ、もう生きていても仕方ないんだよ」

涙声で老婦人が叫んだ。大変なことをした……老婦人の震える声が強く耳を刺激した。

「母ちゃん、死んだら元も子もないじゃないか！」

洟を啜りながら息子が怒鳴った。

「とにかく二人ともこっちへ！」

仲村は老婦人の手を強く引き、二人を室内へと戻した。

「緊急事態だったので、土足で失礼しました」

キッチンの古びた椅子に腰を下ろすと、仲村は頭を下げた。環の一一〇番通報で駆けつけた牛込署の若い巡査二人が仲村に敬礼すると、部屋を出ていった。

「石井さんが来てくださったので、母は落ち着きました」

篠原の息子は達哉と名乗り、畳の居間に目をやった。興奮していた老婦人は、ベッドの縁に座ってぼんやりと時代劇の再放送に見入っている。その隣には、仲村の後を追ってきた尚人が座り、篠原の手をさすっていた。

「お母さんが大変なことをしたと仰ったのはこのノートに関係していますか?」

仲村は無尽帳をテーブルに置いた。達哉がこくりと頷く。

「俺は、母に迷惑をかけっぱなしでした。高校卒業後に観光の専門学校に行きましたが、就職氷河期でどこにも就職できずに、派遣とアルバイトの掛け持ちで二〇年も経ってしまいました」

達哉が白髪交じりの頭を掻いた。仲村は背広から手帳を取り出し、達哉の証言を書き留めた。

「お袋は若い時分に水商売を転々としていたので、もらえる年金は微々たるものです」

達哉は母親が国民年金をほとんど支払っていなかったことを明かした。捜査の過程ではよく聞く話だった。一〇年以上支払っていなければ、年老いたときにもらえる年金は雀の涙程度だ。

「年金事務所で未払いだった分の何割かを後から払いましたが、他の年寄りと比べたらないに等しいです。それに、新型ウイルスによる大不況で俺の稼ぎが減ってしまい、本当に生活が困窮していました。だから……」

達哉が肩をすぼめ、小声で言った。

「藤原さんの高利貸しに頼るようになった、そういうことですね」

「はい」

達哉はサイズの合わないいきつめのスウェットシャツ、着古したデニムのパンツを穿いている。何カ月も散髪に行っていないようで、髪がボサボサに伸びている。小太りの達哉の風貌は冴えない中年男そのものだ。

「一年半前、母に認知症の症状が現れ、徘徊も始まりました。このままでは共倒れになる、そう考えて団地の自治会に相談しました」

昔から富丘団地の住民たちは横のつながりが強い。達哉もそれに頼ったのだ。

「自治会の人から藤原さんの施設を紹介されました。しかし、そのサービス料を払うためにアルバイトを掛け持ちしているうちに、俺自身も体を壊してしまって……」

達哉が右手で左の肘をさすり始めた。

介護報酬の不正請求の話が頭をよぎった。あの藤原のことだ。認知症のかつての愛人に情けをかけるために通所させたのではなく、介護報酬の単位数とみなしていた公算が高い。

仲村は達哉の背後の台所を見た。シンクにはカップ麺やレトルト食品の空き容器が散乱し、大きなサイズの清涼飲料水のボトルも乱雑に放置されていた。母親の介護と仕事の掛け持ちでは料理をする時間もまともに取れないのだろう。

就職氷河期、新型ウイルス……二つの言葉が重くのしかかる。達哉は怠けていたわけではない。たまたま運が悪く、自己責任ばかりを押し付ける世間の風潮に押し潰されまいと足掻いてきた。

自治会の人間がどんな理由で藤原を紹介したのかはわからない。だが、強欲な藤原は、かつての愛人とその息子を救うふりをして通所させたのではないか。

「あなた、随分久しぶりじゃない」

突然、隣の居間で篠原が奇声をあげた。声の方向に目をやる。篠原が腰を浮かせ、壁に向かって手を振り始めた。隣では、尚人が手を握り続け、篠原の視線の先を注意深く見守っている。

「尚人……」

仲村が声をかけると、尚人は静かに頷き返した。

篠原の視線の先に古びた箪笥(たんす)がある。仲村は目を凝らした。箪笥の横の小さな鏡台に写真立てが見えた。色褪せたカラープリントだが、パーマをかけた化粧の濃い女の写真……四〇年前のあの日、西通り商店街に現れた女だ。仲村はなんとか声を押し殺した。

尚人にもあの写真が見えているだろう。しかし、尚人は今も篠原の手を優しく撫でている。

大階段で全てを明かしたことで、吹っ切れたのか。それとも尚人本来の優しさなのか。今の仲村に答えは出せない。

「いつもの症状です。三四号棟に住んでいた親友と会っているようです。タミさんは一〇年前に亡くなったんですけどね」

達哉が深いため息を吐いた。

「スーパー五徳に行くわよ。今日は海鮮の安売り日だから！」

朗らかな篠原の声が、仲村の耳に残った。

〈お父さん、困りますよ。勝也が見たらなんて言うか〉

昨夜、仲村の顔を見ながら、母が声を弾ませた。父親が帰宅したと喜んだ母は、とりわけ明るかった。

「彼女が現れると、しばらくは機嫌がよく、わがままを言いません」

達哉が篠原を見やり、もう一度ため息を吐いた。自分は刑事だ。藤原殺害の真相に近づきつつある。同じ境遇の中年男に同情するよりも、やるべきことがある。事件の核心に迫らねばならない。

「それ以外のときは？」

下腹に力を込め、仲村は尋ねた。

「うちに金がないことを嘆き、いつも不機嫌でした」

テーブルに置かれた無尽帳を睨み、達哉が言った。

「取り立てが厳しかった？」

「情け容赦ないとはあのことでした」

「それでは、藤原さんが殺害された日のことをお尋ねします」

仲村が切り出すと、達哉が顎を引き、姿勢をただした。

「先ほどお母さんは〈大変なことをしたんだよ〉と言われました。どういうことでしょうか。具体的に教えてもらえますか？」

仲村の問いかけに、達哉が口を開いた。

「俺がアルバイトから戻った直後、藤原がうちに来ました。藤原は、俺のアルバイト代の二万円が入った封筒を金利分だと言って無理矢理に取り上げると、うちを出て行きました。お袋は激昂して藤原を追いかけました。そのあと……」

達哉の話を聞きながら、仲村は手帳にボールペンを走らせた。ペンの先が紙に食い込むほど自分の筆圧が高まっていくのがわかった。

「あの、これは使えるでしょうか？」

達哉が小さなプラスチックのケースを差し出した。

「なんですか？」

仲村の問いかけに、達哉が半透明のケースを開けた。太い指の先に、小指の爪ほどの小さなメモリカードがあった。

「データをここに転送しました」

達哉が小さな声で告げた。

## 6

「先を続けてください」

　午後九時半、牛込署の会議室で渋面の野沢管理官が言った。若き指揮官は腕を組み、目を閉じたまま仲村の報告を聞いた。仲村の隣には関が神妙な顔で控えている。

　夜の定例会議を終え、他の捜査員たちは食事や聞き込みへと散った。

　達哉から聴取を終えたのは、部屋に入ってから一時間半後だった。予想もしなかった捜査の進展だった。

「被疑者（マルヒ）は被害者（マルガイ）のかつての愛人の一人で、現在は金銭トラブルがありました」

　会議室に残った野沢に対し、仲村は被疑者を見つけたと切り出した。突然の報告に野沢は身を乗り出した。

「被疑者の氏名は篠原珠世、年齢は八一歳。本籍地は岡山県真庭郡新庄村、現住所は東京都新宿区富丘三丁目二二番、無職」

　仲村は手帳に記したメモを淡々と読み上げた。

　篠原の生まれは岡山県の山間（やまあい）の村で、地元高校卒業と同時に大阪船場の繊維問屋に就職した。

問屋で働くかたわら、ミナミのキャバレーでアルバイトし、家族に仕送りを続けた。

半年ほどすると、博打好きのボーイと恋仲になり、借金苦に喘いだ。

仲村が達哉と対峙している間、関や本部一課の鑑取り班の精鋭が投入され、富丘団地で篠原と交友があった人物をあたり、彼女の生い立ちを洗った。

ミナミから恋人とともに逃げ出した篠原は、北千住や錦糸町といった東京の歓楽街に流れ、もっと稼げるからと歌舞伎町へと辿り着いた。

だが、大阪から一緒だった恋人はさらに借金を重ねて蒸発。篠原は残された借金返済のため、ホステスだけでなく、暴力団が経営するソープランドでも稼がねばならなくなった。

四〇年前のあの日は、歌舞伎町に来たばかりのタイミングだったようだ。

「現在、同居する長男の達哉氏は、被疑者が大久保のスナックで雇われママをしていたころの常連客の一人との子供のようです」

「そうですか……」

野沢が会議机に置いた分厚い捜査資料のファイルを手に取り、ページをめくり始めた。

「遺体発見当時の状況と、被疑者の様子に齟齬はありませんか？」

「ありません」

仲村はページを遡った。

〈そもそもこんな辺鄙な場所まで来るんだ。被害者は知った顔の人間に呼び出されたの

かもしれんな〉

〈顔見知りで力を抜いていたのなら、女子供でも被害者を突き落とすことは可能だ〉

捜査資料に記された検視官の見立ては篠原の人物像と一致する。犯行現場のごく至近に住み、藤原との間に金銭トラブルを抱えていた。しかも、過去に浅からぬ因縁がある。

捜査の過程では、最初に環の存在が浮上した。次いで、犯行時間帯に一二階にいた尚人も現れた。四〇年前の出来事に固執するあまり、篠原の線を洗わなかった。いや、考えすら浮かばなかった。仲村はその旨を野沢に告げ、頭を下げた。

「刑事として慢心がありました。申し訳ありません」

捜査ファイルを閉じると、野沢が仲村を直視した。

「聞き込み班も、篠原と息子の不在が続き、調取できていなかったことも反省点です。それより肝心なことを教えてください。なぜ、この篠原という被疑者に行き着いたのか。その辺りの説明をしてください」

7

仲村は達哉から預かった無尽帳を野沢に差し出した。怪訝(けげん)な顔で受け取った野沢はページをめくり、ある一点で手を止めた。

〈返済延期を申し入れ〉

「被害者が営んでいた闇金は典型的なトイチ、トゴの違法金利です」

「なぜ二週間前にこのような申し入れを？」

「篠原さんの息子の達哉氏がデリバリーのアルバイト中に怪我をして、利息の支払いが難しくなったからです」

「しかし、被害者は容赦しなかった？」

「はい」

事件当日、篠原の部屋を訪れた藤原が、達哉のなけなしの給料の二万円をむしり取ると、篠原は逆上した。

乱暴にドアを閉めた藤原を追いかけ、一二階通路の北側まで行った。仲村の説明に野沢が低く唸る。

「それで被害者と三三号棟一二階の通路でもみ合いとなり、最終的には突き落とした、そういうことですね？」

「事件当時、通路付近の住民は全員が留守だったため、目撃情報もなければ、もみ合う音を聞いた人もいなかったのです」

犯行現場となったフロアについては、地取り班が丹念に聞き込みを行っていたはずだった。ここにも捜査上のエアポケットが生じていたのだ。

仲村は背広のポケットからスマホを取り出し、会議机の上に置いた。

「なんですか？」

「音声ファイルがあります。お聞きください」

　画面にアプリを表示させると、仲村は人差し指でタップした。

〈……あぁ、大変なことをしたよ〉

　酒焼けした老婆のか細い声がスマホの小さなスピーカーを震わせた。野沢の眉根が寄る。

〈母ちゃん、どうした？〉

〈藤原を……藤原を、私、どうしよう〉

〈なんだよ、なにがあった？〉

〈うぁああ……おぉおおお〉

　低い呻き声が次第に大きくなり、篠原は絶叫した。言葉にならない強い思いが篠原を支配していた。篠原は自分の行為に苦しみ、もがいていた。音声を通じ、なにが起こったのか、仲村には容易に想像できた。

　眉根を寄せる野沢を見たあと、仲村は音声を止めた。目の前の若い上司も仲村と同じ思いを抱いたようで、下唇を噛んでいた。

「これはどういう経緯で録音されたのですか？」

「篠原さんは認知症を患っています。息子は症状が出たとき、正常なときの状態をつぶさに知らせるよう、医師に指示されていました。同じようなファイルがあと五個あります」

きかねます」

「認知症ですか……」

野沢の顔が曇った。

「篠原さんが藤原さんを突き落としたときの状態はどうだったのでしょうか?」

「被害者ともみ合いになったことまではわかりますが、当時の被疑者の状況は判断がつきかねます」

「息子は犯人隠避で……いや、認知症の母の言葉の意味を判断しかねた。だから、警察には話さなかった。しかし、今度は真相をつかんだ石井氏が現れ、事態が急転したということですね」

「その通りです」

「しかし、それをどう立証するかですね」

野沢が腕を組み、会議室の天井を見上げた。

「専門家に意見を聞きました。これはその要点です」

仲村はスマホの画面を野沢に向けた。

〈ある暴行事件についての考察：先日、都内の公園で老人同士の喧嘩が発生し、加害者が暴行容疑で逮捕された。しかし、加害者は認知症を患っており、事件そのものに関する記憶が曖昧で……〉

野沢の眉間に深い皺(しわ)が刻まれた。

〈逮捕勾留後、加害者の認知症の症状が一気に悪化したほか、精神的なストレスから別

の精神障害も発症するなど……〉

「難しいですね。精神鑑定は必須となるでしょう」

起訴前の刑事訴訟法上の鑑定には〈嘱託鑑定〉と〈簡易鑑定〉の二種類がある。

「今回は嘱託鑑定になるものと思われます。専門病院に入院させますので、時間がかかるかと」

鑑定書は検察官に提出され、これを考慮して起訴か不起訴かの方針が決まる。

仲村は会議机に置いた自分のスマホを睨んだ。達哉が録音したデータからは、事件当時に明確な殺意があったのかどうかはわからない。

「やはり、逮捕して起訴ということに？」

「鑑定の結果は様々で、私は確かなことは言えません」

野沢が腕組みした瞬間、仲村の脳裏に亡くなった友人の名を呼び続ける篠原の姿が浮かんだ。次いで、定まらない視点で話し続ける篠原の横顔が、自分の母親と重なった。

「一つお尋ねしてもよろしいですか？」

「なんでしょうか？」

「被疑者の症状は日々進行しているようです。取り調べはどのように？」

「そう、そこが難しい問題ですね……」

野沢が息を吐き出した。

現在、富丘団地三三号棟の部屋には、捜査本部の女性捜査員と牛込署地域課のベテラン巡査部長が詰めている。だが、万が一の事も想定する必要がある。

「逃亡の心配はありません。しかし、また自殺を図るようなことがあるかもしれないので、入院させることはできませんか？」

「上に相談します」

短く答え、野沢が席を立った。

8

仲村が真犯人（ホンボシ）を割ってから二日後だった。

野沢が捜査本部全体に情報管理を徹底させたことで、マスコミに篠原のことは漏れなかった。

野沢とともに牛込署の玄関で待っていると、車寄せにパステルカラーのミニバンが停車した。定点観測で署の周辺をうろつく数人の記者はいたが、介護施設の車両に真犯人が乗っていることを察知している者はいない。

腕時計を見ると、午前一〇時五分、篠原に軽い症状が現れたのが二時間前で、今は普段の状態に戻っていると病室で待機していた女性捜査員から連絡があった。

ミニバンの運転席のドアが開き、尚人が素早く後部ドアに向かった。周囲を確認した尚人はドアを開け、車椅子に乗った篠原を電動リフトに移動させた。

「こちらも準備万全です」

若手の制服巡査とともに階段にスロープを設置し終えた関が言った。

「大丈夫、僕がついていますから」

車椅子を押した尚人がスロープを登り切ったとき、篠原の耳元で言ったのが聞こえた。篠原は静かに頷き、目を閉じた。

仲村が視線を送ると、尚人が頷いた。

「それでは、会議室へ」

野沢の声とともに、仲村は篠原、尚人をエレベーターへと案内した。

牛込署三階奥の小会議室に事務机が置かれ、車椅子に乗った篠原が窓側に回った。仲村は篠原の対面に座り、左方向を見た。病院で使われる白い衝立が設置されている。向こう側には医師と女性看護師が控える。

野沢が警視庁上層部や地検と協議した結果、認知症専門の医師が特例的に取り調べに立ち会うことになった。この方針は東京地検も了承済みで、取り調べ時の録画データも検事がチェックする。

八一歳と高齢の篠原に配慮して、初日の取り調べは四五分間だ。仲村は右側の壁に目をやった。部屋全体を画角に収めるビデオカメラが天井から吊るされ、事務机には小型マイクも設置された。動画と音声はリアルタイムで別室にいる野沢ら捜査本部の面々も視聴する。カメラ越しに視線が集まる気配を仲村は感じた。

　仲村の斜め後ろの机には、ノートパソコンを開いた関が待機している。若い相棒に目配せしたあと、仲村は口を開いた。

「篠原さん、おはようございます」

「おはようございます」

　篠原が掠れ声で応じた。

「昨夜はよく眠れましたか」

「はい」

　篠原は机の縁を見つめ、言った。

「警視庁の仲村です。よろしくお願いします」

「はい」

　篠原は仲村とは目を合わせず、小声で言った。

「堅苦しいのもなんなので、ざっくばらんに話しますね。私は富丘団地の三三号棟で育ちました」

　三三号棟と仲村が発すると、篠原が顔をあげた。

「篠原さんはいつからお住まいでしたか？」

「私は……三〇年くらい前からですかね」

　仲村は机に置いた手帳に目をやった。証言通り、篠原は三一年前に西新宿・十二社のアパートから富丘団地に転居した。鑑取り班の調べによれば、家賃負担が格段に小さい都営団地の抽選に当たったことが転機となった。この際、藤原が区役所に口利きした可能性があるとの情報も得られた。

仲村は腕時計に視線を落とした。三分経過した。通常の事情聴取であれば、世間話を一、二時間しながら相手の心のハードルを下げる。互いに胸襟を開き、信頼感が生まれねば正確な供述は得られない。

しかし、いつ認知症の症状が出るか未知数な上に、相手は高齢だ。早めに切り出すしかない。

「あの日のことを話してくれませんか？」

「あの日ってなんのことですか？」

「藤原さんが最後に取り立てに来た日のことです」

仲村が言うと、篠原が下を向いた。早すぎたか。仲村が少しだけ体を傾けると、突然、篠原が顔を上げた。

「私は、逮捕されるのかい？」

「今日はじっくりお話を聞かせてもらいたいと考えています」

仲村の言葉に、篠原がゆっくりと頷いた。

「お話ししていただけますか？」

「……あのとき、本当は死んでしまいたかった」

篠原が小声で言った。

すむって」

「どういう意味でしょうか？」

「意味もなにも……生きていても、なにもいいことがないから。死ねば楽になれるかなって思った。あの世か地獄か知らないけど、向こうでは利息の支払いの心配をしなくてすむって」

篠原が両目を見開き、言った。

「でも、篠原さんはこうしてお元気だ。死んでしまっては、悲しまれる方もいらっしゃるでしょう」

仲村が諭すと、篠原がゆっくりと首を左右に振った。

「私だけだったら、あのとき躊躇(ためら)いなく死んでいたよ」

「達哉さんのことが気になった？」

「ああ……」

篠原の掠れ声が小さくなった。

「あの子には苦労ばかりかけてきた。自堕落な生活で満足に食べさせてあげられなかったし、父親もいなかったのは私のせいだから」

篠原が洟をすすり始めた。

「荒んだ生活だったのに、あの子はまっすぐに育ってくれた。貧乏だったから、自分で働いて専門学校まで出たのに、運悪く就職難で」

「大変でしたね」

「達哉は本当に大変だったと思うよ。アルバイトをたくさんこなして、挙句、母親がこんなになってしまって……」

篠原の声は消え入りそうだった。

「藤原さんが転落したときはどういう状況でしたか？」

「……体当たり」

ペンを握る手に、じっとりと汗がにじんだ。通常の捜査であれば、犯人（ホシ）が落ちた瞬間だ。しかし、今回に限っては手応えが感じられない。いや、どこか篠原に肩入れしている自分がいる。

「もう一度、お尋ねします。なにが起こったのですか？」

「強引にお金を取り上げた藤原を追い、夢中で通路を走ったんだよ。急に振り返って、拳を振り上げた」

「それで篠原さんは体当たりをしたんですか？」

「ごめんなさい。そこからはよくわからないんだよ」

「落ちる過程を見ていなかったんですか？」

「気がついたらその場にへたり込んでしまっていたから。ぼーっとしたまま部屋に戻って」

カメラの向こうから、視線がいくつも突き刺さっているのを感じつつ、仲村は篠原を見た。目を見開き、大きく口を開けた篠原は、喉の奥から低く、太い唸り声をあげ始めた。

「どうせなら、あいつの死ぬ姿を見たかった。この目に焼き付けたかったのに」

「なぜですか?」

すかさず訊き返した。

「散々私を弄び、金をむしり取ったから」

開いた篠原の口の端から、唾液が滴り落ちた。

「ヒルみたいな男だよ。人の弱みにつけこんで……若い時分は、シャブまで打たされ、それで水商売の底の底まで突き落とされた」

仲村は関を見やり、言った。

「水をさしあげて」

「はい」

関が立ち上がり、用意していたペットボトルの水をプラスチックのカップに注ぎ、篠原の前に置いた。

「どうぞ、少し落ち着いてください」

篠原は両手でカップを持ち、一気に水を飲み干した。

「まだ話を続けられますか?」

仲村が顔を覗き込んだとき、篠原がカップを机に置き、口を開いた。

「あれ、タミちゃんのご主人じゃない。久しぶりね」

先ほどと口調が一変した。衝立の向こう側で医師が立ち上がったのがわかった。

「タミちゃんはご主人が出張ばかりだから、寂しいわよね」

「篠原さん！」

仲村が呼びかけても、篠原は話をやめない。

「仲村さん、もう無理です」

衝立の陰から白衣の医師が飛び出し、言った。

「取り調べのストレスで、普段より症状が現れやすくなっているのでしょう」

仲村は医師の言葉に頷いた。

「わかりました。篠原さん、少し休憩しましょう」

「タミちゃん、旦那さんと早く会えるといいね」

仲村が椅子から腰を浮かしたが、対面の篠原は今までと同じ位置に視線を固定させ、友人の名を呼び続けた。

## 9

〈強引にお金を取り上げた藤原を追い、夢中で通路を走ったんだよ〉

〈急に振り返って、拳を振り上げた〉

〈ごめんなさい。そこからはよくわからないんだよ〉

　牛込署の小会議室で、ノートパソコンを前に野沢が腕組みを続けている。野沢は動画ファイルをなんども巻き戻し、篠原の供述を再生する。

　四度目の再生を終えたとき、仲村は言った。

「走った勢いでぶつかったとも言えるので、明確な殺意があったと断定するのは難しいところですね」

「いえ、これは殺意と言えるでしょう。地検の担当検事にも話を通します」

　前のめりの野沢に対し、仲村は釈然としなかった。

「どうされました?」

　たまらず、野沢が声をあげた。

「彼女は嘘を言っていません。ただなあ……」

「なんですか?」

　焦れた様子の野沢が言う。

「気の毒すぎます。こうして自供に近い証言も得ました。明日以降、短時間でも取り調べを続けていけば、さらに詳しい動機や背後関係が出てきます」

　野沢が畳み掛ける。

「そんなことはわかっています」

　突然、鬱積した思いが仲村の口を衝いて出た。

「すみません。しかし……」

「はっきりおっしゃってください」

　怪訝な顔で野沢が言う。

「この被疑者は認知症が進んでいる」

「医師に確認しましたが、取り調べのストレスで普段より症状がひどくなっています」

「そこなんですよ。管理官」

　仲村が言うと、野沢が食ってかかった。

「この供述では地検が食わない、そういう意味ですか？」

「俺が検事だったらこの動画を見て間違いなく食います」

　野沢は送検を急いでいる。管理官という立場がそうさせているのはわかる。だが、仲村にはもどかしい思いが募った。

「管理官のお袋さんはおいくつですか？」

「六二歳ですが」

「ご健康ですか？」

「ええ、テニスだ、トレッキングだといつも友人たちと出かけています」

　突然の問いかけに、野沢が狼狽し始めた。

「俺のお袋は八〇歳、まさに被疑者と同世代です。しかも最近、認知症の症状が出始めました」

　野沢の顔に戸惑いの色が広がる。

「今回の被疑者は、止むに止まれぬ事情があった。被害者に恨みを抱いていたことはたしかですが、そこに至るまで生き地獄を味わった。しかも認知症を患っている」

「はい……」

「俺たちは検事でもなければ裁判官でもなく、警察官です。犯人を見つけ、言い逃れできない証拠を揃えて送検するまでが仕事かも知れませんが……」

仲村は野沢を睨み、言葉を継いだ。

野沢は若手キャリアとしては、仲村が知る他の幹部より図抜けて優秀だ。しかし、効率よく被疑者を送致することばかりに注力するきらいがある。

「被疑者は日々記憶があいまいになり、証言そのものがあやふやになっていきます。精神鑑定で認知症と判断されれば、情状酌量の余地ありとなるかもしれません。ただ、そのこと自体は、彼女が苦しみ抜いてきた過去から目を背けることになりませんか?」

野沢の目を見据え、仲村は唸るように続けた。

「これからなんども調べを受ける。その後も検事調べをされたら、もっと症状がひどくなるでしょう。だからこそ、せめて俺らがもっと汗をかかなきゃならないと思うんです」

「はい……」

眼前で、野沢が殊勝に頷いた。ようやく仲村の言い分が腹に沁みてきたのだ。

「ヒルのように忌み嫌われた男でも、殺してしまえば殺人罪が適用される」

野沢が神妙な顔で聞き入っている。

「篠原さんを起訴、公判とベルトコンベア式に送りだしてはだめなんです。薄れていく記憶を、止むに止まれず手をかけた経緯を、俺たちが塵(ちり)一つ残さず拾い尽くす。情けをかけるわけじゃない、ありったけの事実を検事に食わせ、公判につなげないといけません」

「わかりました」

「取り調べは引き続き俺がやります。この間、管理官は被疑者の生い立ちから東京に来てからの足跡まで、根こそぎ調書に起こしてください。自分の母親が同じことをしたら、そう考えたら型通りの捜査なんかできません」

一方的に告げると、仲村は立ち上がった。

# エピローグ

「あれ、今日は背広じゃないの？」

自宅マンションのリビングでコーヒーを飲んでいると、制服姿の智子が首を傾げた。

「非番だ。母さんを新しい施設に連れて行く」

「なんだ、私もお祖母ちゃんと一緒に行きたかったのに」

「今度の休みの日に頼むよ」

「絶対に声かけてね」

「もちろんだ」

智子は廊下に置いた鞄を手に取ると、小走りで玄関へ向かった。もう一口、コーヒーを飲み、手元の朝刊に目をやる。

〈検察、被疑者の精神鑑定実施へ　認知症の症状を精査〉

牛込署での最初の取り調べから一週間後、篠原珠世は殺人容疑で通常逮捕された。ただし、通常の被疑者と同じように所轄署の留置場に勾留するのは無理との判断から、警察病院に入院し、病室で取り調べが行われた。

東京地検も警察の方針に賛同し、送検後も病室で検事調べが実施されることが決まった。

「捜査は大変だったみたいね」

朝食の食器をシンクに移しながら、妻の真弓が言った。

「色々と複雑だった」

「お義母さんと同世代の人でしょう？」

「ああ……一時期、俺は被疑者と同じ棟にいた。複雑だよ」

篠原のプライバシーに配慮し、記者レクでは被疑者の氏名年齢は明かさなかった。しかし、大手紙やテレビ局は独自に取材を進め、篠原の素性を報じた。都心の限界集落で起きた金銭絡みの怨恨殺人、超高齢社会の歪み、貧困の連鎖が生んだ日本の縮図……報道の切り口は様々で、富丘団地の三三号棟周辺では一時的にメディア関係者の取材合戦が過熱する一幕もあった。

〈歌舞伎町、裏の顔役が貧困老人層を闇支配〉

記事の大半は、藤原の裏の顔を暴くことに主眼を置いていた。高度経済成長期から歌舞伎町で飲食業を始め、さまざまな暴力団組織が蠢く東洋一の歓楽街で財を成したこと、そしてそれを元手に高利貸しを展開し、団地の住民たちから金を吸い上げていたことが綴られた。

ただ、篠原の逮捕後、霞が関の主要官庁を巡る贈収賄疑惑が急浮上したことを機に、取材陣は一斉に引き揚げ、団地は普段の静けさを取り戻していた。

他の事件と同様、三三号棟の一件に関する世間の注目はすぐに薄れ、捜査一課の他係は新たに城北地域で発生した放火殺人事件の捜査に投入された。

〈私だったらどうしたかねぇ……〉

篠原が逮捕されてから三日後、アパートに母親を訪ねた。

朝刊の社会面を睨みながら、母は首を傾げ、深刻な面持ちをしていた。四〇年前、マンモス団地の同じ棟に住んでいた母は、篠原の境遇がわかると告げた。あの頃、三三号棟にはさまざまな人間が暮らしていた。共通しているのは、皆等しく貧乏だったことだ。幸い、仲村家にはきちんと稼ぎを家に入れる父親がいたことで、家族がひもじい思いをすることはなかったが、尚人や環の家庭は食事を欠くほど困窮を極めていた。

〈もし父さんがいなかったらって考えると、ゾッとする。友達もみんな同じようなことを言っていたわ〉

母は紙面を睨んだまま、ぽつりと言った。

事件そのものは解決し、団地の騒動は落着した。しかし、篠原の一件は、老人の貧困、そして貧しいまま育ち、親を必死に支える達哉という中年男の存在を炙(あぶ)り出した。

〈同じような家族はたくさんいるはずよ〉

新聞を丁寧に畳み、顔を上げた母の顔が真剣だった。

高度経済成長期を経験したあと、急速に分断が進んだ社会。母親たちの世代、そして仲村のような現役世代は、もっと豊かな世の中を想像して必死に働いてきたが、それは妄想だった。

だからこそ、篠原の起こした事件が他人事ではないと、母親や仲村自身、そして社会の底辺であえぐ人々の心に刺さったのかもしれない。

捜査本部では地取りや鑑取りに当たった捜査員全員で大量かつ緻密な捜査報告書を作り、送検時に検事に渡した。

篠原は現在、四度目の精神鑑定を受け、警察病院にいる。地検は未だ起訴していない。慎重に検査結果を分析しているのだと野沢から聞かされた。認知症が認められるかどうか、事件当時の判断能力の有無が争点になっているという。

真弓が、マグカップを片手にテーブルへとやってきた。

「お義母さん、ここ二、三日機嫌が良いのよ」

「真弓のおかげだ。ありがとう」

母の右手のギプスは外れ、症状がでない限り日常生活に不自由はない。徘徊行動も今のところ出ておらず、仲村は胸を撫で下ろした。

「色々あったけど、新しい道筋ができたから。あなたが話をつけてくれたのがなによりだったわ」

仲村は環に相談し、母を新生チェリーホームのデイサービスに預けることにした。

仲村はここ数日間の出来事を振り返った。故郷の団地で発生した事件には、篠原と尚人の苦しみがのしかかった上に、環が容疑者扱いされる局面もあった。ベテランになったという自負を持っていたが、母親の変調もあり、刑事として冷静な判断ができなくなった自分と直面した。まだまだ修業が足りないと一課長の奥山に叱責されるかもしれない。

現在、篠原は認知症が進行し、事件当時の記憶がさらにあいまいになっているという。判断能力が認められなければ、彼女の罪は軽くなるだろう。

藤原を思い出さない日々は、篠原にとって、平穏なものかもしれない。だが、息子とともに、彼女が苦しみながらも歩んできた過去は、彼女の尊厳と同列であり、病の存在で消し去ることはできない。

「ほら、また考え事してる。事件は解決したんでしょ」

答えの出ない問いかけを、真弓の明るい声が振り切ってくれた。

「そうだな。そろそろ行く」

「そういうときに限ってねぇ」

「今日はどんなに大事件で動員がかかっても、絶対に休む」

自らに言い聞かせるように告げ、仲村はウインドブレーカーを羽織り、マンションを後にした。

「久しぶりだろ、どうだい？」

三三号棟前の小径でタクシーを降りると、仲村は母に問いかけた。

「随分寂しくなったね」

シャッターが閉まった店舗跡を見やり、母が言った。

「子供がほとんどいなくて、年寄りばかりだからだ。でも、ここ数日で様子が変わった」

首を傾げる母の手を引き、仲村は団地の西通り商店街を歩いた。

「真弓さんにはすっかり迷惑かけちゃったね。よろしく言ってちょうだいね」

「わかってるよ。これからは、俺もお袋の世話をするから」

「仕事は？　刑事の仕事は二四時間体制でしょうに」

「もちろん、仕事は大事だけど、強力なサポーターを見つけたから」

大階段に通じるトンネル状の通路をゆっくり歩きながら、仲村は告げた。

「サポーターって、介護施設のことでしょ？」

母が少しだけ顔をしかめた。

「並の施設じゃないってなんども言ったじゃないか」

「でもねぇ」

依然として、母が戸惑っているのがわかる。

東中野に越して以降、母には五、六人の茶飲み友達ができた。数日に一度、それぞれの部屋で世間話をする。そこで、連れ合いや友人が介護施設に入った話を耳にしてから、介護サービス全般に対し不安な気持ちを抱えているようなのだ。

「今までの施設とは一味も二味も違う。なにせ、あの環がオーナーだ」

ゆっくりと暗い通路を抜け、三三号棟の東側の広大な駐輪スペースに出た。歩みを進めると、真新しいパステルカラーのミニバンが三台、停車していた。

ミニバンに歩み寄ると、仲村はボディを見回した。以前のような擦り傷や凹みはなく、施設名のロゴも洗練されたものに変わっていた。

「勝っちゃん、おはよう」

ミニバンの陰から、環が満面の笑みで現れた。

「よろしくな」

仲村は環に目をやり、次いで母親を見た。

「あの環ちゃんかい？」

「お久しぶりです。五年ぶりですね」

環が膝を折り、目線を母と同じ高さに揃えて言った。

「あいかわらず綺麗だねぇ」

「とんでもない。チェリーホームを選んでいただいて嬉しいです。困ったことがあったらなんでも言ってくださいね」

「本当？　ありがとうね」

母が環に笑みを返すと、ミニバンの向こう側から尚人が歩みよってきた。

「尚ちゃんね、久しぶり。これからよろしくね」

「何も心配いりませんからね。さあ、こちらへ」

　優しげな笑みとともに尚人が朗らかに言うと、母が視線を集会所に向けた。

「突貫工事で集会所を案内・受付と模擬体験コーナーにしたんです」

　母の視線を辿りながら、環が言った。

「模擬体験ってなんだ？」

　仲村が尋ねると、環が得意げに顎を突き出し、笑った。

「人工筋肉を使った歩行補助器具とか、認知症の方向けの最新の音楽療法とか。いつでも自分らしく生きられる。そんなチャレンジを応援できる場所にしたくて」

　環が母の手を取り、ゆっくりと歩き出した。二人の先には、三三号棟の自治会集会所を改装中の新しい施設がある。

「それじゃ、行ってみるわね」

　久々に聞く母の弾んだ声だった。環は腰を曲げ、母と視線を合わせたままチェリーホームの受付に吸い込まれていった。

「新オーナーはどうだ？」

　仲村の隣で二人の背中を見つめていた尚人に言った。

「働きやすいよ。新しい施設長も良い人だし、やる気のあるヘルパーも一五名集まった。これから彼らの指導だ」

　ミニバンの近くで車椅子を押している若いヘルパーたちを指しながら、尚人が言った。

「尚人、おまえは大丈夫なのか？」

仲村は集会所の外壁のタイルを見ながら尋ねた。

「なにが？」

尚人が首を傾げた。

「なんでもない。それより、お袋をよろしくな。これから週に三、四回世話になるつもりだ」

「おばちゃんは昔から優しくしてくれた。任せてくれよ」

尚人が白い歯を見せ、満面の笑みで言った。

「俺も見学しようかな」

「ぜひ見て行ってくれ」

尚人に背中を押され、仲村は古くて新しい施設の玄関に入った。大昔に足を踏み入れたときは、壁がひび割れ、あちこちにカビが浮いていた建物だったが、今は薄いクリーム色で綺麗にリフォームが施されていた。

「あっ」

車椅子用のスロープが設置されてある入り口の壁を見た瞬間、仲村は声をあげた。

「ああ……あれか」

尚人が照れ臭そうに笑った。

「利用者のほとんどはこの団地の住民だ。馴染みのある風景が良いと思ったんだ」

「そうか」

足を止めた仲村は、額装された水彩画に目を凝らした。

団地脇の広場でだるまさんが転んだに興じる子供達が、淡いタッチのブルーで彩られていた。

# 解説　舞台は「絶望しかない地獄」

中村淳彦

二〇〇八年～二〇一五年、筆者は小さな介護施設を3店舗経営していた。二〇〇〇年代後半に連載していた月刊誌が次々と廃刊となるだけでなく、出版社そのものが倒産や廃業、M&Aが繰り返され、数年後の未来がとても想像ができないと文筆業を廃業した。なんとか安定した仕事に就いて家庭を支えなければならない――父親、世帯主としての焦りが筆者を間違った道に進ませてしまった。

ライターを廃業した筆者が介護事業を選んだのは、二〇〇〇年四月に「高齢者を家庭ではなく、社会で支える」という号令の下で介護保険制度が始まり、圧倒的な需要が見込まれていた産業だったからだ。介護や福祉のことをなにも知らない素人でも、自分自身が相当な覚悟をして時間と手足を使えば、なんとかサービス提供ができるのではないかという目論見があった。実際に初月からある程度の売上は確保し、なんとか事業はまわった。しかし、筆者が経験した介護の世界は、当初はまったく想像していなかった「絶望しかない地獄」だったのだ。

当時を思い出すだけで、今でも吐き気を催すほどのダメージを受けた。一言で説明すると、介護保険制度以降の介護は「いらない底辺の人間を一か所に集めて隔離する」国策だった。蓋を開ければ、高齢者を支える人々はまともではなく、用無しとなった失業者、異常者、貧乏人、成功体験がなにもない無能者、人生で一切女性に相手にされなかった中年童貞みたいな人々の最後のセーフティネットになっていた。要介護高齢者の下の世話、認知症高齢者に手間がかかることは十分に承知していたが、介護職を筆頭とする介護関係者の貧困、妬み、嫉妬、イジメ、マウント、非常識の蔓延が今でも吐き気を催してしまう理由だ。

国は一九八〇年代後半にゴールドプラン（高齢者保健福祉推進十か年戦略）を掲げ、旧ヘルパー2級（介護初任者研修）、介護福祉士、居宅介護支援員（ケアマネ）など、各種資格を取り揃えて専門学校や大学を資格養成所に変更させた。健全な資格階級社会を目指して、万全の準備をして介護保険制度を発進させた。しかし、要介護高齢者の急激な増加に人手や体制は追いつかず、誰も彼も入職させたことによって、「いらない人間を一か所に集めて隔離する」産業に成り果ててしまったのだ。

本書『マンモスの抜け殻』で大きなキーワードとなった介護保険の不正請求や、精神疾患養成ともいえる三十六時間勤務などの壮絶なブラック労働が業界では日常だったこと、三百六十五日休みなしの職員たちの愚痴と悪口、動物園の猿のような中年童貞同士の喧嘩、身体的虐待、精神的虐待、認知症高齢者への性的虐待、不倫、ストーカー、夜逃げ、使用済み下着の販売、覚せい剤蔓延と直接見てきたことは枚挙に暇がなく、先日には加害者も被害者もよく知る介護関係者同士が殺し合う殺人事件まで起こった。知人の写真と名前が繰り返される報道をため息つきながら眺め続けた。

　異常な介護業界に限界を感じて二〇一二年にライターに出戻り、二〇一五年には会社は清算して施設は潰した。それから介護の産業の現実や危機を記事や書籍で訴えたが、それほど時間が経たないうちに川崎老人ホーム殺人事件（二〇一四年）、相模原障害者施設殺傷事件（二〇一六年）が起こった。国を挙げて新しく創設した社会保障は大失敗したのだ。失政で許されない規模である。国や都道府県は現実を隠蔽しながら関係者に前向きなポエムを叫ばせたり、小学校や中学校でなにも知らない子どもを集めて「素晴らしい仕事」と洗脳したり、新聞社やテレビ局に要請してスケープゴートを定めて職員や事業者を吊るしあげたり、徹底した高齢者優遇で現役世代の屍（しかばね）を積み上げながら、絶望的な介護保険制度を継続していくしかないのだ。

「これから介護の世界を舞台にエンタメ小説を書くのです。中村さんの知っている介護の世界を教えて欲しい」

　編集者が用意してくれた中華料理店で相場英雄さんと会ったとき、筆者はそう言われた。舞台は実際に新宿区にある限界集落となっている巨大団地群だという。介護業界の現実は基本的に隠蔽されている。筆者の役割だと、相場さんに知る限りのことを伝えた。

　本書は都心の限界集落で殺人事件が起こり、捜査によって超高齢社会や介護産業の実態が描かれていく。相場英雄さんの筆致によって描かれた超高齢社会の現在、そしてテクノロジーによる問題解決の芽を見せる未来予想図は暗くはない。しかし、二〇二五年～二〇四〇年の日本の超高齢社会のピークに、有効な介護ロボット開発は間に合わない。現実的には解決策はなく、筆者個人はこれからさらなる悪化の一途をたどるだろうと予想している。

介護保険制度によって民間が参入するようになった。競争によってサービスの質を上昇させる建前だが、実態は徹底的な利益優先、さらに介護保険の不正請求は常識である。不正請求は詐欺を意識的にやる事業者もあれば、どうしても書類整備が追いつかなくて結果として不正請求となるケースもある。

介護の仕事がブラック、過酷と言われる大きな理由に「保険請求のための書類整備」がある。介護職や介護事業者はサービス提供時間内の行動もすべてを書類化することを求められ、深刻な人手不足のなかで書類に要する時間が全労働時間の3割程度と異常なことになっている。さすがに多少の改善はされているかもしれないが、筆者がかかわった二〇一五年まではメールすら使用することはなく、ひたすら手書きでファックスで送信していた。自治体の介護保険課による事業者への実地指導、監査という書類チェックがあり、本書で描かれる実際と保険請求のためのシフト表が二重にあるのは常識だ。さらに介護職は慢性的な人手不足、介護保険事業者も条件さえ揃えれば、簡単に保険事業者として認可される。入口が広いので反社を含めたあらゆる悪質な人材や事業者が紛れるのは当然で、筆者は実際に介護現場の覚せい剤蔓延を目撃している。

本書はそんな介護業界のそのままのリアルが描かれた。ラストの最新テクノロジーによる問題解決を匂わせる希望は、相場さんの母国への期待と優しさだろう。

（ノンフィクション作家）

初出　別冊文藝春秋　三四八号から三五四号
単行本化にあたり、加筆、修正しました。
単行本　二〇二一年十二月　文藝春秋刊
DTP制作　エヴリ・シンク

定価はカバーに
表示してあります

マンモスの抜け殻（ぬけがら）

2024年4月10日　第1刷

著　者　相場英雄（あいばひでお）
発行者　大沼貴之
発行所　株式会社 文藝春秋

東京都千代田区紀尾井町 3-23　〒102-8008
TEL　03・3265・1211㈹
文藝春秋ホームページ　http://www.bunshun.co.jp

落丁、乱丁本は、お手数ですが小社製作部宛お送り下さい。送料小社負担でお取替致します。

印刷製本・TOPPAN

Printed in Japan
ISBN978-4-16-792202-3

（　）内は解説者。品切の節はご容赦下さい。

雫井脩介
**検察側の罪人**（上下）
老夫婦刺殺事件の容疑者の中に、時効事件の重要参考人が。今度こそ罪を償わせると執念を燃やすベテラン検事・最上だが、後輩の沖野はその強引な捜査方針に疑問を抱く。（青木千恵）
し-60-1

塩田武士
**雪の香り**
十二年前に失踪した恋人が私の前に現れた。だが彼女には何か大きな秘密があるらしい。彼女が隠す「罪」とは。『罪の声』著者が京都の四季を背景に描く純愛ミステリー。（尾関高文）
し-63-1

髙村　薫
**地を這う虫**
――人生の大きさは悔しさの大きさで計るんだ。夜警、サラ金とりたて業、代議士のお抱え運転手……。栄光とは無縁に生きる男たちの敗れざるブルース。「愁訴の花」「父が来た道」等四篇。
た-39-1

高嶋哲夫
**イントゥルーダー**　真夜中の侵入者
その存在さえ知らなかった息子が瀕死の重傷。天才プログラマーの息子は原発建設に絡むハイテク犯罪に巻き込まれていたのか？　サントリーミステリー大賞・読者賞ダブル受賞の傑作！
た-50-10

高野和明
**13階段**
前科持ち青年・三上は、刑務官・南郷と記憶の無い死刑囚の冤罪をはらす調査をするが、処刑まで時間はわずか。無実の命を救えるか？　江戸川乱歩賞受賞の傑作ミステリー。（友清　哲）
た-65-2

大門剛明
**鑑識課警察犬係　闇夜に吠ゆ**
鑑識課警察犬係に配属された岡本都花沙はベテラン警察犬アクセル号と組むことに。元警察官の凄腕ハンドラー・野見山俊二の手も借り、高齢者の失踪、ひき逃げ事件などの捜査に奔走する。
た-111-1

知念実希人
**レフトハンド・ブラザーフッド**（上下）
左腕に亡き兄・海斗の人格が宿った高校生・岳士は殺人事件に巻き込まれ、容疑者として追われるはめに。海斗の助言で、真犯人を見つけるため危険ドラッグの密売組織に潜入するが。
ち-11-1

誉田哲也・大門剛明・堂場瞬一・鳴神響一
長岡弘樹・沢村　鐵・今野　敏
**偽りの捜査線**
警察小説アンソロジー

刑事、公安、交番、警察犬……。あの人気シリーズのスピンオフや、文庫オリジナル最新作まで。警察小説界をリードする7人の作家が集結。文庫オリジナルで贈る、豪華すぎる一冊。

と-24-70

永瀬隼介
**最後の相棒**
歌舞伎町麻薬捜査

伝説のカリスマ捜査官・桜井に導かれ、新米刑事・高木は新宿歌舞伎町を舞台にした命がけの麻薬捜査にのめり込んでいく。予想外の展開で読者を翻弄する異形の警察小説。（村上貴史）

な-48-6

中山七里
**静おばあちゃんにおまかせ**

警視庁の新米刑事・葛城は女子大生・円に難事件解決のヒントをもらう。円のブレーンは元裁判官の静おばあちゃん。イッキ読み必至の暮らし系社会派ミステリー。（佳多山大地）

な-71-1

中山七里
**静おばあちゃんと要介護探偵**

静の女学校時代の同級生が密室で死亡。事故か、自殺か、他殺か？　元判事で現役捜査陣の信頼も篤い静と、経済界のドン・玄太郎の〝迷〟コンビが五つの難事件に挑む！（瀧井朝世）

な-71-4

長岡弘樹
**119**

消防司令の今垣は川べりを歩くある女性と出会って……（「石を拾う女」）。他人を救うことはできるのか——短篇の名手が贈る、和佐見市消防署消防官たちの9つの物語。（西上心太）

な-84-1

鳴神響一
**鎌倉署・小笠原亜澄の事件簿**
稲村ヶ崎の落日

鎌倉山にある豪邸で文豪の死体が発見された。捜査一課の吉川は、鎌倉署の小笠原亜澄とコンビを組まされ捜査にあたるが……。謎の死と消えた原稿、凸凹コンビは無事に解決できるのか？

な-86-1

新田次郎
**山が見ていた**

夫を山へ行かせたくない妻が登山靴を隠す。その恐ろしい結末とは。少年をひき逃げした男が山へ向かうと。切れ味鋭く人間の業を抉る初期傑作ミステリー短篇集。新装版。（武蔵野次郎）

に-1-46

（　）内は解説者。品切の節はご容赦下さい。

松本清張
**風の視線**（上下）
津軽の砂の村、十三潟の荒涼たる風景は都会にうごめく人間の心を映していた。愛のない結婚から愛のある結びつきへ。〝美しき囚人〟亜矢子をめぐる男女の憂愁のロマン。（権田萬治）
ま-1-17

松本清張
**事故** 別冊黒い画集(1)
村の断崖で発見された血まみれの死体。五日前の東京のトラック事故。事件と事故をつなぐものは？　併録の「熱い空気」はTVドラマ「家政婦は見た！」第一回の原作。（酒井順子）
ま-1-109

松本清張
**疑惑**
海中に転落した車から妻は脱出し、夫は死んだ。妻・鬼塚球磨子が殺ったと事件を扇情的に書き立てる記者と、国選弁護人の闘いをスリリングに描く。「不運な名前」収録。（白井佳夫）
ま-1-133

麻耶雄嵩
**隻眼の少女**
隻眼の少女探偵・御陵みかげは連続殺人事件を解決するが、18年後に再び悪夢が襲う。日本推理作家協会賞と本格ミステリ大賞をダブル受賞した、超絶ミステリの決定版！（巽　昌章）
ま-32-1

麻耶雄嵩
**さよなら神様**
「犯人は○○だよ」。鈴木の情報は絶対に正しい。やつは神様なのだから。冒頭で真犯人の名を明かす衝撃的な展開と後味の悪さが話題の超問題作。本格ミステリ大賞受賞！（福井健太）
ま-32-2

丸山正樹
**デフ・ヴォイス** 法廷の手話通訳士
荒井尚人は生活のため手話通訳士になる。彼の法廷通訳ぶりを目にし、福祉団体の若く美しい女性が接近してきた。知られざるろう者の世界を描く感動の社会派ミステリ。（三宮麻由子）
ま-34-1

宮部みゆき
**とり残されて**
婚約者を自動車事故で喪った女性教師は「あそぼ」とささやく子供の幻にあう。そしてプールに変死体が……。他に「いつも二人で」「囁く」など心にしみいるミステリー全七篇。（北上次郎）
み-17-2

（　）内は解説者。品切の節はご容赦下さい。

横山秀夫
**64（ロクヨン）（上下）**
昭和64年に起きたD県警史上最悪の未解決事件をめぐり刑事部と警務部が全面戦争に突入。その狭間に落ちた広報官三上は己の真を問われる。ミステリー界を席巻した究極の警察小説。
よ-18-4

米澤穂信
**インシテミル**
超高額の時給につられ集まった十二人を待っていたのは、より多くの報酬をめぐって互いに殺し合い、犯人を推理する生き残りゲームだった。俊英が放つ新感覚ミステリー。（香山二三郎）
よ-29-1

米澤穂信
**Iの悲劇**
無人になって6年が過ぎた山間の集落を再生させる、市長肝いりのプロジェクトが始動した。しかし、住民たちは次々とトラブルに見舞われ、一人また一人と去って行き……。（篠田節子）
よ-29-3

吉永南央
**萩を揺らす雨**　紅雲町珈琲屋こよみ
観音さまが見下ろす街で、小さなコーヒー豆の店を営む気丈なおばあさんのお草さんが、店の常連たちとの会話がきっかけで、街で起きた事件の解決に奔走する連作短編集。（大矢博子）
よ-31-1

吉永南央
**その日まで**　紅雲町珈琲屋こよみ
北関東の紅雲町でコーヒーと和食器の店を営むお草さん。近隣で噂になっている詐欺まがいの不動産取引について調べ始めると、因縁の男の影が……。人気シリーズ第二弾。（瀧井朝世）
よ-31-3

連城三紀彦
**わずか一しずくの血**
群馬の山中から白骨化した左脚が発見された。これが恐るべき連続猟奇殺人事件の始まりだった。全国各地で見つかる女性の体の一部に事態はますます混沌としていく……。（関口苑生）
れ-1-19